飲月少女

THE GIRL WHO DRANK THE *MOON*

獻給親愛的泰德

1 有個故事是這麼說的

是的。

森林裡有個女巫，森林裡總是有個女巫。

可以不要再動來動去了嗎？我的星星啊！我從沒看過這麼躁動的孩子。

不，親愛的，我沒看過她。幾百年以來，大家都沒看過。我們用了各種方法避開她。很糟糕的方法。

別逼我說出來。不過，你應該早就知道了。

喔，我不知道，親愛的。沒有人知道她為什麼想要小孩。我們也不知道，她為什麼總是要我們之中年紀最小的。我們也不可能直接問她啊。很久沒人看過她了，我們希望永遠不要看到她。

她當然存在！這是什麼問題啊！看看那森林！多麼危險！有毒的瘴氣、洞穴和沸騰的噴泉，危險無處不在。你以為這些都只是巧合嗎？荒唐！這都是女巫搞的鬼。假如不照她的話去做，她會怎麼對付我們啊？

你真的要我解釋嗎？

我可不想。

噓，噓，別哭了。又不是說長老會議的人要來抓你，你年紀太大了。有我們家族的人被帶走嗎？

當然，親愛的。很久很久以前，在你出生以前，曾經有個俊俏的男孩不幸被選中……

現在，快把晚餐吃完，去做家事吧。我們大家明天都得早起。「獻祭之日」是不等人的。我們大家都得在現場，感謝那個讓我們多活一年的孩子。

你的哥哥？我怎麼可能為他做什麼？否則，女巫會把我們全都殺了，這實在太可怕了！犧牲一個人，或是全部的人都得死，世界就是這麼運作的，我們再怎麼努力都是徒勞無功。

問夠了吧？走吧，傻孩子。

2 那不幸的女人瘋了

那天早上，迦蘭長老一點也不趕時間。畢竟，「獻祭之日」一年只有一天，他希望在前往詛咒之屋的肅靜遊行，以及後續的灰暗返程中看起來體面些。他也鼓勵其他長老這麼做，在民眾面前演一場好戲。

他仔細地在鬆垂的臉頰上抹一點紅粉，並在眼睛周圍塗上厚厚的眼影。他對著鏡子檢查牙齒，把所有的食物殘渣和牙垢都清乾淨。他很喜歡那面鏡子，因爲那是整個保護國裡唯一的鏡子。迦蘭最得意的，就是擁有這麼個獨一無二的東西。他很喜歡自己的**特別**。

首席長老擁有許多保護國中獨一無二的寶貝，這就是這份工作的好處。

保護國被某些人稱爲香蒲王國，有些人則說是悲傷之市。它的一側是詭譎多變的森林，另一邊則是一望無際的大沼澤。保護國大部分人民都依靠沼澤維生。母親會教育孩子，沼澤裡有未來。不是什麼太好的前景，但聊勝於無。沼澤在春天時會布滿茲鈴花的新芽，夏天會開滿茲鈴花，秋天則遍布著茲鈴花的球莖。此外，沼澤也有各式各樣具有療效，甚至像魔法般神奇的植物。保護國的人們會在採集加工後，賣給森林另一端來的商人，商人再把沼澤的收穫運輸到遙遠的自由城市。森林本身危機四伏，只能仰賴「道路」的指引。

而「道路」的擁有者是長老們。

也就是說，迦蘭長老擁有「道路」，而其他長老也各自有份。沼澤、果園、房屋、市場廣場，甚至連花園都是長老的。

這就是為什麼保護國的人們得用蘆葦編成鞋子，在艱苦的時刻舀沼澤養分濃郁的汁液餵飽孩子，希望沼澤能讓孩子更強壯。

相對地，長老和家人享用著牛肉、奶油和啤酒，長得又高又壯，雙頰豐腴。

有人敲門。

迦蘭長老一邊調整長袍的下襬，一邊喃喃地說：「進來。」

他的外甥安登走了進來。安登是培訓長老，但他能得到這個身分，純粹是迦蘭一時心軟，答應了他那荒謬的母親。不過，這麼說太不厚道了。安登是個得體的年輕人，快三十歲了，努力工作，反應靈敏。他很擅長算數，有一雙巧手，可以在很短的時間內為疲憊的長老打造一張舒適的長椅。連迦蘭長老也忍不住對那男孩產生了難以解釋的好感。

只不過。

安登有著雄心壯志，也有很多**問題**。迦蘭皺起眉頭。該怎麼說呢？安登**過度敏感**了。假如這樣的態度持續下去，他就得處理他，甚至可能用上血腥的手段。這個念頭沉甸甸地壓在迦蘭心頭，讓他心情沉重。

「迦蘭舅舅！」安登無與倫比的熱情幾乎要把迦蘭長老撞飛出去。

「冷靜點，孩子！」迦蘭長老斥責道。「這是很莊重的場合。」

安登立刻安靜下來，露出像小狗那樣誠摯的表情，低頭看著地板。迦蘭壓抑住拍拍他頭頂的衝動。安登用輕柔的聲音繼續說：「我奉命來告訴您，其他長老都準備好了，所有人民也在路邊列隊。大家都到了。」

「每一個人嗎？沒有人逃跑？」

「去年發生過那樣的事，我想不會再有人敢跑了。」安登聳肩說。

「可惜了。」迦蘭又看了看鏡子，補了點紅粉。他其實挺喜歡偶爾給保護國人民一點教訓的，這樣才能讓他們腦子更清楚一點。他摸了摸下巴鬆垮的皮膚，又皺起眉頭。「好吧，外甥。」他華麗地一甩袍子下襬，這可是他練習了十年的動作。「出發吧。那嬰兒可沒辦法自己把自己獻祭出去。」他大步走上街道，安登跌跌撞撞地跟在他身旁。

一般來說，獻祭之日都會在應有的盛大和肅穆中進行。父母毫無怨言地交出被選中的孩子，麻木的全家人在沉默中哀悼。他們的廚房會得到幾鍋營養的燉菜和食物，鄰居則圍繞著他們，用擁抱來舒緩他們的悲痛。

一般來說，沒有人會破壞規矩。

但這次不一樣。

迦蘭長老抿著嘴、皺著眉頭。在隊伍通過最後一個轉角前，他就聽到那位母親的哭嚎。站定位的人們開始不安地躁動。

抵達那一戶時，長老會議的成員看到驚人的景象。來迎接他們的男子臉上都是抓傷，下嘴唇腫了起來，頭髮被扯下好幾撮，露出血淋淋的頭皮。他試圖露出笑容，但他的舌頭不由自主地舔著牙齒剛脫落的空洞。他閉上嘴，選擇鞠躬。

「真的很抱歉，大人。」那位應該是父親的男子說。「我不知道她是怎麼了。她好像瘋了。」

長老們走進屋內，而在他們頭頂的橫梁上，一名女子不斷地尖叫哭號。她烏黑閃亮的頭髮蓬亂，彷彿一窩扭動的毒蛇。她就像被逼入角落的困獸，發出嘶嘶警示聲，口沫飛濺。她用一手和一腳緊緊攀附著橫梁，另一隻手則死命把嬰兒抱在懷中。

「滾出去！」她尖叫道。「你**不能**帶她走。我要在你們臉上吐口水、詛咒你們每個人。立刻離開我家，否則我要把你們的眼睛挖出來，餵給烏鴉吃！」

長老們目瞪口呆地望著她。他們**不可置信**。從來沒有人爲沒有希望的孩子奮鬥過。從來沒有。

（屋內只有安登開始哭泣，但他很努力不讓其他成年人看見。）

迦蘭的腦筋動得飛快，粗獷的臉上裝出和善的表情。他攤開雙手，讓那位母親知道他沒有惡意。在笑容背後，他咬牙切齒，這種裝出來的善良眞讓他痛苦。

「可憐的孩子，你一定是被誤導了，我們沒有要帶走她。」迦蘭用最有耐心的聲音說。「要帶走她的是**女巫**，我們只是聽命行事而已。」

那位母親從胸口發出了粗啞的聲音，彷彿一頭憤怒的棕熊。

迦蘭把手搭在困惑的丈夫肩膀上，溫柔地輕捏。「我的好弟兄，很顯然你是對的，你的妻子**已經**瘋了。」他努力裝出關切的模樣，想掩飾內心的憤怒。「這種情況並不常見，但也不是沒有前例。我們得有點同情心。她需要的是照顧，而不是責備。」

「騙子！」那位母親憤恨地說。嬰孩開始哭泣，於是她繼續往上攀爬。她的雙腳踩著平行的橫梁，背部抵著傾斜的屋頂，設法穩住身體，在他們碰不到她的情況下開始哺餵孩子。孩子立刻就平靜下來。她低吼著：「假如你們帶走她，我會找到她，我會把她搶回來。你們看著好了。」

「你要對抗女巫嗎？」迦蘭冷笑道。「就憑你一個人？啊，你這可悲迷失的靈魂。」他的聲音甜如糖蜜，臉卻氣得如炭火般通紅。「悲傷已經把你逼瘋了，你的心承受不了這樣的打擊。沒關係，我們會盡全力治好你，親愛的。守衛！」

他一彈手指，武裝的守衛一擁而入。她們是隸屬於星辰姊妹修會的特種部隊，背上斜揹著弓箭，腰帶上繫著鋒利的短劍。她們的頭髮編成長辮，緊緊纏繞在腰間——象徵著她們在塔上多年的冥想和格鬥訓練。她們的臉如同岩石般堅毅，而長老們無論再怎麼位高權重，在她們面前依然難免畏縮。星之姊妹是一股可怕的力量，不容等閒視之。

迦蘭命令道：「把這孩子從瘋女人手上搶過來，再把可憐的女人送到塔上。」他打量著屋梁上的女子，看著她的臉色驟然刷白。「親愛的，星之姊妹知道如何處理破碎的心。我保證幾乎不會痛的。」

守衛很有效率、冷靜，而且殘酷無情。那位母親一點機會也沒有。眨眼之間，她就被五花大綁地帶走。她的哭嚎聲在寂靜的城鎮中迴響，在高塔宏偉的木門關閉時戛然而止。她就這麼被鎖在塔中。

另一方面，嬰孩被送到迦蘭長老懷中後，短暫地抽泣幾聲，就把注意力轉向眼前那張布滿皺紋的鬆垮臉孔。嬰孩的表情看起來很肅穆——冷靜、帶點懷疑，又有些迫切，讓迦蘭長老無法移開視線。她有一頭黑色的捲髮，眼珠也是黑的，煥發光彩的皮膚就像是打磨過的琥珀。在她的額頭中央，有個彎月形的胎記。那個母親也有相同的印痕。民間的傳說是，這樣的人很特殊。一般來說，迦蘭很討厭傳說故事，更討厭保護國的人民因此認爲自己比較優異。他的眉頭皺得更緊，俯身盯著嬰孩，而嬰孩吐出舌頭。

可怕的孩子，迦蘭心想。

他強打起精神，擺出莊嚴的派頭說：「各位，時間到了。」嬰孩偏偏選在這一刻，在迦蘭的長袍上留下一大片溫暖潮溼的水漬。迦蘭假裝沒有注意到，但內心已怒不可遏。

他很確定她是故意的。多麼叛逆的嬰兒啊。

遊行的隊伍一如往常地肅穆沉重，前進的步調異常緩慢，讓人難以忍受。迦蘭覺得自己煩躁得快要失去理智。不過，保護國的城門一在身後關閉，人民帶著抑鬱的孩童回到破舊的家中後，長老們立刻就加快腳步。

「我們為什麼要跑步呢，舅舅？」安登詢問。

「閉嘴，小子！」迦蘭喝斥他。「快跟上！」

沒有人喜歡離開道路，走進森林裡，即使是長老也不喜歡。迦蘭當然也不例外。理論上來說，鄰近保護國城牆的區域還算安全，但每個人多少都聽過有人不小心迷失的故事。那些人會落入天坑中，或是踩進滾燙的泥坑，把大部分的皮膚都給煮熟。也有人誤入瘴氣瀰漫的沼澤，一去不回。森林就是這麼危險。

他們沿著蜿蜒的道路，走向一處窪地，周圍有五棵古木環繞，被稱為「女巫的侍女」。或者是六棵。以前不是只有五棵嗎？迦蘭打量那些樹木，再數了一遍，然後搖搖頭。一共有六棵樹，但不重要，他只是受到森林的影響罷了。畢竟，這些樹木幾乎就和世界一樣古老。

窪地的中心布滿柔軟的青苔，長老們把嬰孩放在地上，努力移開視線不去看她。他們轉過身去，快速遠離嬰孩。他們最年輕的成員清了清喉嚨。

「所以，我們就把她留在這裡嗎？」安登問。「都是這麼處理嗎？」

「是的，外甥。」迦蘭說。「就是這麼處理。」他突然感到一陣疲憊，肩膀也沉重了起來，彷彿背了千斤重擔。他覺得自己連背也打不直了。

安登捏了捏自己的脖子——他只要緊張就會這麼做，怎麼也沒辦法改掉這樣的習慣。「我們不應該等女巫到來嗎？」

其他長老陷入不祥的沉默。

「你再說一次？」最年邁衰弱的拉斯平長老說。

「呃，我們應該……應該等候女巫到來。」安登的聲音越來越小，繼續靜靜地說：「假如野生動物先來了，把她帶走，那豈不是我們的過錯？」

其他長老看著首席長老，緊閉著嘴。

「外甥，我們很幸運，從來沒遇過這樣的問題。」迦蘭長老急促地說，一邊將男孩帶開。

「但是……」安登又捏了脖子，力氣大到留下了痕跡。

「沒有但是。」迦蘭說著，用堅定的手搭在男孩背上，大步走向足跡凌亂的小徑。

一個接著一個，長老們離開了窪地，把嬰孩留在後方。

除了安登以外，他們都很清楚問題不在於嬰孩**是否**會被野獸吃掉，而是她**一定會**成爲牠們的盤中飧。

他們離開了，心知肚明女巫並**不**存在，而且**從來不曾**存在過。這裡只有危險的森林、孤獨的道路，以及長老們世代享有的脆弱生命。女巫，或者該說女巫的信仰，讓人們變得恐懼、壓抑又服從，生活籠罩在悲傷的陰霾中，感官和心智都因爲悲傷而麻木。這對於想貫徹律法的長老來說實在太方便了。雖然還是令人不愉快，但那也是沒辦法的事。

他們穿過樹林時，還聽見嬰孩的啜泣，不過啜泣聲很快就被沼澤的低吟、鳥鳴聲和樹枝的摩擦聲給取代。每位長老都很肯定，那嬰孩無法撐過明天早上，他們永遠不會再聽見她、看見她或想起她。

他們以爲她就這麼永遠消失了。

當然，他們都錯了。

3 女巫意外賦予嬰孩魔法

森林的正中央有個小小的沼澤——冒著泡、散發毒氣和硫磺的氣味，由地底沉睡的火山加熱，表面覆蓋著光滑的黏液，根據不同的季節，顏色會從病態的綠色到閃電的藍色，再到鮮血的紅色。保護國的獻祭之日即將來臨，對其他地方則是星子之日，沼澤的綠即將開始轉化爲藍色。

在沼澤的邊緣，蘆葦從汙泥中長出，芒花盛開。有個極爲年邁的女士站在那兒，靠著一根多節瘤的木杖。她又矮又胖，肚子渾圓如球。她粗糙的頭髮向後梳，綁成一條粗大的辮子，在交纏頭髮的縫隙中長出了葉子和花朵。她的臉雖然帶著不耐煩，蒼老的雙眼卻還是閃著光芒，寬大的嘴也帶著隱隱的笑意。從某個角度來看，她有點像一隻巨大又好脾氣的蟾蜍。

她的名字是「姍」，她是女巫。

「你以爲你能躲得掉嗎？你這可笑的怪物。」她對著沼澤低吼。「我很清楚你在哪裡。**現在立刻**重新現身，向我道歉。」她皺起眉頭，讓表情變得有些陰沉。「**否則我就只好逼你這麼做了。**」雖然她沒辦法直接控制那怪物，因爲怪物太古老了，但她可以讓沼澤把他吐出來，彷彿他只是喉嚨深處的一口老痰。她只要左手一彈，右膝一抖就夠了。

她打算再次皺眉威嚇。

「我是認眞的。」她吼著。

濃稠的沼澤水冒著泡，捲起漩渦，沼澤怪的大頭從藍綠色的泥濘中冒了出來。他眨了眨一隻圓睜的眼睛，然後是另外一隻，又向天空翻了翻白眼。

「別對我翻白眼，年輕人。」老婦人喝斥。

「女巫。」怪物呢喃著，他的嘴巴還有一半埋在沼澤濃稠的泥水裡。「我比你老了好幾個世紀。」他寬闊的嘴在布滿了藻類的水中吹出氣泡。一千年，真的，他心想。但有誰在算呢？

「我想，我不喜歡你的口氣。」姍癟一癟皺縮的嘴，看起來像是臉上綻開了一朵小花。

怪物清一清喉嚨，說道：「就像是大詩人的名言，親愛的小姐，『我他老鼠的根本不在乎……』」

「葛拉克！」女巫驚駭地大吼。「小心說話！」

「我道歉。」葛拉克溫馴地說，雖然這是違心之論。他慢慢把手臂伸上沼澤岸邊的汙泥，兩手的七隻指頭都插入閃亮的泥巴中。一聲悶哼後，他爬上草地。以前好像沒那麼難，他心想。不過，他已經不記得以前是什麼時候了。

「費里安在火山口那兒，哭得眼睛都快掉出來了，可憐的小東西。」姍不悅地說。葛拉克深深嘆了口氣。姍用力將木杖往地面一敲，冒出了一陣火花，讓他們倆都嚇了一跳。她瞪著沼澤怪，搖著頭說：「你**真是壞**，他只是個孩子啊。」

「我親愛的姍。」葛拉克一邊說，一邊感受胸口的震動。希望這樣的聲音聽起來充滿戲劇性的威嚇感，而不像個生病的人。「他**也**比你還要老，現在是時候……」

「唉，你知道我的意思。總而言之，我已經答應他母親了。」

「五百多年來，或許差個幾十年，那隻幼龍都活在妄想之中——親愛的，是你助長了他的妄想。這對他能有什麼幫助？他可不是一隻『簡單巨大龍』，至今也沒有證據證明他有機會變成一隻。當一隻『迷你完美龍』也沒什麼好羞恥的。你也知道，尺寸並不重要。他屬於古老且尊貴的種族，這個種族在第七世出了許多偉大的思想家。這足夠讓他深深引以爲傲了。」

「他的母親說得很清楚……」姍正想說，但沼澤怪打斷她。

「無論如何，現在早已不是他學習家族歷史和在世間定位的時候了。我配合你編造這些故事太久了，而現在……」葛拉克把四隻手臂撐在地上，慢慢放鬆彎曲脊椎下的巨大臀部，用沉重的尾巴圍繞住整個身體，就像個閃閃發光的巨大蝸牛殼。他圓滾滾的肚子垂在盤著的腿前方。「我不知道，親愛的，有些改變發生了。」一陣陰霾掠過他潮溼的臉，但姍搖搖頭。

「又來了。」姍譏諷道。

「就像大詩人所說的，『喔，瞬息萬變的世界……』」

「把那個詩人給吊死吧。去道歉，現在就去。他很崇拜你呢。」姍看看天空。「我得飛了，親愛的，我已經遲到了。**拜託**，就靠你了。」

葛拉克笨拙緩慢地向女巫靠近，女巫用手摸了摸他的臉頰。雖然沼澤怪能站著走路，但他通常會用六隻手腳移動——或者該說七隻，他的尾巴有時可以當成額外的腳；有時則是五隻，因爲他會用其中一隻手拔起芳香的花朵，湊到鼻子前面嗅聞，也可能會用來蒐集石頭，又或者用手工雕刻的笛子吹奏恐怖的旋律。他把巨大的額頭湊向姍小小的眉頭。

「請小心。」他用渾厚的聲音說。「我最近總是做惡夢。你不在的時候，我總是很擔心。」姍揚起眉毛，葛拉克的頭向後仰，嘀咕著：「好吧，我會爲了我們的朋友費里安繼續編織那個謊言。大詩人告訴我們，『通往真實的道路就是做夢的心』。」

「就該這樣！」姍說。她舌頭一彈，給了怪物一個飛吻。接著，她以手杖爲支點躍起，向前奔進翠綠的森林。

雖然保護國的人民有著奇怪的迷信，但森林根本就沒有受到詛咒，也沒有任何神奇的魔法。不過，森林很危險。森林下方的火山坡度平緩，幾乎看不到盡頭，是個相當棘手的問題。火山在睡眠時發出轟隆隆的聲響，湧泉在其中悶燒，直到噴發的時刻。地面的裂縫變得越來越深，再也看不見底部。火山讓溪流沸騰，使泥巴滾燙冒泡，也讓瀑布消失在深坑中，在幾英里外才重新浮現。有些火山口噴出惡臭，有些則吐出濃煙，還有一些看起來什麼也不排放——但只要有人接近，嘴唇和指甲就會因爲瘴氣而發青，開始覺得天旋地轉。

對於普通人類來說，唯一安全通過森林的路線就是「道路」。「道路」是一條自然隆起的岩石接縫，在歲月中磨得平滑。道路不會改變或移動，也不會隆隆地震動。不幸的是，道路受到保護國的一群流氓和打手所控制。姍從來不曾在道路上走過，她不願意屈服於打手或強盜。無論如何，那些人收的過路費都太高了。或至少在她上次查看時確實太高。她上次接近那裡，已經是好幾年前——應該說是好幾個世紀前了。她會使用一些魔法、獨門祕方和普通常識，爲自己開闢道路。

她穿越森林的路徑一點也不輕鬆，但卻非常必要。有個孩子就在保護國外的森林裡等她。除非她能及時趕到，否則那孩子是死路一條。

在姍記憶所及的範圍，每一年差不多的時候，保護國總會有個母親把孩子留在森林裡，多半是放他等死。姍不知道爲什麼，也不擅自評斷。不過，她絕對不可能讓那可憐的小生命就此凋零。因此，每年的此時，她都會前往梧桐樹環繞的窪地，抱起被拋棄的孩子，帶孩子到森林彼方，道路盡頭的某座自由城市。那是個開心的地方，而且人們都很愛孩子。

在小徑的轉彎處，保護國的城牆映入眼簾。保護國本身就是個陰鬱的地方——空氣和水質都很差，悲傷像烏雲那樣籠罩在每一棟房子的屋頂上。她覺得彷彿有無形的枷鎖壓上她身體的每一根骨頭。

「帶了孩子就走吧。」姍每年都這樣提醒自己。

一段時間過去，姍漸漸養成了固定的準備習慣——一條用最柔軟的羔羊毛編織的毯子，能包住孩子保暖；一疊乾淨的布料，能擦拭尿溼的屁股；一到兩瓶的山羊奶，用來塡飽孩子的肚子。路程遙遠，山羊奶幾乎總是會喝完，姍就只好發揮女巫的智慧——天黑以後，星星在天空閃爍，她會伸出手用指尖蒐集蜘蛛絲般的星光，餵給孩子喝。每個女巫都知道，星光對成長中的嬰孩來說是最棒的食物。蒐集星光需要一些技術和天分（首先，要有魔法），但孩子們總是狼吞虎嚥。他們會吃得圓圓胖胖，散發出光芒。

過不了多久，自由城市就把女巫每年的造訪視爲某種節慶。她帶來的孩子皮膚和雙眼都閃爍著星光，被視爲一種祝福。姍會悉心爲孩子選擇適當的家庭，挑出特質、習慣和氣質都符合的人選。畢竟，她帶著孩子長途跋涉了這麼久。

這些孩子被稱爲星辰之子，他們會從開心的嬰孩成長爲善良的青少年，再蛻變爲優雅的成年人。他們通常成就斐然，內心慷慨仁慈。當他們壽終正寢時，總是坐擁龐大的財富。

姍抵達林間窪地時，還不見嬰兒的蹤影，但時間尚早。她覺得很疲憊，於是走到一棵嶙峋的樹木旁，倚靠著樹幹，讓潮溼馥郁的香氣進入她柔軟的鼻尖。

「稍微睡一下會比較好。」她對自己說。確實也是這樣。剛才的旅程漫長又艱辛，前方的旅程只會更加漫長和艱辛。每當在外頭渴望平靜時，女巫姍就會把自己變成一棵樹——嶙峋的樹，樹葉茂密，樹幹上青苔遍布，還有著深刻的紋路，就像是周遭看守著窪地的古老梧桐樹。變成樹木的她沉沉睡去。

她沒有聽到遊行隊伍的聲音。

她沒有聽到安登的抗議，沒有聽見長老議會尷尬的沉默，更沒有聽到迦蘭首席長老不耐煩的發言。

她甚至沒有聽到嬰兒的哭泣聲，啜泣聲，或是小聲的哀鳴。

不過，當嬰孩扯開喉嚨，發出響徹天際的哭嚎時，姍就驚醒過來了。

「喔，我寶貴的星星啊！」因爲還來不及變回人類的形態，她用嶙峋又彷如樹葉摩擦的聲音說著。「我沒看到你躺在那兒！」

嬰兒不爲所動，繼續用力揮動手腳，時而哭嚎，時而低泣。她整張臉都憤怒漲紅，小小的手緊握著拳頭。她額頭上的胎記顏色變得很深，散發著危險的氣息。

「給我們一秒鐘，親愛的。姍阿姨很快就來了。」

她眞的很快。即使對姍這樣技巧純熟的女巫來說，變形也不容易。她的樹枝開始一根一根地縮回脊椎，樹皮則一點一滴被皺紋給吞噬。

姍倚靠在手杖上，活動活動肩膀，舒緩脖子的僵硬痠痛——先是一側，再換另一側。她低頭看著嬰孩，孩子稍稍安靜下來了，用方才打量首席長老的方式看著女巫——眼神冷靜，帶點探詢意味，讓人不安。這樣的眼神會深入靈魂，觸動對方的心弦，彷彿彈奏豎琴那樣。女巫幾乎沒辦法呼吸。

「要拿奶瓶。」姍一邊說著，一邊努力忽視骨頭深處的迴響。「你需要喝點羊奶。」她搜尋每個口袋，找到一瓶等著填飽飢餓肚皮的山羊奶。

姍的腳踝一晃，讓一朵香菇開始膨脹，變成舒服的凳子。她讓嬰孩溫暖的重量倚靠在她柔軟的腹部，靜靜等待。嬰孩額頭上的彎月褪色，變成了美麗的粉紅色，她的黑色鬈髮圍繞著她更漆黑的眼珠，臉龐像珠寶般閃耀。她很冷靜，滿意地喝著山羊乳，但眼神仍看進姍的內心深處——就像是深入地底的植物根部。姍發出咕噥聲。

「好啦，別那樣看著我。我沒辦法帶你回去以前的地方。那地方已經不在了，快快把它忘掉。噓……」姍正說著，孩子又開始哭泣。「別哭了，你一定會喜歡我們的目的地。只是得等我決定要帶你去哪一座城市，每一座城市都很棒的。你一定會喜歡你的新家人，我可以保證。」

不過，說到這些就讓姍老邁的心隱隱作痛。她突然感到無以復加的悲傷。嬰孩把奶瓶推開，對姍露出好奇的表情。女巫聳聳肩。

「嘿，別問我啊。」她說。「我不知道你爲什麼被丟在樹林中央。人類所做的事情，有一半以上我都不懂，另一半則讓我無法苟同。不過，我不可能把你留在地上，成爲那些野獸的食物。你還有大好的未來啊，珍貴的孩子。」

珍貴這個詞讓姍的喉嚨一緊，她自己也不理解爲什麼。她清一清老邁肺部的穢氣，對嬰孩露出笑容。她俯身看著嬰孩的臉，嘴唇吻上她的額頭。她總是會親吻嬰孩，至少她認爲自己都是如此。孩子的頭皮聞起來像是麵團和酸奶。姍短暫地閉上眼睛，然後輕輕搖頭，用粗啞的聲音說：「來吧，我們一起去看看世界，好嗎？」

接著，姍安穩地把嬰孩包在羊毛毯中，一邊吹口哨，一邊向森林前進。

她本來要直接去自由城市的，這是她的計畫。

不過，有座瀑布嬰孩一定會很喜歡，還有一處岩壁的風景特別壯麗。她也發現，自己很想對那嬰孩說故事，或是唱幾首歌給她聽。姍一邊說故事，一邊唱著歌，腳步也不知不覺地越來越慢。姍把這怪罪於她的老邁、她的背痛，以及嬰孩的哭鬧，但這些都不是眞的。

姍發現自己一再停下腳步，想再打開包巾，看看嬰孩那雙深邃的黑眼睛。

每一天，姍都離原本的路徑更遠一些。她會繞圈、回頭或轉來轉去。她以往穿過森林的路徑，通常都和道路本身一樣筆直，這次卻蜿蜒曲折、錯綜複雜。山羊乳喝完的晚上，姍用手指尖蒐集游絲般的星光。那孩子感恩地吃著，每一口星光都讓她的眼神更加漆黑深邃。整個宇宙都在她的雙眼中燃燒，閃耀著一個又一個的銀河星系。

第十個晚上過去，通常只需要三天半的旅程卻還走不到四分之一。每天晚上，轉缺為盈的月亮都比前一天更早升起，不過姍並沒有注意到。她伸手蒐集星光，從未對月亮多看一眼。

大家都知道，星光富有魔力。然而，光線傳到地表上的距離太長，魔力變得脆弱又稀薄，分散在絲線最細微的部位。星光有足夠的魔力，能讓嬰孩滿足，也填飽他們的肚子；如果份量夠大，星光也能喚醒嬰孩內心和靈魂最美好的部分。足夠帶來一生的祝福，但卻無法賦予他們**魔法之力**。

然而，月光就完全不同了。

月光就是魔法，不論是誰都會這樣告訴你。

姍沒辦法將眼神從嬰孩的雙眼移開。那雙眼中彷彿有行星、恆星和衛星，還有星雲和星塵，大爆炸和黑洞，以及無窮無盡的太空。月亮升起，又圓又大，燦爛耀眼。

姍伸出手。她沒有看向天空，也沒有注意到月亮。

（她是否注意到光芒在她的指尖多麼沉重？多麼黏膩？多麼甜美？）

她把雙手高舉過頭，直到再也舉不動才放下來。

（她是否注意到魔法的重量從手腕垂下？她告訴自己，她沒有感覺。她說了一遍又一遍，直到自己也開始相信為止。）

孩子吃著，一口又一口。突然間，她在姍懷中顫抖抽搐，然後放聲大哭。接著，她卻又滿足地嘆了口氣，隨即陷入夢鄉，緊靠著女巫柔軟的肚子。

姍抬頭看著天空，感受到月光落在她的臉上。「喔，我的天。」她輕聲說。月相在她不知不覺中，已經變成滿月。滿月有著強大的魔力，只要吃一口就足夠，但那嬰孩——嗯，吃了不止一口。

貪心的小東西。

無論如何，事實的眞相就像樹梢明亮的圓月那樣清楚。毫無疑問，那孩子被賦予了魔力。現在，情況比以前複雜太多了。

姍盤腿坐在地上，把熟睡的嬰孩放在膝頭。幾個小時內，都不可能叫醒那嬰孩。姍的手指拂過孩子的黑色鬈髮。即使是此時此刻，她也能感受到魔法在孩子的皮膚下脈動，一絲一絲地通過細胞和組織，注滿她的骨頭。接下來她會不穩定好一陣子，但並不是永久的。不過，姍還記得許多年前撫養她的魔法師說，養育有魔法的孩子非常不容易。她的每個老師都這麼說，她的守護者佐西莫斯更是念個不停：「把魔法注入一個孩子，就像是把利劍交到學步兒的手中——力量太強，理智太少。你看不出來自己讓我蒼老了多少嗎，孩子？」

這是眞的。有魔力的孩子很危險。姍不可能直接把這孩子交給別人。

「唉呀，親愛的，你眞的越來越麻煩啦！」她說。

嬰孩用鼻子深呼吸，玫瑰花瓣般的嘴巴露出了小小的笑容。姍的內心一陣悸動，把嬰孩又抱得更緊了些。

「露娜。」她說。「你的名字就叫露娜。我會當你的奶奶，我們當一家人吧！」

這句話一說出口，姍就知道事情這麼決定了。這些話在她們之間的空氣中迴盪，比任何魔法都還要強大。

她站起身來，把嬰孩放回包巾裡，踏上回家的漫漫長路，一邊思考著該如何向葛拉克解釋。

4 只是一場夢境

你問太多問題了。

沒有人知道女巫會如何對待她帶走的孩子。沒有人會問。我們不能過問，這你還看不出來嗎？因為太心痛了。

好吧。她把那些孩子都吃掉了。滿意了嗎？

不，我不這麼想。

我的母親告訴我，女巫會吃掉他們的靈魂，讓失去靈魂的身體永遠在世界上遊蕩。沒辦法活著，也沒辦法死去，只能帶著漆黑的眼和漆黑的臉，漫無目的地走著。我不認為這是真的，否則，我們應該會看見它們，不是嗎？過了這麼多年，我們至少該看過一個這樣的孩子吧？

我的祖母告訴我，女巫把他們當成奴隸。他們住在森林裡女巫雄偉城堡的地下墓穴，為她操作縫紉機、攪拌熬煮魔藥的大釜，從早到晚都幫她做各種苦工。不過，我覺得事實也不是那樣。假如是，至少會有一個孩子逃跑吧？這麼多年來，肯定會有孩子找到回家的方式。所以，我不認為女巫會奴役他們。

真的，我沒有什麼想法。沒有什麼好想的。

有時候，我會做一個夢，一個和你的哥哥有關的夢。他現在應該要十八歲了，不，是十九歲。我夢見他有著黑色的頭髮、發亮的皮膚，眼中閃爍著星光。我夢見他露出微笑，光芒照耀了周圍好幾英里。昨天晚上，我夢見他站在一棵樹旁，等著某個女孩經過。他呼喚了她的名字，牽起她的手，心跳加速地吻了她。

什麼？不，我沒有哭。我有什麼好哭的呢？傻孩子。

不管怎樣，那都只是個夢而已。

5 沼澤怪意外墜入愛河

葛拉克並不贊同。在嬰孩抵達的那一天，他就清楚表明立場了。

隔天，他又說了一遍。

再隔天也是。

還有再隔天的隔天。

姍拒絕聽話。

「寶寶，寶寶，寶寶。」費里安哼唱著。他開心極了。這隻幼龍趴在姍的樹屋門邊的枝幹上，舒展五彩繽紛的翅膀，把長長的脖子伸向天空。他的聲音宏亮而高亢，也走音到了離譜的程度。

葛拉克摀住耳朵。「寶寶，寶寶，寶寶！」費里安繼續唱著。「喔，我一直都好喜歡寶寶！」就他的記憶所及，他以前從未看過任何嬰孩，但這不影響他對寶寶的熱愛。

從早到晚，費里安都唱著歌，姍則到處瞎忙。葛拉克覺得，這屋子裡似乎沒半個講理的人了。

第二個星期過去後，整個家都改變了：新架起的晾衣繩上晒滿嬰兒的尿布、衣服和小帽子；新組裝的水槽和架子上，放著新製作的玻璃瓶；他們設法得到了一隻新的山羊（葛拉克不知道姍怎麼辦到的），姍也為飲用、製作起司和奶油準備了不同的牛奶罐。眨眼之間，地板上就堆滿了各式各樣的玩具。葛拉克不止一次不小心踩到波浪鼓的尖角，痛得大聲哀號。他發現姍只會要他小聲，甚至趕他離開房間，生怕他把孩子吵醒、嚇到孩子，或是用詩詞讓那孩子無聊到死。

到了第三個星期，他受夠了。

他說：「姍，我認為你絕對不該愛上那個嬰兒。」

老女巫嗤之以鼻，但沒有說什麼。

葛拉克沉著臉說：「我是認真的，我禁止你愛上她。」

女巫放聲大笑，嬰孩也跟著笑了，他們彷彿互相欣賞的小小社團，讓葛拉克再也無法忍受。

「露娜！」費里安歌唱著，從敞開的門口飛進屋裡，像隻五音不全的雀鳥般飛來飛去。「露娜，露娜，露娜，露娜！」

「別再唱了。」葛拉克斥責。

「你不需要聽他的，親愛的費里安。」姍說。「歌唱對嬰孩來說是很好的，這點大家都知道。」嬰孩揮舞著小小的手腳，發出咕咕聲。費里安坐在姍的肩頭上，哼著荒腔走板的調子。比剛才好了一點，但改善不多。

葛拉克挫折地悶哼，問道：「你可知道關於女巫養育小孩，大詩人是怎麼說的嗎？」

「我想像不出來哪個詩人會寫什麼關於女巫或小嬰兒的事，不過我想你那位詩人一定非常見解獨特。」姍說著，四下張望。「葛拉克，可以麻煩把那個瓶子給我嗎？」

姍盤腿坐在粗糙的木地板上，嬰孩則躺在她的裙子上。

葛拉克靠近一些，低頭看著嬰孩，對她露出懷疑的表情。嬰孩的小拳頭塞在嘴巴裡，口水從手指縫裡流出來。她把另一隻手揮向沼澤怪，粉紅的嘴唇向外舒展，繞著溼答答的拳頭露出大大的笑容。

她是故意的，葛拉克一邊努力緊閉寬大潮溼的嘴，讓自己不要回以微笑，一邊這麼心想。

她這麼可愛，一定是可怕的詭計，存心要陷害我，多邪惡的孩子啊！

露娜尖聲咯咯笑，揮舞著小小的腳。她的眼睛抓住沼澤怪的目光，像星星那樣閃耀。

不可以愛上那個孩子，葛拉克命令自己。他想要保持嚴肅。

葛拉克清一清喉嚨。

「我們的**大詩人**。」他特別強調那三個字，並對著嬰孩瞇起眼。「他**完全沒有**提到女巫和嬰孩。」

「是這樣嗎？」姍一邊說，一邊用自己的鼻頭輕觸嬰孩的鼻子，逗得她咯咯笑。然後再一次，再再一次。「那麼，我們就沒什麼好擔心了吧？**喔，我們不需要擔心！**」她的聲音變得很尖，像在唱歌。葛拉克翻了翻他巨大的眼珠。

「我親愛的姍，你完全搞錯重點了。」

「而你一直抱怨個不停，就要錯過孩子的童年了。這孩子會待下來，沒什麼好商量的。人類的孩子這麼幼小的樣子一瞬間就過去了，他們長大的速度就像是蜂鳥的振翅那麼快。好好享受吧，葛拉克！好好享受，不然就滾出去。」姍說話時一眼也沒看葛拉克，但葛拉克可以感受到女巫散發出冰冷的怒氣，讓他的心都要碎了。

「嗯。」費里安說。他還是趴在姍的肩膀上，興味盎然地看著嬰孩揮動手腳。「我喜歡她。」

姍不讓費里安太靠近嬰孩，說這是爲了他們倆的安全。嬰孩全身滿溢著魔法，有點像是沉睡的火山——內在的能量、溫度和威力會隨著時間累積，毫無預警地爆發。姍和葛拉克大致上對魔法的波動免疫（姍是因爲她的魔法技術，葛拉克則是比魔法更古老，根本不在乎愚蠢的魔法），所以不太需要擔心，但費里安就比較脆弱了。況且，費里安很容易打嗝，他打出的嗝通常都是火焰。

「別靠得太近，親愛的費里安。待在姍阿姨後面。」

費里安躲在女巫彷彿皺巴巴窗簾的頭髮後方，帶著恐懼、忌妒和渴望看著嬰孩，哀求道：

「我想和她**一起玩！**」

「你可以的。」姍安撫他，一邊把嬰孩抱起來餵奶。「我只是想確保你們不會讓對方受傷。」

「我**絕對不會**那樣。」費里安倒抽一口氣，然後吸吸鼻子說：「我覺得我對嬰兒過敏。」

「你沒有對嬰兒過敏。」葛拉克嘟囔著。此時，費里安恰好打了個噴嚏，向姍的後腦噴出一團明亮的火焰。姍不為所動，一眨眼就把火焰轉化為蒸氣，順便清掉了她肩膀上幾灘懶得清洗的嬰兒吐奶汙漬。

「保重啊，親愛的。」姍說。「葛拉克，你要不要帶費里安出去走走？」

「我討厭散步。」葛拉克說，但還是帶著費里安出去了。或者該說，葛拉克向前走著，費里安在他身後飛來飛去，就像是到處惹麻煩的超大型蝴蝶。費里安決定要認真為嬰孩收集一些花朵，不過他時不時就打嗝和打噴嚏，吐出一團團火焰，把花朵都燒成灰燼，所以幾乎沒什麼進展。但費里安像是沒有注意到，不斷地對葛拉克提出一個又一個的問題。

「嬰兒長大以後會像你和姍那樣嗎？」他問。「那麼，世界上一定有更多巨人，我的意思是，外頭的世界。除了這裡**以外**的世界。葛拉克啊，我多麼渴望看看外頭的世界。我想看看世界上所有的巨人，還有所有比我更大的生物！」

雖然葛拉克試圖抗議，但費里安持續幻想著。費里安的大小其實和鴿子差不多，但他卻一直相信自己比一般人類的村落更巨大，所以才必須遠離人類，以免不小心引發全世界的恐慌。

「當時機成熟時，你就知道了，我的兒子。」他龐大的母親這麼告訴他，而後就投身噴發中的火山，永遠地離開了這個世界。「你會知道你在世界上的目的。你永遠都會是世界上巨大的存在，不要忘記了。」

費里安認爲，她的意思很清楚了。毫無疑問，他就是一隻「簡單巨大龍」。費里安每天都這麼提醒自己。

而這五百多年來，葛拉克持續抱怨。

「我想，那個孩子會像個孩子一樣長大。」葛拉克閃爍其詞地說。當費里安堅持再問下去，葛拉克假裝躺在沼澤水芋叢裡睡午覺。他閉著眼睛，直到自己眞的睡著。

無論孩子是否有魔法，要養育一個孩子都很有挑戰性：安撫不了的哭泣、流個不停的鼻水，以及不斷想把小東西塞進流著口水的嘴巴裡。

還有**噪音**。

「可以拜託你用魔法讓她安靜嗎？」嬰孩爲家裡帶來的新鮮感消失後，費里安開始哀求道。

當然，姍拒絕了。

「費里安，我們無論如何都不該用魔法影響其他人的意志。」姍一次又一次告誡他。「孩子有一天會開始理解，我又怎麼能做出告誡她**永遠**不該做的事呢？那樣太僞善了，太僞善了。」

即使所有需求都滿足了，露娜也不會安靜下來。她會哼歌、咯咯笑、牙牙學語、高聲尖叫、哈哈大笑、用鼻孔噴氣，或是放聲大叫。她就像一座聲音瀑布，不斷傾洩出各種聲音，沒有停止的時刻，連睡夢中都喃喃自語。

葛拉克爲露娜做了個背巾，在他用六隻手腳走路時，掛在他的四個肩膀上。他開始帶著嬰孩去散步，從沼澤通過工作坊和城堡的遺跡，然後回頭再走一遍，邊走邊朗誦著詩句。

他本來不打算愛那個孩子。

只不過。

「從砂礫開始。」沼澤怪吟誦著。

「誕生出光

誕生出空間

誕生出無限的時間，

而從砂礫開始，

一切都會回歸。」

這是他很喜歡的詩。他一邊走著，嬰孩一邊盯著他，研究他突出的眼球、圓錐狀的耳朵、厚厚的嘴唇和寬大的嘴巴。她研究他大扁臉上的每個疣、每片草、每個黏滑的突起。她的眼中充滿了驚奇。她伸出一隻指頭，好奇地戳進他的鼻孔裡。葛拉克打了個噴嚏，而孩子笑了起來。

「葛拉克。」那孩子說，不過也可能只是打了個嗝。葛拉克不在乎。她說了他的名字，她**就是說了**。他的心臟幾乎要突破胸膛。

姍盡全力不點破他，不說出**我早就告訴你了**。她幾乎把這句話吞下去了。

在第一年間，姍和葛拉克都小心地看著嬰孩，注意是否有魔法爆發的跡象。雖然他們都能看見魔法在孩子的皮膚下湧動（當他們把孩子抱在懷中時，也都能感受到），但魔法卻都留在孩子體內，就像陣陣浪潮一般。

每天晚上，月光和星光都折射在孩子身上，淹沒了整個搖籃。姍用厚重的窗簾擋住窗戶，卻總是發現窗簾被掀開，而嬰孩在睡夢中啜飲著月光。

姍告訴自己：「月亮總是愛玩許多把戲。」

不過，她還是帶著幾絲憂心，因爲魔法持續安靜地翻騰。

第二年，露娜體內的魔法又增加了，密度和強度都提升了兩倍。葛拉克可以感受到，姍也是。但魔法仍然沒有爆發。

具有魔法的嬰兒很危險，當他沒有抱著露娜、唱歌給露娜聽、爲沉睡的露娜輕聲吟詩時，葛拉克每天都這麼提醒自己。過了一陣子之後，連露娜皮膚下脈動的魔法似乎也成爲再正常不過的事。她是個充滿活力和好奇心的孩子，也很頑皮，光是這些特質就不好應付了。

月光持續折射在嬰孩身上，姍決定不再擔心。

到了第三年，魔法再次倍增。姍和葛拉克幾乎沒有注意到。相反地，他們爲了露娜已經忙得焦頭爛額——露娜四處探索和破壞，在書本上胡亂塗鴉，對著山羊扔雞蛋，還一度想要從籬笆上飛起來，卻摔破了兩個膝蓋的皮，還碰斷了一顆牙齒。她爬到樹上，想要抓幾隻小鳥，有時則會捉弄費里安，把他弄哭。

「詩會有點幫助。」葛拉克說。「研究語言能讓最低俗的野獸高雅起來。」

「科學能夠重新建構她的腦袋。」姍說。「研究星星的孩子不可能會調皮。」

「我應該教她數學。」費里安說。「假如她忙著從一數到一百萬，就沒辦法捉弄我了。」

於是，露娜的教育就這麼開始了。

「每次的吐氣，都承諾著春天。」露娜在冬天午睡時，葛拉克對著她輕聲說。

「每棵熟睡的樹木
都做著翠綠的夢；
每個貧瘠的山丘
都在繁花盛開中甦醒。」
一陣又一陣的魔法在她的皮膚下安靜地湧動。浪潮尚未衝擊海岸。**尚未**。

6 安登惹上麻煩了

接受長老訓練的第五年，安登努力說服自己，他總有一天能對這份工作更上手的。但他錯了。工作始終那麼困難。

在長老議會、社群和會後討論期間，長老們都對他呼來喚去。他們在街上遇到他時，也對他大呼小叫。就連坐在他母親的餐桌前，等待另一頓豪華（但讓人不適）的晚餐時，也不肯放過他。當他跟隨他們進行突襲檢查時，他們更是不斷批評他。

安登走在最後頭，眉頭皺成一團，露出困惑的表情。

似乎無論安登做什麼，長老們都會氣得臉色發紫，話都講不清楚。

「安登！站直一點！」長老們喝斥。

「安登！你對我們的布告做了什麼？」

「安登！臉上不要露出那麼荒謬的表情！」

「安登！你怎麼可以把點心的事給忘了？」

「安登！你到底是把什麼撒在袍子上了？」

這麼看起來，安登做的事沒有一件是對的。

他的家庭生活也沒有比較好。

「你怎麼還在當培訓長老？」每天晚餐時，他的母親都這麼怒斥。有時候，她會用湯匙用力敲桌子，讓僕人嚇得跳起來。「弟弟答應過我，到現在你早該當上長老了。他**答應了**。」

她會繼續發怒埋怨，直到安登最小的弟弟維恩開始哭泣。安登是六兄弟裡最年長的——以保護國的標準來說，這是個小家庭。安登的父親過世以後，母親一心一意只希望每個兒子都能達到保護國的最高成就。

畢竟，在兒子這方面，難道她**不值得**最好的嗎？

「母親，舅舅告訴我，每件事都需要時間。」安登安靜地說。他把還是學步兒的弟弟放到膝頭，輕輕搖晃，直到他冷靜下來。他從口袋裡拿出自己雕刻的木頭玩具——一隻小小的烏鴉，眼睛是個漩渦，空心的肚子裡有個小鈴鐺。他的小弟很開心，立刻把玩具塞進嘴裡。

「你的舅舅可以把腦袋拿去煮了。」她憤怒地說。「我們**配得上**這個榮耀。我的意思是，**你**配得上，我親愛的兒子。」

安登沒那麼肯定。

他找了個理由離開餐桌，喃喃說著要去幫議會辦事，不過他其實只是想偷溜到廚房幫廚工的忙。然後再到花園，在天黑前幾個小時幫園丁的忙。接著，他到工作坊裡雕刻木頭。安登很喜歡雕刻木頭——木料很穩定，有種細緻的美，木屑和油的氣味安撫人心。雕刻木頭幾乎是他人生中最愛的事，他一直雕刻到深夜，試著把生命中其他事物都拋到腦後。畢竟，獻祭之日即將到來，而安登還得找個合理的缺席藉口。

隔天凌晨，安登穿上剛洗好的長袍，在天亮前抵達議會大廳。每天，他的第一個任務就是閱讀巨大石板上，市民用粉筆寫上的抱怨，並判斷哪些必須進一步處理，哪些可以直接刷洗掉就好。

（「不過，如果**全部**都很重要呢，舅舅？」安登曾經問過迦蘭長老。

「那是不可能的。無論如何，拒絕受理其實是給人們的禮物。他們得學會接受自己的人生。他們得明白，採取任何行動都沒有意義。他們的生活就應該陰鬱黯淡。沒有什麼比這更好的禮物了。就說到這吧。我的茲鈴茶呢？」）

接著，安登要讓大廳通風，張貼當天的議程，再把長老們瘦骨嶙峋的屁股要坐的靠墊拍鬆，在入口噴上由星辰姊妹實驗室所調製的香水——這種香水設計的目的，顯然是要讓人們膝蓋發軟、說不出話，內心充滿恐懼和感激。在僕人到達時，安登得站在房間裡擺出跋扈的表情，最後才能把袍子掛進衣櫃，然後去學校。

（「但是舅舅，我不知道該怎麼擺出跋扈的表情，怎麼辦？」安登一遍又一遍地詢問。

「我的外甥，練習吧，練習到你會為止。」）

安登慢慢走向校舍，短暫地享受頭頂的陽光。不到一個小時，天色就會轉陰，保護國的天空幾乎總是灰濛濛的。霧氣攀附在城牆和卵石街道上，就像是頑固的青苔。一大清早，街上還沒什麼行人。真是可惜，安登心想。他們錯過了陽光。他仰起頭，感受著稍縱即逝的希望和樂觀。

他的眼神飄向高塔——高塔漆黑的石板形成複雜的紋路，模仿的是銀河的漩渦和星辰的運行。小小的圓形對外窗看起來像是眼睛一般。那位發了瘋的母親還在那裡，被囚禁著。她已經在拘禁室休養了五年，卻仍然沒有恢復。安登可以在心中看見她瘋狂的臉、漆黑的眼珠，以及額頭上的胎記——混雜著暗紫和鮮紅。他忘不了她掙扎、爬行、尖叫和抵抗的模樣。

他沒辦法原諒自己。

安登用力閉上眼，想把這些畫面從腦海中驅逐出去。

為什麼一定要這樣？他的心仍然隱隱作痛。一定還有其他方法。

一如往常，他是第一個抵達學校的人，甚至連老師也還沒來。他坐在位子上，拿出日記本。

他的作業已經完成了——但這不重要。雖然安登還不是長老，但他的老師堅持用氣音奉承地稱呼他爲「安登長老」，而且無論他的作業寫得如何，都會拿到最高分。他大概可以交出空白的本子，卻還是拿到滿分。不過，安登還是努力讀書。他知道，他的老師只是希望未來能得到特殊待遇。在日記本裡，他畫了一些設計草圖——一個設計精良的櫃子，能整齊收納園藝工具，下面還加上輪子，能輕易由小山羊拖動。這是他想送善良園丁長的禮物。

有道陰影遮住他的筆記。

「外甥。」迦蘭長老說。

安登立刻抬起頭來。

「舅舅！」他匆忙地站起身，不小心讓紙張散落了一地，只得慌慌張張地把紙張撿回來。迦蘭首席長老翻了翻白眼。

「跟我來，外甥。」首席長老一甩長袍的下襬，示意男孩跟上。「我要和你談談。」

「但是學校呢？」

「打從一開始就不需要上學。這棟建築物的目的，是要收容並娛樂那些沒有未來、長大了就得爲保護國效命的人。像你這種地位的人，都會請家教老師，我不理解爲什麼你要拒絕這麼基本的東西。你的母親對此一直埋怨個不停。反正，你不上學也不會有人想念你。」

這倒是眞的。不會有人想他。每天，安登都安靜地待在教室最後方埋頭努力。他很少問問題，也很少開口說話。特別是現在，他唯一想對話，並且盼望得到回應的人已經徹底離開學校了。她加入了星辰姊妹修會，成爲見習生。她的名字是愛斯恩，雖然安登不曾和她連續說超過三句話，卻還是非常想念她。他之所以還每天上學，就是奢望她會改變心意，回到學校。

已經過了一年。沒有人離開過星辰姊妹修會，從來沒有。只不過，安登還是持續等待，持續盼望。

他跑步跟在舅舅身後。

其他長老都還沒抵達議會大廳，他們大概要到中午後才會出現。迦蘭要安登坐下。

迦蘭長老打量了安登好一段時間。安登無法將高塔從腦中驅逐出去，也忘不掉那個瘋女人，以及被遺棄在森林裡，可憐地哭泣的嬰孩。喔，那母親的尖叫，還有她抵抗的樣子。喔，我們怎麼會變成這副模樣？

這些想法每天都撕扯著安登的內心，就像靈魂上插著一根巨大的針。

「外甥。」迦蘭長老終於開口。他雙手合十，靠近自己的口鼻，深深嘆了口氣。安登意識到舅舅的臉色慘白。「獻祭之日就快到了。」

「我知道，舅舅。」安登說。他的聲音很虛弱。「還有五天。獻祭之日不會等任何人。」

「你去年不在場。你沒有站在其他長老身邊。是腳傷感染，我沒記錯吧？」

安登垂下眼。「是的，舅舅，還有發燒。」

「然後隔天就恢復了？」

「讚美沼澤的奇蹟。」安登輕聲說。

「再一年前是肺炎，是嗎？」迦蘭長老說。

安登點點頭。他知道這次談話的目的了。

「更早以前，是小屋起火？是嗎？還好沒有人受傷。你一個人在那裡，獨自和大火奮鬥。」

「其他人都在路邊站著，沒有開小差的人，所以只有我一個。」安登說。

「是啊。」迦蘭首席長老瞅了安登一眼。「年輕人，你以爲你騙得過誰？」

他們陷入一片沉默。

安登還記得嬰孩小巧的黑色鬈髮，圍繞著她圓滾滾的黑色眼珠。他還記得把嬰孩留在森林裡時，她發出的聲音。他記得把瘋女人帶進去後，高塔大門關閉的聲音。他開始發抖。

「舅舅……」安登想要解釋，但迦蘭揮手要他住口。

「聽著，外甥。我認爲把這個位置給你不是個好的決定。但我之所以這麼做，不是因爲姊姊的死纏爛打，而是因爲我對你親愛的父親的愛，願他安息。他在過世前，希望確保你能走上康莊大道，而我沒辦法拒絕他。讓你來這裡，似乎能撫慰我的悲傷。我很感激這一點。你是個好孩子，安登，你父親一定會以你爲傲。」迦蘭臉上的稜角柔和了些。

安登注意到自己放鬆下來了，不過只是暫時的。迦蘭猛然一扯長袍下襬，站起身來。「不過，我對你的情感也就只能到這裡了。」他的聲音在小廳室裡詭異地迴盪著。

他的聲音裡透著一絲脆弱。眼睛瞪得大大的，緊繃不安，甚至還有些溼潤。*我的舅舅在擔心我嗎？*安登很好奇。*想必不是吧*，他心想。

「年輕人，不能再這樣下去了。」他的舅舅繼續說。「其他長老都開始說話了。他們……」他停了一下，即將出口的話哽在喉嚨。他的臉頰脹紅。「他們很不高興。我雖然在許多方面都能保護你，親愛的孩子，但我的能力也不是無限的。」

*為什麼我需要被保護？*安登看著舅舅緊繃的臉，百思不解。

迦蘭長老閉上眼，讓急促的呼吸緩和下來。他示意男孩站起來，臉上也恢復了跋扈的表情。「來吧，外甥，你該回學校了。我們會像往常那樣，等你下午再來。我希望你今天至少能讓一個人敬拜。這樣一來，或許也就能平息其他長老的疑慮了。答應我你會試試看，安登，拜託你了。」

安登朝著門口走去，首席長老跟在他身後。老人把一隻手伸向男孩的肩頭，卻停留在半空中猶豫了一陣子，然後又垂落身側。

安登走出門時，說道：「我會更努力嘗試的，舅舅，我答應你。」

「我想你會的。」首席長老用沙啞的聲音呢喃。

五天後，當披著長袍的隊伍穿過城鎮，走向受詛咒的屋子時，安登待在家裡，腸胃翻騰，把午餐全都吐了出來。至少他是這麼說的。其他長老整段路程都竊竊私語。他們把孩子從順從的父母手中接過時嘟囔著，匆忙走向梧桐樹林時也是。

「我們得處置那個小子。」長老們說著。他們都很清楚這是什麼意思。

喔，安登，我的孩子，喔，安登啊！迦蘭邊走邊想著，內心充滿憂慮，化成了又硬又緊的結。你做了什麼，你這傻孩子？你做了什麼？

7 有魔法的小孩又更麻煩了

露娜五歲時，她的魔法已經成長了五倍之多，但還是保持在她體內，融入她的骨骼、肌肉和血液。事實上，魔法已在她的每個細胞裡。保存著，未受使用，潛能無限卻尚未擁有力量。

「不能繼續這樣下去。」葛拉克焦慮地說。「她蒐集的魔法越多，最後噴發的也越多。」與此同時，他又忍不住對著女孩扮鬼臉，讓露娜瘋了似地咯咯笑。「記得我說的話。」他想裝出嚴肅的表情，但徒勞無功。

「你又無法確定。」姍說。「或許魔法永遠不會滿出來。或許情況不會變得太棘手。」

雖然她持續勤奮不倦地爲被拋棄的嬰孩找家，但姍深深厭惡著麻煩的事，還有令人悲傷的事。如果有選擇，她寧願不去想，但她做不到。姍和露娜坐著吹泡泡——那是最美好、迷人又神奇的東西，表面暈染著漂亮的色彩。女孩追著泡泡，用手指去抓，把盛開的雛菊、蝴蝶或樹葉放進泡泡裡。她甚至自己爬進某個特別大的泡泡，在草地上輕輕飄浮著。

「有太多美麗的事物了，葛拉克。」姍說。「你怎麼還能想別的呢？」

葛拉克搖搖頭。

「這個樣子能持續多久，姍？」葛拉克問。女巫不願意回答。

稍晚，葛拉克抱著女孩，唱著歌哄她入夢。他可以感受到臂彎中的魔法，感受到一波波的脈動如浪潮在女孩體內，還找不到上岸的方式。

女巫說，這都只是他的想像。

她堅持，他們得把所有的能量都集中在撫養這個本性頑皮、好奇又好動的小女孩。每一天，露娜都能用更令守護者們震驚的創新方式來打破規矩。她試著騎山羊，試著讓巨石滾下山、撞向倉庫的外牆（她說，這是為了**裝飾**），試著教雞飛行，甚至有一次還差點在沼澤溺水（感謝老天，葛拉克救了她一命）。她餵鵝喝麥芽啤酒，想看看會不會讓牠們走路搖搖晃晃（會的），把胡椒粒摻入山羊飼料，想讓山羊跳起來（牠們沒有跳，但是摧毀了籬笆）。每天，她都會誘導費里安做出差勁的選擇，或是捉弄這隻可憐的幼龍，把他給弄哭。她到處攀爬、躲藏，有時也建造、破壞、在牆上寫字、毀掉才剛剛做好的衣裙。她的頭髮蓬亂，鼻頭髒兮兮的，走到哪都會留下黑手印。

「如果她的魔法出現了，會發生什麼事？」葛拉克一再提問。「她會變成什麼樣子？」

姍努力不往這個方向去想。

姍一年會造訪自由城市兩次，一次帶著露娜，另一次則隻身前往。她不曾對女孩解釋過隻身前往的目的，也沒有告訴她森林的另一頭，還有一座悲傷的城市，人們會把孩子留在林間的小空地裡，很可能是讓他們等死。當然，她總有一天會告訴女孩眞相。總有一天，姍這麼告訴自己，但不是現在。這樣的眞相太悲傷了，露娜年紀也太小，一定沒辦法理解。

露娜五歲時，她們又造訪了距離最遙遠的一座自由城市——名叫歐斯迪安。姍發現自己正責備著不肯安靜坐好的小露娜。沒有其他原因。

「女孩，請你立刻離開屋子，到外頭找朋友玩好嗎？」

「奶奶，你看！是帽子！」女孩伸手到碗裡，撈出一團正在發酵的麵團，往頭上一放。「奶奶，是帽子！最美麗的帽子。」

「那才不是帽子。」姍說。「那只是一坨麵團。」她正忙著處理某種特別複雜的魔法。學校的女校長躺在廚房桌上，陷入最深沉的睡眠，而姍把兩隻手放在她的臉頰上，努力集中精神。姍發現，女校長之所以會頭痛難耐，是因爲大腦中央長了東西。姍可以用魔法把腫瘤一點一點移除，但這並不容易，而且非常危險。只有聰明的女巫才能辦到，而沒有女巫比姍更聰明了。

不過，這任務還是很艱鉅，比她想像的還要更困難，也更耗費心力。最近，姍覺得做什麼事都格外費力。她把這歸咎於年紀，老了之後魔法枯竭的速度越來越快，重新補足的時間越來越久，她也越來越疲憊。

「年輕人。」姍呼喚女校長的兒子。他是個好孩子，大概十五歲，皮膚似乎散發著光芒。他也是星辰之子。「你可以把這個麻煩的孩子帶到外頭玩，讓我可以專心治療你母親，不要失手害死她嗎？」男孩臉色刷白。「我當然是開玩笑的，你的母親在我手裡很安全。」姍希望事實如此。

露娜牽起男孩的手，漆黑的眼珠像寶石那樣閃耀。「來玩吧！」她說，而男孩對她回以微笑。就和每個與女孩相遇的人一樣，他也喜歡露娜。他們一起笑著跑出大門，消失在後方的森林裡。

稍後，腫瘤順利移除，大腦開始恢復，女校長舒服地睡著。姍也覺得自己終於可以休息了。她的眼神落在備餐檯上的碗，碗裡裝的是發酵中的麵團。

不過，碗裡卻一點麵團也沒有。相反地，裡頭有一頂帽子——帽簷很寬，做工非常細緻精美。那是姍所看過最美的帽子。

「喔，老天。」姍輕聲說著，把帽子撿起來，察覺到其中編織的魔法——藍色的，邊緣帶著幾絲銀色，是露娜的魔法。「喔，老天，喔，老天。」

接下來兩天，姍盡全力以最快速度把在自由城市的工作完成。露娜一點也沒幫上忙。她在其他孩子周圍跑來跑去，和他們嬉鬧比賽，跳過籬笆。她和一群孩子打賭，要他們陪她一起爬到樹頂，到穀倉的閣樓探險，或是爬上鄰居家的屋脊。他們跟著她越爬越高，但卻沒辦法跟到最後。她似乎飄浮在樹幹上，在樹冠的頂端轉圈圈。

「小女孩，你立刻下來。」女巫吼著。

小女孩笑著，朝地面飛去，從一片葉子跳到另一片，爲後頭的孩子們找出一條安全的路線。姍可以看到魔法在她身後飄動，就像一條條的絲帶。藍色和銀色，銀色和藍色。它們在空中翻動、鼓脹和旋轉，在地上留下了刻痕。姍立刻追在露娜身後，一邊爲她清理善後。

一隻驢子變成了玩具。

一棟房子變成了小鳥。

一座穀倉突然變成了糖霜薑餅屋。

她不知道自己在做什麼，姍心想。魔法從女孩的體內滿溢而出，姍這輩子從未看過這麼大量的魔法。她很可能會傷到自己，姍生氣地想著，或是傷到別人，傷到城裡的每個人。姍一路追著，全身的老骨頭都在哀號。她解開露娜一道又一道的魔法，終於追上了任性的女孩。

「午睡時間到了。」女巫說著，揮舞兩隻手掌，而露娜就這麼倒在地上。姍**以前從未**干預過其他人的意志，**以前從未**。差不多五百年前，她才承諾她的守護者佐西莫斯，她絕不會這麼做。但現在……我做了什麼？姍質問自己。她覺得很不舒服。

其他孩子目瞪口呆。露娜發出打呼聲，在地上留了一灘口水。

「她沒事嗎？」一個男孩問。

姍把露娜抱起來，感受到女孩的重量靠在她的肩膀，並且讓自己皺紋滿布的臉頰緊緊靠著女孩的頭髮。

「親愛的，她沒事，只是想睡了而已。」姍說。「她很想睡了，我想你們也都還有家事要做。」姍帶著露娜到市長家的客房，她們暫時寄住在那裡。

露娜沉沉地睡著，呼吸緩慢而平穩。她額頭上的彎月形胎記散發微弱光芒，那是一抹粉紅色的彎月。姍替女孩撥開覆蓋在臉上的黑髮，手指輕拂著漆黑發亮的小鬈。

「我漏掉了什麼？」姍大聲問自己。一定有什麼是她沒看到的，而且是很重要的事。假如可以，她不願回想自己的童年，那太傷心了。悲傷很危險——不過她不太記得為什麼了。

記憶稍縱即逝，就像走在不穩又長滿青苔的斜坡上，很容易就失足滾落。無論如何，五百年中都有太多事情要記了。但此時此刻，記憶正在她腦中翻騰——善良的老人、老舊腐朽的城堡、一群埋首書堆的學者、悲傷的巨龍母親正在道別。還有些別的，特別可怕的記憶。姍試著在洪流中找出特定的記憶，但它們就像雪崩中的閃亮鵝卵石，短暫綻放出耀眼光芒，然後就此消失。

有些事情她**應該**要記得，這點她很肯定。要是能記得是什麼事就好了。

8 故事裡透露著真相

說故事？好吧，我告訴你一個故事，但你不會喜歡的。這故事會讓你哭。

很久很久以前，世界上有許多善良的女巫和巫師，他們住在森林中的城堡裡。是的，那時候的森林並不危險。我們都知道是誰詛咒了森林，就是偷走我們的小孩，又對水源下毒的人。那個時候，保護國是個富裕又有智慧的地方。沒有人需要「道路」才能穿過森林。森林是大家的朋友，每個人都能走到魔法城堡，尋求藥方和建議，或是單純去聊聊天。

但是某一天，某個邪惡的女巫騎著一隻龍穿越天空。她穿著黑色的靴子，戴著黑色的帽子，一身鮮血般的紅衣。她對著天空憤怒地哭嚎。

是的，孩子，這是一個真實故事。還有其他類型的故事嗎？

當女巫騎著被詛咒的龍時，地面開始震動，噴發出岩漿。河流沸騰，泥巴冒著泡泡，而許多湖泊都瞬間化為蒸氣。沼澤，我們親愛的沼澤，變得荒蕪又瘴氣瀰漫，許多人因為吸不到空氣而死去。城堡下方的地面隆起，不斷地抬升，中央爆發出濃煙和塵霧。

「世界要滅亡了！」人們哭喊著。若不是某個勇敢的人挺身對抗女巫，或許事情真的會這樣發展。

某個來自城堡的巫師——沒有人記得他的名字——看到女巫騎著駭人的巨龍飛過破碎的大地。他知道女巫想做什麼：她想要從隆起的地面引火，讓整個大地陷入火海，熊熊燃燒。她希望用濃煙和烈火將我們吞沒。

這當然是她想要的。沒有人知道為什麼。怎麼可能知道呢？她是女巫啊。她不需要詩韻，也不需要理由。

這當然是真實故事。你真的在聽我說話嗎？

於是，那個勇敢的小巫師忘了自己的安危，衝到煙霧和火海中。他跳到半空，想把女巫從巨龍的背上扯下來。他把巨龍投入地面的火坑中，就像為瓶子塞上塞子那樣阻止了火焰的噴發。

但他沒有殺死女巫，是女巫殺了他。

這就是為什麼英勇是不值得的。憑藉著勇氣什麼也做不到，什麼也保護不了，不會有任何成果。勇氣只會把你害死，這就是為什麼我們不挺身對抗女巫。畢竟，連古代的強大巫師也不是她的對手。

我已經說了，這是真實故事。我只會說真實發生過的故事。現在，你快去做家事吧，別讓我發現你偷懶。否則，我可要把你送到女巫那裡，讓她好好料理你。

9 有許多事都出了錯

回家的路是一場災難。

「奶奶、奶奶！」露娜喊著。「一隻鳥吔！」然後某個樹墩就變成了非常巨大、全身粉紅色、看起來相當困惑的鳥。牠癱坐在地上，翅膀像手那樣扠著腰，彷彿自己也被自己的存在給嚇了一跳。

姍心想著，這可憐的東西大概也眞的嚇壞了吧。趁露娜不注意時，姍馬上把牠變回樹墩。即使只是遠遠地看，姍也能感覺到樹墩鬆了一大口氣。

「奶奶、奶奶！」露娜一邊奔跑一邊尖叫。「有蛋糕！」前方一條溪流的水突然停止流動，憑空消失，取而代之的是一條蛋糕河。

「好好吃！」露娜喊著，抓起一把又一把的蛋糕，把五顏六色的糖霜抹得滿臉都是。

姍用臂彎勾起露娜的腰，以木杖撐著身體飛過了蛋糕河，帶著露娜飛過山坡上蜿蜒的小徑，一邊回頭化解露娜意外施展的咒語。

「奶奶！蝴蝶！」

「奶奶！有小馬！」

「奶奶！野莓吔！」

露娜的手指、腳趾、耳朵和眼睛都不斷發出咒語。她的魔法四射，不斷脈動。姍光是要趕上就左支右絀了。

夜晚，姍筋疲力竭地癱在地上，夢見了五百年前過世的巫師佐西莫斯。在夢裡，佐西莫斯想要向她解釋某件重要的事，但他的聲音卻被火山的轟隆聲給蓋過。她只能看著他的臉，而那張臉在她眼前皺縮凋萎，皮膚像日落時的百合花瓣那樣片片飄落。

當她們終於回到沉睡火山群峰與坑洞之間的家，被沼澤馥郁的氣息所包圍時，看見葛拉克直挺挺地站著等候。

「姍。」他說。而費里安在一旁的半空中跳舞旋轉，尖聲哼唱他自編的歌曲，表達著對所有認識的人的愛。「這女孩看起來更複雜棘手了。」葛拉克已經看見女孩四散的魔法，有些就像絲線那樣從樹梢垂落。即使距離遙遠，他也知道那不是姍的魔法，因為姍的魔法是綠色的，質地柔軟卻有韌性，顏色和材質都像極了橡樹背風面所攀附的地衣。不，這些魔法呈現藍色和銀色、銀色和藍色，是露娜的魔法。

姍揮手打發他。「你連一半也無法想像。」她一邊說，一邊看著露娜衝向沼澤，採了一臂彎的鳶尾花，吸入花朵的香氣。露娜奔跑時，每一步都伴隨著綻放的彩虹色花朵。當她踏進沼澤，蘆葦開始彎曲扭動，變成了一艘小船。露娜爬上船，漂過布滿了深紅色藻類的池水。費里安在船頭處坐下，似乎完全沒注意到出了什麼狀況。

姍的手搭在葛拉克背上，倚靠著他。她這輩子從沒有這麼疲憊過。「這得花費好一番功夫。」

她說。

接著，她用力撐著手杖，走向工作坊，準備好好指導露娜。

而事實證明，這是不可能的任務。

姍在十歲時得到魔法。在那之前，她一直孤單又恐懼。研究她的魔法師們一點也稱不上善良，其中一位似乎特別渴望著悲傷。拯救她的人是佐西莫斯，他照顧她，也贏得了她的忠誠。她充滿感恩，願意遵循世上的任何規範。

但露娜不同。露娜才五歲，而且非常頑固任性。

「親愛的，請你坐好。」姍一而再、再而三地叨念著，不斷要求女孩把魔法對準一根蠟燭。「我們得看進火焰的深處，才能了解——孩子，不要在教室裡頭飛行。」

「我是隻烏鴉，奶奶！」露娜喊著。這倒不完全是眞的，因爲露娜只長出了黑色的翅膀，在房間裡振翅亂飛。「嘎！嘎！嘎！」她叫著。

姍在半空中抓住女孩，解開了變形的魔法。這麼簡單的法術，卻讓姍膝蓋一軟，跪在地上。她的雙手顫抖，眼前一片模糊。

*我是怎麼了？*姍問自己，但她沒有答案。

露娜沒有注意到姍的狀況，只是將一本書變成鴿子，又讓鉛筆和羽毛筆都活了起來，能站在桌上表演複雜的舞蹈。

「露娜！停下來！」姍說著，對女孩施展了簡單的阻擋咒語。理論上應該很簡單，應該至少能持續一、兩個小時才對。但咒語卻像是撕扯著姍的肚子，讓她喘不過氣，而且一點效果也沒有。露娜想都沒想就穿過阻礙，姍癱軟在椅子上。

「到外面去玩吧，親愛的。」老邁的女巫全身顫抖著說。「但什麼也別碰，誰也別傷害，更不准使用魔法。」

「奶奶，什麼是魔法？」露娜一邊衝出大門，一邊丟下這個問題。還有許多樹等著她爬，許多船等著她建造呢。姍很確定，她看到露娜在和一隻鶴講話。

每天，露娜的魔法都更加不受控制。露娜的手肘不小心撞到桌子，就會不小心把桌子變成水。她在睡夢中把床單變成天鵝（鵝群把房間弄得一團亂）。她讓石頭像泡泡那樣破掉。她的皮膚變得炙熱，甚至把姍燙出了水泡，有時又變得酷寒，在擁抱葛拉克時留下了霜凍的痕跡。還有一次，露娜讓費里安的翅膀憑空消失，讓他掉落在地上。露娜在小跳步離開時，根本沒有注意到自己做了什麼。

姍試圖把露娜包在像泡泡一樣的保護膜中，哄騙她這是個好玩的遊戲，只希望能控制住她翻湧的力量。她在費里安的周圍也包上泡泡，在每隻山羊和雞身上也是，更將整間房子都包上泡泡，生怕一不小心就讓全家都陷入火海。而泡泡確實撐了一段時間——畢竟，那是用很強的魔法做出來的。不過，它們還是破滅了。

「變出更多泡泡吧，奶奶！」露娜喊著，在石板地上繞圈圈。她的每個腳印都萌發出綠色的植物和鮮豔的花朵。「更多泡泡！」

姍這輩子從沒有那麼疲憊過。

「把費里安帶去南邊的火山坑。」在整整一個星期幾乎沒有睡的沉重勞動後，姍終於這麼交代葛拉克。她的眼周長出了黑眼圈，皮膚和紙一樣慘白。

葛拉克搖著他巨大的頭，說道：「姍，我不能就這樣丟下你。」就在此時，露娜把一隻蟋蟀變得和山羊一樣巨大。她又變出一把糖給大蟋蟀，然後爬到牠的背上。葛拉克搖搖頭。「我可做不到。」

「我必須保護你們倆的安全。」姍說。

沼澤怪聳了聳肩。「魔法對我沒有效。我活著的時間比魔法長久太多了。」

姍皺起眉頭。「或許吧，但我不知道。露娜有……太多魔法了。而且她不知道自己在做什麼。」

姍覺得全身的骨頭衰老又虛弱，呼吸在胸口又短又急促。她盡力不在葛拉克面前表現出來。

姍亦步亦趨地跟著露娜，一次又一次地解除咒語。她消除了山羊身上的翅膀，把鬆餅變回雞蛋，又讓飛行中的樹屋回到地面上。露娜顯得既驚奇又開心。她每天都驚奇地笑著、感嘆著、享受著。她手舞足蹈，無論跳到哪兒，地面上都會湧出泉水。

與此同時，姍卻越來越虛弱。

葛拉克終於受不了了。他把費里安留在火山口的邊緣，劈哩啪啦地走回他心愛的沼澤。在混濁的水裡稍微泡了片刻後，他就走向獨自站在院子裡的露娜。

「葛拉克！」露娜呼喊著。「看到你真是太開心了！你就像兔子一樣可愛。」

就這麼一句話，葛拉克變成了一隻兔子。一隻毛茸茸的白兔，眼睛是粉紅色的，尾巴則是蓬鬆的白色毛球。他長出長長的白色睫毛和兔耳朵，鼻子在臉的正中央抽動。

露娜立刻開始哭泣。

姍衝出屋子，努力想理解哭泣的露娜在說什麼。當她開始尋找葛拉克時，葛拉克已經不見了。他完全不知道自己是誰，或是什麼東西，於是跳走了。他變成了兔子，她們花了好幾個小時才找到他。

姍讓女孩坐下。露娜看著她。

「奶奶，你看起來不太一樣。」

這是眞的。姍的雙手變得瘦骨嶙峋，又布滿斑點。她手臂的皮膚變得鬆垮垮的。她可以感受到臉上的皮膚開始出現皺褶，每分每秒老去。而此時此刻，和露娜一起坐在陽光下，中間夾著不斷發抖、變成兔子的葛拉克，姍可以感受到自己體內的魔法正朝著露娜靠近，就像是月光靠近還是嬰兒的露娜那樣。隨著魔法從姍流向露娜，老邁的姍也變得越來越老。

「露娜。」姍一邊說一邊撫摸著兔子的耳朵。「你知道這是誰嗎？」

「是葛拉克。」露娜說著，把兔子抱到腿上，溫柔地擁著。

姍點點頭，問道：「你怎麼知道是葛拉克？」

露娜聳聳肩。「我看到葛拉克，然後他就變成兔子了。」

「啊！」姍說。「你覺得他爲什麼會變成兔子呢？」

露娜微笑著說：「因爲兔子很美好，而他想讓我開心。葛拉克很聰明！」

姍停頓了一下，又問：「但是露娜，這是怎麼做到的？他是怎麼變成兔子的？」她屏氣凝神。那天很溫暖，空氣潮溼又甜美。四周唯一的聲音是沼澤輕柔的冒泡聲。森林裡的鳥兒安靜下來，似乎也專心聽著。

露娜皺著眉頭。「我不知道，他就是變了。」

姍交疊著她消瘦的手，覆蓋住自己的嘴巴說：「我知道了。」她專注地確認儲存在身體深處的魔法，悲傷地發現已經所剩無幾。當然，她可以用星光和月光，以及在四處找到的魔法來補充自己的魔法，但不知怎地，她知道這些解方都只是暫時的。

她看著露娜，親吻她的額頭。「睡吧，親愛的。你的奶奶得去學一些東西。睡吧，睡吧，睡

吧，睡吧，睡吧。」

女孩睡了。姍幾乎耗盡了所有的心力，不過她已經沒時間休息了。她把注意力轉向葛拉克，分析把他變成兔子的魔法結構，然後一點一滴地解開。

「爲什麼我想要紅蘿蔔？」葛拉克問。女巫解釋了整個情況，葛拉克一點也不開心。

「別對我發火了。」姍先發制人。

「沒什麼好說的。」葛拉克說。「我們都愛她，她是我們的家人，但現在該怎麼辦？」

姍勉強站起身來，關節就像生鏽的齒輪那樣喀嚓作響。「我不想這麼做，但這是爲了我們大家。她不只對我們來說很危險，對她自己也是。她不知道自己在做什麼，我也不知道該怎麼教導她。至少不是現在。她還太年輕、太衝動，也太……露娜了。」

姍站著，活動了一下肩膀，做好準備。她變出一個泡泡，將露娜給包住。她加上一層又一層的絲線，把泡泡變得越來越硬，直到成爲一個堅固的繭。

「她會沒辦法呼吸！」葛拉克警覺地說。

「她不需要呼吸。」姍說。「她處在靜止的狀態，這個繭會控制她的魔法。」姍閉上眼睛，又說：「在我還小的時候，佐西莫斯也曾經這樣對我做過。或許也是出於相同的理由吧。」

葛拉克的臉蒙上一層陰影。他重重地一屁股坐下，把尾巴當一圈軟墊那樣圍住自己。「我突然想起來了。爲什麼我會忘記呢？」他搖著頭說。

姍撇了撇皺巴巴的嘴唇。「悲傷很危險。或者該說，曾經很危險。我現在已經不記得原因了。我想，我們倆都開始習慣遺忘了。我們讓以前發生的事變得……朦朧。」

葛拉克認爲，或許理由不只如此，但他沒有多說什麼。

「我想，費里安等等就要來了。」姍說。「他沒辦法忍耐孤單太久。雖然可能無所謂，但還是別讓他碰露娜，以防萬一。」

葛拉克伸出巨大的手，搭在姍的肩膀上。

「你要去哪裡呢？」

「去古老的城堡。」姍說。

「但是……」葛拉克盯著她。「那裡什麼也沒有，只有幾顆古老的石頭。」

「我知道。」姍說。「我只是需要站在那個地方。那是我最後一次見到佐西莫斯、費里安的母親和其他人的地方。就算會很難過，我也得回想起一些事情。」

姍沉重地倚靠在手杖上，步履蹣跚地離開了。

「我得記起很多東西。」她對自己喃喃地說。

「現在就得回想起一切。」

10 女巫找到一扇門，以及一些記憶

姍轉過身背向沼澤，沿著小徑走上山坡，朝著火山坑走去。許久之前，火山曾經在此敞開臉孔，面對天空。小徑上鋪著巨大扁平的石塊，石塊間緊密貼合，其間的縫隙幾乎連一張紙也塞不進去。

距離上次走上這條小徑，已經過了許多年，或者該說好幾個世紀了。她顫抖著，發現一切都面目全非，卻又……似曾相識。

很久很久以前，城堡的院子裡曾經有石塊排成的圓圈。它們像哨兵那樣，圍繞著中央更古老的塔樓。而城池則包圍一切，像是一隻銜尾蛇。然而，塔樓已經不復存在（姍不知道它下落如何），城堡化爲瓦礫堆，石塊則被火山的爆發給推倒，被地震所吞沒，或是被烈火、洪水和時間所侵蝕。如今，只有一塊巨石碩果僅存，而且很難找到。高聳的雜草像厚重的窗簾般圍繞著它，而它的表面爬滿了藤蔓。姍花了大半天，才終於找到巨石，又花了一整個小時，才終於清掉了頑固不放的藤蔓。

當她終於接近巨石本身，卻大失所望。巨石的表面上刻著一些字，每一面都記載著簡單的訊息，那是佐西莫斯很久以前親手刻下的。當她還是孩子時，他爲了她刻下這些字。

其中一面寫著：「不要忘了。」

另一面是：「我說眞的。」

不要忘了什麼？

你是什麼意思，佐西莫斯？

姍不確定。雖然她的記憶斑斑駁駁，但她還記得一件事：佐西莫斯喜歡故弄玄虛。他認爲，既然模糊的文字和影射對他來說已經夠清楚，對其他人來說當然也完全能夠理解。而經過了這麼多年，姍還記得她對此感到多麼惱怒。

「讓人困惑。」她說。

她靠近巨石，額頭貼著深深刻下的文字，彷彿那些文字就是佐西莫斯本人。

「喔，佐西莫斯。」她說著，感受到將近五個世紀都不曾浮現的某種情緒。「我很抱歉，我忘記了。我不是故意的，但是……」

一股魔法湧現，如巨石般打在她身上，讓她踉蹌後退。她坐倒在地上，臀部嘎吱作響的骨頭發出砰的一聲。她盯著石頭，目瞪口呆。

巨石被賦予了魔法！她心裡想著。當然嘍！她看著石頭中央出現一條縫，從兩側向中央打開，像一扇壯觀的石門。

不是像石門，姍心想，它就是石門。石塊的形狀就像一扇大門，映襯在後方的藍天下。只不過，石門後的通道相當陰暗，只隱約看見一道石階。

電光石火的一瞬間，姍回想起了那一天。她十三歲，對自己的巫術和頭腦都過度自信。而她曾經健康強大的老師，則一天比一天虛弱。

「要小心你的悲傷。」他曾經這麼說。他當時非常老了，老得不可思議，全身幾乎只剩下骨頭和薄得像紙的皮膚，有點像一隻蟋蟀。「你的悲傷很危險。別忘了**她**還在附近。」而姍嚥下自己的悲傷，以及自己的記憶。她把兩者都深深埋在心底，不讓自己找到。至少她是這麼以爲的。

不過，她現在已經想起城堡了——她記得！城堡隱約的詭異氛圍，讓人難以理解的複雜走道，以及住在裡頭的人。那裡不只有巫師和學者，還有廚師、書記官和助手。她記得火山爆發時，他們紛紛逃進森林裡。她記得自己如何逐一爲他們施予保護的咒語——只有一個例外。她向星星祈禱，希望咒語能在他們逃命的過程中發揮效果。她記得佐西莫斯如何將城堡隱藏在石塊的圓圈中，每塊石頭都是一扇門。「同一座城堡，不同的門。不要忘了，我說眞的。」

「我不會忘的。」十三歲的她說。

「你一定會忘記的，姍。你還不知道自己是怎樣的人嗎？」

他那個時候可眞是老。他怎麼變得那麼老？他幾乎是直接凋萎成了塵土。「但別擔心，我把這也編進了咒語。現在，親愛的，希望你別介意。我很感激能認識你，也很遺憾認識了你，卻還是因爲我們相處的每一天而歡笑。不過，一切都已經過去，你我必須分離。我得保護數千人不受到火山爆發的傷害，而我希望你能確保他們永遠心懷感恩。可以嗎，親愛的？」

他悲傷地搖搖頭。「我在說什麼？你當然不會。」接著，他和簡單巨大龍消失在煙霧中，俯衝向山脈的中心，阻止了火山的爆發，逼迫火山陷入不安穩的睡眠之中。

而他們都永遠地消失了。

姍沒有做任何事來守護關於他的記憶，也沒有向任何人解釋他做了什麼。

事實上，不到一年，她就幾乎不記得他了。她從未驚覺這有多麼奇怪——她的人格中早該有所警覺的部分，也被放在簾子的另一側，消失在迷霧之中。

她窺視著陰霾中若隱若現的城堡。她年邁的骨頭隱隱作痛，腦袋飛快運轉。爲什麼她的記憶會隱藏起來？爲什麼佐西莫斯要把城堡給藏起來？

她不確定，但她知道能在哪裡找到答案。她用手杖敲了地板三次，直到發出足以照亮黑暗的光芒。接著，她走入石塊中。

11 女巫下定決心

姍抱著滿懷的書，從傾頹的城堡搬到她的工作坊。書本、地圖、論文、期刊、圖表、食譜、藝術品。連續九天，她不吃不睡。露娜仍待在繭裡，被固定在原地，也固定在相同的時間。她不呼吸，不思考，就這麼暫停了。葛拉克每次查看，都覺得自己的心臟像是被插了一把利刃。他不免想著，這種痛會不會留下疤痕。

他其實不需要猜想，因為傷痕確實造成了。

「你不能進來。」姍在上鎖的門後告訴他。「我得集中精神。」接著，他聽見她在門後喃喃自語。

每個晚上，葛拉克都會從工作坊的窗戶窺視，看著姍點亮蠟燭，檢視上百本攤開的書本和文件，在牛皮紙捲上留下越來越長的筆記，並且自言自語個不停。她搖搖頭，對著鉛製的盒子輕聲念出咒語，然後快速把盒子關上，坐在蓋子上不讓魔法溢出來。在那之後，她小心翼翼地打開盒子，查看內部，一邊用鼻子深深吸氣。

「肉桂。」她會這麼說。「還有鹽巴。咒語裡加太多風了。」她會把這些都寫下來。

或是：「甲烷。這有點不妙。她會不小心飛走。而且她會變得很易燃，比平常還要一觸即發。」

或者：「那是硫磺嗎？老天啊！你到底想做什麼啊？殺死那可憐的孩子？」她劃掉清單上的一些項目。

「姍阿姨發瘋了嗎？」費里安問。

「沒有，我的朋友。」葛拉克告訴他。「但她發現她的麻煩比想像中更棘手。她不習慣不知道該怎麼辦的情況，這讓她很害怕。大詩人曾經說過：

『愚人，一旦離開
堅固的地面，就會跳躍——
從山頂到燃燒的星辰，
到黑暗、黑暗的宇宙。
學者，一旦離開紙捲、
羽毛筆和厚重的經典，
就會墜落，
就此無影無蹤。』

「這真的是一首詩嗎？」費里安問。

「當然，這是貨真價實的詩。」葛拉克說。

「但那是誰寫的，葛拉克？」

葛拉克閉上眼。「大詩人，沼澤，世界，還有我。這些都是同樣的東西，你知道的。」

但他不肯再解釋這句話的意思。

終於，姍推開了工作坊的門，臉上帶著滿意的微笑。她一邊對滿臉狐疑的葛拉克解釋，一邊用粉筆在地上畫了個很大的圓圈，留下一個僅容通過的開口。「你瞧。」她沿著圓周畫了十三個記號，把圓周平分成十三等份。這十三個記號成爲十三芒星的頂點。「我們最終在做的，就是設定一個鐘。你瞧，每一天的流逝都像是精準運轉的齒輪。」

葛拉克搖搖頭。他實在看不出來。

姍在幾乎完整的圓圈上標出時間——變成簡潔又充滿秩序的時鐘。「這是個十三年的循環。咒語最多就是十三年，以我們的例子來說，時限恐怕更短——整個機制配合著她的生理節律。我也做不了什麼。她已經五歲了，所以時鐘會自動調成五點，在她滿十三歲時停止運作。」

葛拉克瞇起眼。這一切一點道理也沒有。當然，對沼澤怪來說，魔法本身一點道理也沒有。創造世界的歌裡沒有提到魔法，魔法是在許久之後，搭乘星光和月光一起來到世界。對葛拉克來說，魔法一直都像個入侵者，或是不請自來的客人。葛拉克比較喜歡詩。

「我會使用和她沉睡的繭一樣的原理。所有的魔法都被保存在其中。不過，在這個情況下，魔法會儲存於她的體內，就在她的額頭和大腦之間。我可以讓魔法變得又小又受控，就像一粒沙那樣。所有的力量都存在於一粒沙裡，你可以想像嗎？」

葛拉克什麼也沒說。他低頭看著臂彎裡的孩子。露娜動也不動。

「這不會……」他開口，聲音卻異常沙啞。他清了清喉嚨才說：「這不會……破壞任何東西吧？我想，我很喜歡她的腦袋，我寧願不要傷到那裡。」

「啊，這什麼廢話。」姍斥責道。「她的腦袋絕對不會有事。至少，我會努力不要傷到她的。」

「姍！」

「開開玩笑而已！她當然不會有事。這麼做只是爲我們爭取更多時間，讓她更成熟，更清楚該怎麼控制住自己釋放出的魔法。她必須接受教育，必須理解這裡的書本寫些什麼，必須知道星辰的運作、宇宙的起源，以及善良的意義。她得學習數學和詩歌。她必須問很多問題，必須追尋答案，必須了解事物的因果，以及無心之舉可能的後果。她必須得到同情心、好奇心和敬畏之心。這種種事物，我們都必須教導她，葛拉克。這是我們三個的重責大任。」

房中的空氣突然變得沉重。姍用粉筆畫下十三芒星的最後一道光芒後，發出了悶哼聲。即使平常冷靜淡定的葛拉克，也覺得汗流浹背、噁心反胃。

「那你呢？」葛拉克問。「**你的**魔法不會再被抽乾了嗎？」

姍聳聳肩說：「我想，會慢下來吧。」她緊抿著嘴唇。「會一點一滴地消逝。不過，等到她十三歲，我的魔法會一口氣流出。失去魔法後，我會成爲空殼，不再有燃料能讓這身老骨頭動起來。然後，我會離開。」姍的聲音就像沼澤的表面一樣安靜平滑——且讓人喜愛，就像沼澤那樣。

葛拉克覺得胸口一痛。姍勉強露出笑容，說道：「假如能如我所願，那麼我希望能在教導露娜一些事情後，再讓她變成孤兒。好好地撫養她一段時間，幫助她做好準備。與其像可憐的佐西莫斯那樣凋零衰弱，我寧願優雅地走。」

「死亡總是突如其來。即使有時候好像不是那樣，仍令人措手不及。」葛拉克說。他覺得眼睛很癢。他想要用第三和第四隻手臂摟住姍，但他知道姍不會喜歡。所以，他只把露娜摟得更緊了一些，而姍則開始慢慢解開魔法的繭。小露娜咂了幾次嘴，緊緊靠著葛拉克潮溼的胸口，讓他全身一暖。她的黑髮像夜空那樣閃耀。她沉沉地睡著。葛拉克看著地板上的圖形，還有個開口能讓他抱著女孩出去。當露娜就定位，葛拉克也安然退到粉筆圈外後，姍就會把圓圈完成，讓魔法開始生效。

他猶豫了。

「你確定嗎，姍？」他說。「你非常、非常確定嗎？」

「是的。如果我沒犯任何錯，那麼魔法的種子會在她十三歲生日時打開。當然，我們不知道具體的日子，但可以猜猜看。她的魔法到來時，就是我離開的時候。已經足夠了，我的壽命早已超越了地球上任何生命的合理範疇。況且，我一直很好奇接下來會如何。來吧，讓我們開始吧。」

空氣中出現了牛奶、汗水和烤麵包的氣味。

然後是刺鼻的香料、破皮的膝蓋和潮溼的頭髮。接著是運動中的肌肉、抹了肥皂的皮膚和山間澄清的水池。還有其他氣味。黑暗、陌生、塵土般的味道。

然後露娜放聲大哭。

葛拉克覺得自己的心裂開了一條縫，差不多和鉛筆的線條一樣細窄。

他用四隻手按住胸口，試著不讓自己的心裂開。

12 孩子認識了沼澤

不，孩子，女巫不住在沼澤裡。多麼荒謬的說法啊！所有的美好事物都來自沼澤。不然，我們要上哪裡採集茲鈴莖、茲鈴花和茲鈴的球根呢？我要上哪裡採集晚餐的水菠菜和淤泥魚，或是早餐的鴨蛋和蛙卵呢？

假如沒有沼澤，你的父母就不會有工作，你們都會餓肚子。除此之外，假如女巫真的住在沼澤裡，那我應該會看過她。喔，不，我當然沒辦法看遍整片沼澤，沒有人那麼做過。沼澤占了世界的一半，森林則占了另一半，大家都知道。

不過，如果女巫就在沼澤裡，她受到詛咒的腳印一定會在水面上留下波紋。我們會聽到蘆葦輕喚她的名字。假如女巫就在沼澤裡，沼澤會把她咳出來，就像瀕死之人咳出最後一口氣那樣。

況且，沼澤愛我們，沼澤一直愛著我們。世界就是誕生於沼澤，每一座山峰、每一塊石頭、每一種動物和竄動的昆蟲都是。即使風也誕生自沼澤的夢。

喔，你當然知道這個故事。每個人都知道的。

好吧，如果你非得再聽一次不可，我就說吧。

在一切起源之時，世界只有沼澤、沼澤和沼澤。沒有人類，沒有魚，沒有任何鳥獸，也沒有山脈、森林和天空。

沼澤就是一切，一切都是沼澤。

沼澤的淤泥瀰漫在整個現實之中，隨著時間彎曲顫抖。世界上沒有文字，沒有學習，沒有音樂、詩歌或思想，只有沼澤的嘆息和震動，以及蘆葦永無休止的摩娑聲。

但是，沼澤很孤單。沼澤想要能看世界的眼睛，想要能支撐身體來移動的強壯背部，想要能走路的腳和能碰觸事物的手，也想要能歌唱的嘴巴。

於是，沼澤創造了身體：一隻走出沼澤的怪獸，有著強壯、沼澤般的腿。怪獸就是沼澤，沼澤就是怪獸。怪獸愛著沼澤，沼澤也愛著怪獸，就像是一個人愛著反映在澄澈水塘表面的倒影，充滿溫柔地凝視著。怪獸的胸膛充滿了溫暖和賦予生命的同情心，他感受到愛由內而外地輻射出來，想要用語言來描述他的感受。

所以，語言就出現了。

怪獸希望這些語言能完美組合，表達出他的意思。他張開嘴，一首詩就這麼流瀉而出。

「圓又黃，黃又圓。」怪獸說著，於是太陽就誕生了，掛在他的頭上。

「藍又白，黑又灰，黎明時爆發出色彩。」怪獸說，於是天空就誕生了。

「叢生的樹木，柔軟的青苔，以及蓊鬱翠綠的沙沙聲。」怪獸唱著，於是森林出現了。

你所看到的一切，所知道的一切，都是在沼澤的呼喚中誕生的。沼澤愛我們，我們也愛沼澤。

沼澤裡有女巫？拜託，我這輩子從沒聽過這麼荒謬的說法。

13 安登前往拜訪

星辰姊妹修會總是會有一名學徒，而且總是年輕的男孩。好吧，其實不算是學徒，反而比較像是童僕。他們在男孩九歲時雇用他，讓他待一段時間，之後再用一張紙條把他送走。

每個男孩都會收到一模一樣的紙條，每次都是如此。紙條的內容總是如下：「我們期望很高，但這一位讓我們失望了。」

有些男孩只會待一、兩個星期，安登的某個同學甚至只待了一天。大部分的男孩會在十二歲時打包走人——差不多是他們開始適應的時候。一旦他們意識到高塔的圖書館蘊藏著多麼豐富的知識，就會開始心生渴望，因而被送走。

安登收到紙條時也是十二歲。前一天，他才在懇求了幾年後，終於得到了進入圖書館的特權。這對他來說是天大的打擊。

星辰姊妹修會的成員都住在高塔中。這棟龐然大物總能讓觀看者感到不安和困惑。高塔矗立在保護國的正中央，向四面八方投射出陰影。

修女們把糧食、器具、藏書和武器，都藏在深不見底的地下樓層。有些房間用來裝訂書冊，有些用來調製草藥，有些則是劍術和徒手格鬥的訓練空間。她們精通所有已知的語言、天文學、毒藥調配、舞蹈、冶金術、武術、剪紙技藝，以及暗殺技術。地面上的樓層是修女的簡單居室

（三人一間）、開會和冥想的空間、密不透風的牢房、嚴刑拷打的審問室，還有天文台。房間之間由精妙複雜、角度詭異的走廊系統相連，錯綜複雜的迴旋樓梯從建築的中心通向地底深處，再通向頂樓的天台。假如有人愚蠢到不請自來，或許會在塔內走上幾天幾夜，都遍尋不著出口。

在高塔的那幾年，安登常會聽見修女們在練習室裡痛得悶哼，不時也會聽見牢房和審問室傳來的哭泣。他會聽見修女們激烈地討論星辰的科學、茲鈴花球莖的煉金術成分，或是某首極具爭議性的詩到底有什麼寓意。他可以聽見修女們一邊唱歌，一邊踏著地板，聽見她們把草藥煮沸，或是把刀子磨尖。他學會如何擔任書記、打掃廁所、擺好餐具、張羅完美的午餐，也精通了切麵包的藝術。他學會了完美的一壺茶應該滿足哪些條件、做出美味三明治的訣竅，以及該如何動也不動地站在房間的一角，偷聽其他人的對話，記住每個細節，卻不讓說話者注意到他的存在。待在高塔的那段時間，修女們時常稱讚他，讚美他工整的筆跡、做事的俐落，或是得體的禮儀。但這還不夠，不算足夠。他學得越多，就發現還有更多**可以學習**的事物。在圖書館的書架上，一冊冊塵封的書籍裡有著深不見底的知識之淵。安登求知若渴，但她們卻不允許他暢飲。他努力工作，竭盡全力，讓自己不要只想著書本。

然而，某天回到房間時，他發現自己的東西都被打包好了。修女們在他的襯衫上別了一張紙條，把他送回母親身邊。紙條上寫著：「我們期望很高，但這一位讓我們失望了。」

他始終無法從這個打擊中平復。

現在，身為培訓長老的他應該要在議會大廳，為當天的聽審進行準備，但他卻沒辦法。自從他又找了藉口，在獻祭之日缺席後，他注意到長老們和他之間的關係發生了變化。越來越多閒言閒語和側目，而最糟的是，他的舅舅一眼也不願意看他。

擔任學徒的日子結束後，他就不曾涉足高塔，但安登覺得是時候去拜訪修女們了。畢竟，儘管她們怪異、孤僻，而且充滿殺氣，但在那段時間，她們可以算是他暫時的家人。無論如何，家人就是家人。他走向古老的橡木大門，一邊敲門一邊對自己說。

（當然，安登還有另一個造訪的理由，但他甚至不敢對自己承認。這讓他有些坐立難安。）

他的弟弟魯克前來應門。一如往常，男孩掛著鼻涕。他的頭髮比兄弟兩人一年多前碰面時又長了許多。

「你是來帶我回家的嗎？」魯克問。他的語氣混雜著期望和羞愧。「我也讓他們失望了嗎？」

「看到你眞好，魯克。」安登一邊說，一邊摸摸弟弟的頭，彷彿把弟弟當成世界上最乖的小狗。「但不是。你才來這裡一年而已，還有很多時間讓他們失望。伊格納西亞修女在嗎？我有話要對她說。」

魯克全身一顫。安登並不怪他。畢竟，伊格納西亞修女是個令人敬畏的女人，而且相當可怕。不過，安登和她處得不錯，她似乎還挺欣賞安登。其他修女不忘提醒他，這有多麼難得。魯克帶著哥哥來到修女長的研究室，不過，就算蒙著眼睛，安登也能自己找到方向。沿途的每一步、古老石牆的每個轉角、每一片嘎吱作響的地板，他都瞭若指掌。過了這麼多年，他仍會夢見自己重回高塔。

「安登！」伊格納西亞修女從桌子後方喊道。她似乎正在翻譯某篇關於植物學的文獻。她的辦公室裡擺滿了各式各樣的植物樣本，大部分都來自森林或沼澤較為隱蔽的地方，但也有些來自世界各地，由道路彼端城市的商人所帶來。

「親愛的孩子，這是爲什麼呢？」伊格納西亞修女站起身來，走過香氣濃郁的房間，用細瘦但有力的雙手捧住安登的臉。她輕拍安登的臉頰，但安登還是覺得有些疼痛。「和我們送走你時比起來，你又變得更加英俊了。」

「謝謝你，修女。」安登說。只要想到帶著紙條離開高塔的那個羞恥日子，安登仍然會感到一陣揪心的愧疚。

「請坐吧。」伊格納西亞修女看向門口，大聲呼喚魯克：「小子！你有聽到我叫你嗎？小子！」

「是的，伊格納西亞修女。」魯克尖聲回答。他快速衝進房裡，卻在門檻上絆了一跤。

伊格納西亞修女很不開心。「我們需要一些薰衣草茶和茲鈴花餅乾。」她嚴厲地瞪了男孩一眼，而魯克跑掉的樣子彷彿背後有老虎在追他。

伊格納西亞修女嘆了口氣。「你的弟弟不像你那麼能幹，眞的很遺憾。我們本來抱著很高的期望。」她說著，一邊示意安登找張椅子坐下來——椅子上蓋著某種長了刺的藤蔓，但安登還是聽話坐下，努力忽略腿下的刺痛感。伊格納西亞修女坐在他對面，靠近打量著他的臉。

「告訴我，親愛的孩子，你結婚了嗎？」

「還沒有，女士。」安登漲紅了臉說。「我還有點太年輕。」

伊格納西亞修女咂了咂舌頭。「但你有心儀的對象了，我看得出來。親愛的孩子，你什麼都瞞不過我的，別白費功夫了。」安登試著不要想到在學校遇見的那個女孩——愛斯恩，她就在這座高塔的某個地方。但安登早已失去了她，對此他無能爲力。

「我在議會的事務繁忙，沒有太多時間。」他閃爍其詞地回答。但這是事實。

「當然，當然。」她擺擺手，說道：「議會嘛。」安登覺得，她的口氣裡似乎帶著點嘲諷意味。不過，修女接著打了個噴嚏，所以安登判斷這只是他的想像。

「我現在當培訓長老五年了，而我已經學到了……」安登停頓了一下。「這麼多東西。」他的語氣非常空洞。

被留在地上的嬰兒。

在屋梁上尖叫的女子。

無論他多麼努力嘗試，都無法把這些畫面拋到腦後。他也忘不了議會如何回應他的質疑。爲什麼他們對他的問題如此不屑一顧？安登百思不得其解。

伊格納西亞修女偏過頭，有點狐疑地看著他。「說實話，親愛的孩子，你選擇加入那個團體，至今都讓我很震驚。我得說，我覺得那不是你自己的決定，而是出自你那……親愛的母親。」她不悅地抿著嘴，彷彿嘗到什麼很酸的東西。

這也是眞的，再正確不過了。加入議會完全不是安登的選擇。安登寧願當個木匠。事實上，他也時常這麼告訴他母親，長篇大論地表述自己的想法。只不過，她從來不聽他說話。

「木工吧。」伊格納西亞修女繼續說著。她沒有注意到安登臉上的震驚，安登覺得他被讀心了。「我猜這才是你想要的，畢竟你一直有這方面的興趣。」

「你……」

她瞇起眼，笑著說道：「喔，我知道得可多了，年輕人，你會嚇到的。」她張大鼻孔，眨了眨眼。

魯克端著茶和餅乾，跌跌撞撞地走進來，將茶濺出不少，只得匆匆把餅乾往哥哥的大腿上一扔。伊格納西亞修女用利刃般的眼神瞪著他，讓他驚慌失措地衝出房間，彷彿他眞的被刺傷流血。

伊格納西亞修女啜了一口茶，微笑著問：「那麼，有什麼我能爲你效勞嗎？」

「呃……」安登滿嘴餅乾地說。「我只是想來拜訪一下。因爲，我已經很久沒來了。你知道的，敘敘舊，看看你們過得如何。」

被留在地上的嬰兒。

尖叫的母親。

喔，老天啊，如果野獸比女巫更早抵達呢？我們將會受到怎樣的懲罰啊！

喔，我的星辰啊，為什麼要一直這樣下去？為什麼沒有人阻止？

伊格納西亞修女笑了，說道：「騙子。」安登垂下頭。她親暱地捏了捏他的大腿，安撫道：「別覺得羞愧，可憐的孩子。你不是唯一想來這裡盯著籠子裡的動物看個夠的人，我正考慮要收門票錢呢。」

「呃，不，我……」安登想要抗議。

她擺了擺手。「不必說了，我完全理解。她是很罕見的鳥兒，就像個難解的謎團，或是憂傷的泉源。」她輕輕嘆了口氣，嘴角微微顫抖，有點像是蛇信的末端。安登皺起眉頭。

「能把她治好嗎？」他問。

伊格納西亞修女笑了。「喔，親愛的安登！憂傷是沒有解藥的。」她的嘴唇舒展成大大的笑容，彷彿這是全天下最好的消息。

「當然。不過，」安登抗辯，「不可能永遠這樣吧？有很多人都曾經失去孩子，但不是每個人的悲傷都像這樣。」

伊格納西亞修女抿著嘴。「不，當然不是。她的悲傷因爲瘋病而更加強烈。又或者，她的瘋病源自於她的悲傷。當然，也可能是完全不同的情況。這讓她成了特別有意思的研究對象。我的確很感激她待在高塔裡，我們一定會好好利用觀察她的心智所得到的知識。畢竟，知識是最珍貴的商品。」安登注意到，修女長的臉頰比他上次在高塔中看見時更紅潤了一些。「不過說實話，親愛的，雖然像我這樣的年長女士確實很享受你這種英俊小夥子的關注，但你不需要對我講究這些禮數。有一天，你將會正式成爲議會的一員，你只需要命令門口的僮僕，他就會帶你去看任何你想看的囚犯。法律就是這樣規定的。」她的眼神冷若冰霜，但這份冷意稍縱即逝。她又對安登露出溫暖的笑容。「來吧，我的小小長老。」

伊格納西亞修女站起身來，無聲無息地走到門口。安登跟在她身後，靴子在地板上發出笨重的聲響。

雖然牢房就在他們的正上方，卻要換四道樓梯才能抵達。安登充滿希望地窺視每個房間，盼望自己能有機會看到他心儀的同學愛斯恩一眼。雖然看見了許多見習生，但安登並沒有看到愛斯恩。他盡量不要太難過。

樓梯先是向左，然後向右，又向下呈現漩渦狀，通往牢房樓層的中心。正中央的房間是圓形的，沒有任何窗戶，有三位修女坐在中間的椅子上。椅子排成緊密的三角形，她們背對著彼此，大腿上都放著一把十字弓。

伊格納西亞修女命令式地看了最近的修女一眼，對著其中一扇門努努下巴。

「讓他去見五號。他準備要離開時會敲門，小心別意外射到他了。」

接著，伊格納西亞修女帶著笑容轉向安登，給他一個擁抱。

「好啦，我要走了。」她開朗地說完，便沿著旋轉的樓梯離開了。最靠近的那名修女則站起身來，打開了寫著「5」的門。

她看了安登一眼，聳聳肩。

「她沒辦法為你做什麼的。我們給了她特別的藥水，讓她保持冷靜。我們還得剪掉她美麗的頭髮，因為她老是拔個不停。」她上下打量安登，問道：「你身上沒有帶紙張吧？」

安登皺著眉頭。「紙張？沒有。為什麼？」

修女緊抿著嘴唇，說道：「她被禁止取得紙張。」

「爲什麼？」

修女的臉上什麼表情也沒有，就像是戴上了面具。她說：「你會知道的。」

接著，她把門打開。

牢房裡充滿了混亂的紙張。囚犯把成千上萬張的紙，經過折疊、撕扯和扭曲，變成了各式各樣、大小不一的紙鳥。角落裡有紙摺的天鵝，椅子上是紙摺的蒼鷺，還有紙摺的小小蜂鳥從天花板上垂吊下來。紙鴨子、紙知更鳥、紙燕子、紙鴿子。

安登的直覺反應是震驚又憤慨。紙張很昂貴，極度昂貴。城裡確實也有造紙的工匠，他們會用木漿、香蒲、野亞麻和茲鈴花製作精美的書寫紙，但大部分都賣給商人，帶到森林的另一端。保護國的人民如果想要寫任何東西，都得經過仔細的思考和規劃。

然而這個瘋子竟然**浪費紙張**。安登幾乎控制不住自己的震驚。

但是……

這些紙鳥精細的程度簡直不可思議。它們堆了滿地，在床上積成了小山，也塞滿了床頭櫃的兩個小抽屜。安登無法否認的是，它們真的**很美麗**。**太美麗了**。安登用手按住心口。

「我的天啊。」安登輕聲說。

被監禁的女子躺在床上，看起來睡得很沉。但安登一開口，她就開始躁動。她很慢很慢地伸展，很慢很慢地把手肘放到身體下方，一點一點把身體撐起來。

安登幾乎認不出她了。她美麗的黑髮不見了，被剃得只剩下頭皮，她眼中的火焰和臉頰上的紅暈也消失無蹤。她的嘴唇平得沒有弧度，皮膚鬆垮，彷彿沉重得再也無法支撐。她的臉頰蠟黃而黯淡。她額頭上彎月形的胎記也幾乎不見昔日的影子，變得像是眉頭間的一抹煙灰。她小而靈巧的手上布滿傷痕——或許是被紙張割傷的，安登心想。她所有的指尖都沾染了墨水漬。

她以眼神掃視安登，從上到下，然後從左到右，卻始終無法聚焦。她沒辦法看透他。

「我認識你嗎？」她緩慢地說。

「不，女士。」安登回答。

「你看起來……」她吞了口口水。「很眼熟。」她所說的每一個字，似乎都是從最深的井底打撈而出。

安登四下張望。房裡還有一張小桌子，上面堆了更多紙，但不是摺成紙鳥，而是畫了許多圖案。紙張上是奇異、精細的地圖，寫著他不認識的文字和符號。每一張紙的右下角，都有著同一句話：「她在這裡，她在這裡，她在這裡，她在這裡。」

誰在這裡？安登很好奇。

「女士，我是議會的成員。好吧，應該算是實習成員，是培訓中的長老。」

「啊。」她說著又倒回床上，茫然地看著天花板。「是你，我記得你。你也是來嘲弄我的嗎？」

她閉上眼，放聲大笑。

安登倒退一步。她的笑聲讓他全身顫慄，彷彿有人從他的背上慢慢倒下一大桶冰水。他抬頭看著天花板上掛著的紙鳥，看起來很詭譎，而且垂掛著所有紙鳥的，似乎是又長又捲的黑色頭髮。更詭譎的是，這些鳥都面對著他。它們剛剛也對著他嗎？

安登的手心開始冒汗。

「你應該要告訴你的舅舅。」她非常緩慢地說。每一個字都像是沉重的圓形石塊。「告訴他，他錯了。她在**這裡**，她很**可怕**。」

她在這裡，地圖是這麼說的。

她在這裡。

她在這裡。

她在這裡。

但這是什麼意思？

「誰在哪裡？」安登忍不住問。為什麼他要和她對話呢？他提醒自己：我們是沒辦法和瘋子講道理的，不可能的。紙鳥在他的頭頂發出摩擦聲響。這一定是風吹的，安登心想。

「他搶走的小孩？我的小孩？」她發出空洞的笑聲。「她沒有死。你的舅舅認為她死了，但**你的舅舅錯了**。」

「他為什麼會認為她死了？沒有人知道女巫會對孩子怎樣。」安登再次發顫。他的左邊傳來顫抖的摩擦聲，就像是紙鳥振翅的聲音。他轉身，但沒看到任何動靜。他又聽到右邊傳來一樣的聲音，但還是什麼也沒看見。

「我知道的只有這些。」女子說著，顫巍巍地站起身來。紙鳥開始上升，緩緩旋轉。

只是風而已，安登安慰自己。

「我知道她在哪裡。」

都是我的幻想。

「我知道你們都做了什麼事。」

老天啊，有什麼東西在我的脖子上爬。是蜂鳥。噢！

一隻紙摺的渡鴉掠過房間，翅膀擦過安登的臉頰，割開他的皮膚，使鮮血流出。

安登太過震撼，甚至叫不出聲音。

「但這都沒關係了，因為覺醒之時要來了。要來了，要來了，幾乎就快到了。」

她閉上眼睛，身體開始搖晃。她很顯然瘋了。事實上，她的瘋狂氣息像烏雲那樣圍繞著她。

安登知道自己得盡快離開，否則可能就會受到感染。他用力拍門，卻沒發出任何聲響。「**讓我出去！**」他向修女們大喊，但每個字一說出口，似乎就立刻死去。他可以感受到自己的叫喊聲掉落到腳邊的地上。難道他被傳染瘋病了嗎？這有可能嗎？紙鳥開始聚集，如同巨浪般同時起飛。

「**求求你們！**」當一隻紙燕子攻擊他的眼睛，兩隻紙天鵝撕咬他的腳時，他大喊著。他用力踢打，但紙鳥卻不斷進攻。

「你看起來是個好孩子。」那個女人說。「選個不同的職業吧，這是我的建議。」她又爬回床上。

紙鳥發出嘎嘎叫聲、淒厲的哀鳴和刺耳的尖叫，把它們紙做的翅膀像刀子那樣磨利。它們嘈雜地盤旋聚集，陣勢時而擴張，時而緊縮。它們揚起頭來發動攻擊，安登只能用雙手保護他的臉。

然後，它們全數撲向他。

14 凡事皆有後果

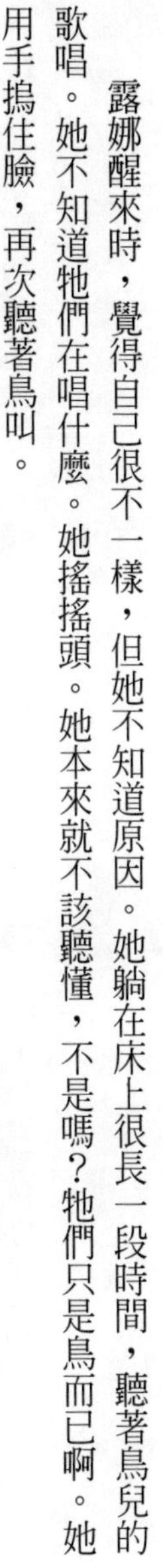

露娜醒來時，覺得自己很不一樣，但她不知道原因。她躺在床上很長一段時間，聽著鳥兒的歌唱。她不知道牠們在唱什麼。她搖搖頭。她本來就不該聽懂，不是嗎？牠們只是鳥而已啊。她用手摀住臉，再次聽著鳥叫。

「沒有人能和鳥說話。」她大聲說出口。這是事實，但她爲什麼覺得不該是這樣呢？一隻色彩鮮豔的雀鳥停在窗台，歌聲甜美，露娜覺得自己的心都要碎了。事實上，她的心的確是碎了一點點。她的手摸到眼角，才發現自己正在哭泣，但她不知道原因。

「眞是太傻了。」她又大聲說道，注意到自己的聲音有些顫抖和不安。「傻瓜露娜。」她是世界上最傻的女孩，大家都這麼說。

她看著周遭。費里安蜷縮在她的床腳，一如往常，他喜歡睡在她的床上，但她的奶奶總是禁止他這麼做。露娜也不知道理由。

至少，她**以為**自己不知道。不過，她的內心深處卻覺得，自己**曾經**知道原因。但她想不起來那是什麼時候了。

她的奶奶睡在房間另一頭的床上。她的沼澤怪睡癱在地上，發出驚人的鼾聲。

真是奇怪，露娜心想。她不記得葛拉克以前曾經睡在地板上過，或是睡在屋裡，或是沒有泡在沼澤裡。露娜搖搖頭，又聳聳肩膀，一次抬起一邊。世界壓在她身上的感覺也變了，像是一件不再合身的大衣。此外，她的頭腦深處很痛。她用力用掌根打了自己的頭好幾下，不過沒什麼幫助。

露娜滑下床，脫下睡袍，換上縫滿了大口袋的洋裝——是她要求奶奶這麼縫的。她溫柔地將睡著的費里安放進其中一個口袋，小心不將他吵醒。她的床用幾條繩索和滑輪固定在天花板上，爲的是讓小房子在白天時多一點空間。不過，露娜還太小，沒辦法自己把床給拉上去。於是，她就把床放著，直接到外頭去。

時間還很早，清晨的太陽都還沒翻過山脊。山上又冷又潮溼，充滿生命力。三個火山坑口飄出絲帶般的煙霧，慵懶地升上天空。露娜緩緩漫步到沼澤邊緣。她低下頭，看著自己的光腳微微陷入遍布地衣的地面，留下一行腳印。她走過的地方，並沒有綻放花朵。

但這麼想有點傻，不是嗎？爲什麼腳印裡會長出任何東西呢？「傻瓜，傻瓜。」她大聲說。接著，她覺得自己的腦袋一片朦朧。她坐在地上，看著沼澤邊緣，腦袋裡什麼也不想。

姍發現露娜獨自坐在外頭，看著天空。這很奇怪。一般來說，這個女孩都像是龍捲風一樣，把身邊所有的東西都吵醒。但今天卻不是這樣。

好吧，姍心想，現在一切都不同了。她搖搖頭，做出判斷：不是一切都不同。雖然體內有著暫時遭受束縛的魔法，露娜還是同一個女孩，她還是**露娜**。只不過，他們不需要再擔心她的魔法到處噴發了。從今天起，她可以平靜地學習。

「早安，寶貝。」姍說著，用手輕輕撫摸女孩的頭，手指梳理著她黑色的長鬈髮。露娜什麼也沒說，看起來陷入某種呆滯的狀態。姍試著別太擔心。

「早安，姍阿姨。」費里安說著，從口袋中探出頭來，一邊打呵欠，一邊伸展小小的手臂。他四處張望，瞇起眼睛，問道：「我爲什麼在外頭？」

露娜顫了一下，終於回到這個世界，看著奶奶露出笑容。「奶奶！我覺得我好幾天沒看到你了！」她說著笨拙地站起身來。

「呃，這是因爲……」費里安正想說話，姍卻打斷了他。

「閉嘴，小子。」她說。

「但是，姍阿姨。」費里安興奮地繼續說。「我只是想要解釋……」

「夠多廢話了，你這傻龍。去吧，去找你的沼澤怪。」

姍把露娜拉起身來，示意她快點跟上。

「但是，奶奶，我們要去哪裡？」露娜問。

「要去工作坊，親愛的。」姍說著，狠狠瞪了費里安一眼。「去幫葛拉克準備早餐吧。」

「好的，姍阿姨。但我只是想告訴露娜這個……」

「費里安，現在就去。」姍斥責他，然後匆匆把露娜帶走。

露娜喜歡奶奶的工作坊，而且以前就學過基本的機械技術——槓桿、卡榫、滑輪和齒輪等等。即使年紀還小，露娜已經能以機械工程的角度思考，也能自己組裝會旋轉和發出聲響的小小機器。

她喜歡蒐集一些能拋光、連接，組裝成其他東西的木頭。

現在，姍把露娜的設計先推到一邊，把整個工作坊分成不同的區塊，每一區都有一組書櫃、工具櫃和材料櫃。有一區是發明，另一區是建造，一區是科學研究，一區是植物學，還有一區是魔法的研究。她用粉筆在地板上畫了無數圖案。

「這裡發生什麼事了，奶奶？」露娜問。

「什麼也沒有，親愛的。」姍說，但她想了一想，決定改口：「事實上，發生了很多事，但我們得處理最重要的部分。」她面對女孩，坐在地板上，用雙手蒐集自己的魔法，讓魔法在指尖漂浮，就像一顆明亮耀眼的光球。

「你看，親愛的。」她解釋道。「魔法透過我的身體，從地面飛向天空，但也會在我的體內聚集。魔法在我的體內，就像是靜電，會在我的骨頭裡發出劈啪聲。當我需要一點光，就像這樣一搓手，讓光芒在我的手掌間旋轉，直到累積了足夠的光亮，能漂浮在任何我選擇的地方。你以前就看過我這麼做，看過好幾百次了，但我從來沒和你解釋。這很美吧，親愛的孩子？」

但露娜沒有看。她的眼神空茫，表情空洞，彷彿像一棵冬天的樹那樣陷入了冬眠狀態。姍倒抽了一口氣。

「露娜？」她說。「你還好嗎？你餓了嗎？**露娜？**」什麼也沒有。空洞的眼睛，空洞的表情，彷彿宇宙間空有露娜形體的洞。姍覺得恐懼在自己的胸口爆發。

接著，彷彿空洞的情況不曾發生，光芒又回到女孩的眼中。「奶奶，我可以吃一些甜的嗎？」女孩問。

「什麼？」姍問。雖然光芒已經重返，姍卻越來越驚恐。她靠近檢視露娜。

露娜搖著頭，似乎想把水從耳朵裡搖出來。她緩慢地說：「甜的，我想吃一些甜的東西。」

她皺著眉頭，又加上一句：「拜託。」女巫讓步了，伸手從口袋裡抓出一把莓果乾。女孩若有所思地咀嚼著，一邊四處打量。

「我們在這裡做什麼，奶奶？」

「我們一直都待在這裡。」姍說。她檢視著女孩的臉。*這是怎麼回事？*

「但是爲什麼？」露娜看著周遭。「我們剛剛不是在外頭嗎？」她緊抿著嘴唇，聲音越來越小。「我不……我不記得了……」

「我想要爲你上第一堂課，親愛的。」露娜的臉上閃過一抹陰霾，姍停了下來。她的手輕撫著女孩的臉頰。魔法的波動已經消失了，但假如她非常專注，就可以感受到那股濃縮後的吸引力。光滑而堅硬，被緊緊密封著，像個核果。也像是一顆蛋。

她決定再試一次。「露娜，親愛的，你知道什麼是魔法嗎？」

再一次地，露娜的眼神變得空洞。她沒有移動，幾乎連呼吸都沒有。露娜的**本質**，也就是她的光芒、動力和智慧，似乎都這麼消失了。

姍又等待了一下。這次，光芒花了更多時間才重新出現，讓露娜回到原本的樣子。女孩好奇地看著奶奶，看向左邊，又看向右邊，皺著眉頭。

「我們什麼時候進來的，奶奶？」露娜問。「我睡著了嗎？」

姍逼自己站起來，在房間裡踱步。她停在發明區的工作桌前，看著各種齒輪、電線、木頭、玻璃，以及畫滿精密圖表和指示的書籍。她一隻手拿起一個小齒輪，另一手則拾起一個小彈簧——零件銳利的尖端讓她的拇指泛起了血珠。她回頭看著露娜，想著女孩體內的機關——富有節奏感地倒數著，直到她的十三歲生日，就像無法阻擋的精準時鐘那樣。

或者，至少她**希望**咒語能發揮這樣的效果。姍建構的咒語中，沒有任何一點跡象顯示會帶來這樣的……**空洞**。她做錯了嗎？

她決定轉換策略。

「奶奶，你在做什麼？」露娜詢問。

「什麼也沒有，親愛的。」姍一邊說，一邊在魔法區的工作桌上忙碌著，組裝起一個水晶球——用了來自森林的木頭、來自融化隕石的玻璃、一些水，以及中央讓空氣流入的小洞。這是她比較成功的作品之一。但露娜似乎根本沒看到，眼神從房間的一邊飄到另一邊。姍把水晶球裝設在她和女孩之間，透過縫隙看著女孩。

「我想告訴你一個故事，露娜。」老邁的姍說。

「我喜歡故事。」露娜笑著說。

「很久很久以前，有個女巫在森林裡找到一個嬰兒。」姍說。透過水晶球，她看著自己灰土般的話語飛進女孩的耳中。她看著這些字詞在女孩的腦袋裡各自分開——「嬰兒」逗留了一陣子，從記憶中心進入建構想像的部分，再來到大腦享受好聽聲音的區域。嬰兒，嬰兒，嬰——兒——嬰嬰嬰兒兒兒，就這樣一再重播。露娜的眼神變得黯淡。

姍開始說：「很久很久以前，當你很小很小的時候，我會帶你出去看星星。」

「我們總是到外頭看星星，每天晚上都去。」露娜說。

「是的，是的。」姍說。「你要專心聽。很久很久以前的某個晚上，當我們看星星時，我用指尖蒐集星光，像蜂巢裡的蜂蜜那樣，餵給你吃。」

露娜的眼神變得空洞，她搖著頭，彷彿想要甩掉蜘蛛網。「蜂蜜。」她緩慢地說，彷彿這個詞就有千斤重。

姍不爲所動，決心繼續說下去：「接著，某天晚上，奶奶沒有注意到升起的月亮。圓圓的月亮就這麼掛在天邊。她還是伸手蒐集星光，卻不小心給了你月光。這就是為什麼你擁有魔法，親愛的。這就是你魔法的來源。你喝下了濃濃的月光，於是月亮在你的體內豐盈。」

坐在地上的彷彿不是露娜，而只是一幅露娜的畫像。她連眼睛也不眨一下，表情和石像一樣冷硬。姍在女孩眼前揮手，但什麼事也沒發生，什麼都沒有。

「喔，老天。」姍說。「喔，老天。喔，老天。」

姍一把抱起女孩，一邊啜泣一邊尋找葛拉克。

幾乎過了一整個下午，女孩才恢復過來。

「好吧，情況眞的有些棘手了。」葛拉克說。

「才不是那樣。」姍反駁，又補充道：「我很確定這只是暫時的。」她試圖讓自己相信，只要說出口就能化爲現實。

不過，這種狀況並不是暫時的。這就是姍的咒語所帶來的後果：這孩子不能學習任何與魔法有關的事。她聽不見，說不出來，甚至根本不知道「魔法」這個詞。每一次只要聽到和魔法有關的事，她的意識和靈魂似乎就會直接消失。姍不知道這些知識究竟是被露娜大腦的核心吸收，還是完全灰飛煙滅。

「當她年紀到了，我們該怎麼辦？」葛拉克問。「你要怎麼教導她？」因為到那時候，你肯定已經死了，葛拉克心裡想著，但沒有說出口。她的魔法會再次啟動，而你的魔法則會傾洩而出，然後你，我親愛的、五百歲的姍，就會失去讓你活著的魔法。他覺得自己內心的裂縫又裂得更深了。

「或許她不會長大。」姍絕望地說。「或許她會一直維持現在這個樣子，而我就不需要和她說再見了。或許我的咒語錯了，而她的魔法永遠不會再出現。或許她打從一開始，就不是眞正的魔法。」

「你知道這都不是眞的。」葛拉克說。

「或許會是啊，你又不知道。」姍反駁。她停頓片刻，才繼續說：「另一種可能性太悲傷了，我甚至沒辦法去想。」

「姍……」葛拉克開口。

「悲傷很危險。」姍駁斥，接著便急匆匆離開。

他們一次又一次經歷相同的對話，但都沒有結論。最後，姍拒絕再討論下去了。

這孩子打從一開始就沒有魔法，姍開始這麼告訴自己。事實上，姍越是這麼告訴自己，她就越能說服自己，事實或許眞的是這樣。假如露娜打從一開始就沒有魔法，那麼所有的力量如今都已經封死，不會是問題了。或許那些力量就這麼永遠地堵住，或許露娜已經成爲普通的女孩。普通的女孩。姍一而再、再而三地這麼對自己說。她說了太多次，讓這句話近乎變成事實。她也這麼告訴自由城市裡詢問的人。普通的女孩，她這麼說。她也告訴他們，露娜對魔法過敏，會起疹子、抽搐、眼睛發癢、反胃。她要求他們不要在露娜周圍提起魔法。

於是，大家都聽話照做。他們總是嚴格遵循姍說出的每個字。

與此同時，露娜有整個世界的知識要學習——科學、數學、詩歌、哲學和藝術。這些肯定就足夠了，露娜肯定會像個普通女孩那樣長大，而姍也會保持原本的模樣——還是有魔法、老化速度緩慢，不會有死去的一天。當然，姍也肯定不會需要說再見。

「事情不能再這樣下去。」葛拉克一遍又一遍地說。「露娜需要了解自己體內的東西，她必須學習魔法的運作方式。她必須知道何謂死亡。我們必須幫助她**做好準備**。」

「我很確定，我不知道你在說什麼。」姍說。「她只是個普通的女孩。就算她以前不是，現在也是了。我的體內已經重新充滿魔法，而且幾乎在任何情況下都不再使用。我們不需要讓她不開心。爲什麼要討論迫在眉睫的失去呢？爲什麼要讓她認識這樣的悲傷？葛拉克，這很危險，還記得嗎？」

葛拉克皺著眉頭。「我們爲什麼會這麼認爲？」他問。

姍搖搖頭。「我不知道。」她眞的不知道，雖然她以前知道，但那段記憶已經消失了。

相較之下，忘記要簡單多了。

於是，露娜就這麼長大。

她不知道星光，不知道月光，也不知道自己額頭後方的那個緊密的結。她不記得自己曾經把葛拉克變成兔子，或是自己的腳步會讓花朵綻放。她不知道即使是此時此刻，那股力量都在她腦中的機關裡脈動，無可阻擋地倒數著。她不知道那顆堅硬又緊繃的魔法種子，已經準備好在她的體內萌發。

她什麼都不知道。

15 安登撒了一個謊

紙鳥造成的傷口始終沒有痊癒，或者該說沒有好好地痊癒。

「它們只是紙而已。」他的母親哭喊。「怎麼可能切得這麼深？」

但不只是割傷而已，和傷口本身比起來，後續的感染嚴重多了，更別提大量失血。安登躺在地上許久，而那瘋女人則試著用紙張幫他止血，不過效果不彰。修女給她的藥物讓她昏沉又虛弱。她時而清醒，時而昏迷。當守衛終於進來查看時，安登和瘋女人都躺在滿地的血泊中，他們花了好一段時間才搞清楚那是誰的血。

安登的母親憤怒地說著：「那麼，爲什麼你求救的時候，她們沒有來幫忙？她們爲什麼要拋棄你？」

沒有人知道答案。修女們堅稱，她們什麼都不知道，也沒有聽見他的叫喊聲。大家只要看到修女慘白的臉色，和布滿血絲的雙眼，就會相信她們沒有說謊。

人們竊竊私語，說是安登自己割傷自己。

他們說，安登的紙鳥故事都是他的幻想。畢竟，沒有人找到半隻鳥。地上只有沾滿血的紙團。而且，又有誰聽過紙鳥攻擊人的故事呢？

他們說，安登根本就沒有資格擔任培訓長老。

對此，安登再認同不過了。他的傷口終於痊癒後，他向議會宣告自己決定辭職。立刻生效。他不再需要上學或出席議會，也不再需要忍受母親持續的叨念，終於成爲一名木匠。而他的手藝非常出色。

議會的成員每次看到可憐安登臉上的深刻疤痕，就會感到不安，再加上他母親的強烈堅持，於是給了他一筆爲數不小的錢。他用這筆錢，向道路彼端的商人買下稀有的木材和高級的工具。（喔！看看這些疤痕！喔！他以前是多麼俊俏！喔！可惜了他的潛力。多可惜啊，真是太可惜了。）

安登開始工作。

很快地，他的手藝和美感就在道路的兩頭傳開，爲他帶來豐厚的收入，足以讓母親和弟弟過著富足快樂的生活。他爲自己蓋了一棟房子——小巧而簡單，比起老家樸實了不知道幾倍，但卻同樣舒服。

只不過，他的母親仍然不認同他離開議會的決定，也總是這麼告訴他。他的弟弟魯克也不懂，不過那還要再過一段時間——要等到魯克終於被高塔送走，羞愧地回到家中。（魯克的紙條和哥哥不同，並沒有包含「我們期望很高」這一部分，只寫著「這一位讓我們失望了」。他的母親也將之怪罪在安登頭上。）

安登幾乎不當一回事。他的每一天都離群索居，只和木頭、金屬與機油共處。他只在乎木屑帶來的搔癢，指尖感受到的顆粒感，以及創造出美麗、完整又眞實作品的感受。

幾個月過去了，然後是幾年，他的母親仍然不放過他。

某一天，當他堅持陪母親上市場時，母親這麼對他大吼：「到底是什麼樣的人才會想離開議會？」她一邊瀏覽著攤位，一邊抱怨個不停。攤位上有各式各樣的藥用和裝飾用花朵，還有茲鈴花的花蜜、果醬和風乾的花瓣——這可以與牛奶混合，抹在臉上防止皺紋出現。不是每個人都負擔得起市場的消費，大部分的人都只能和鄰居以物易物，努力不讓自己的櫥櫃看起來太過空虛。即使是能設法上市場的人，也沒辦法像安登的母親那樣，在籃子裡堆滿各種商品。身為首席長老的姊姊，總是會有些好處的。

她對著風乾的茲鈴花瓣皺眉頭，嚴厲地看著攤位後的女子。「這些花瓣是多久之前採收的？你別想對我撒謊！」花鋪老闆娘的臉色刷白。

「我不能說，夫人。」她囁嚅道。

安登的母親高高在上地瞪著她。「如果你不能說，那我就不會付錢。」接著，她轉移到下個攤位。

安登什麼也沒說，只是讓視線飄向遠方的高塔，手指則撫摸著他臉上起伏的傷痕，彷彿它們是地圖上的河流。

他的母親瀏覽著來自道路另一頭的許多布料，一邊說：「好吧，只能祈禱當你這可笑的木匠生涯不可避免地走到盡頭時，你高貴的舅舅還願意接受你——就算不能當議會成員，至少能讓你當他的職員。或許某天，你也可以在你弟弟手下工作。至少，他還夠聰明，知道要聽媽媽的話！」

安登點點頭，悶哼一聲，但什麼也沒說。他發現自己正心不在焉地朝著販賣紙張的攤位走去。他幾乎不再觸碰紙張了，也盡全力避免。只不過……

這些茲鈴製成的紙張很美麗。他讓自己的指尖滑過邊緣，讓心思飄向那些紙翼飛過山脈，消失在視野之外所發出的沙沙聲。

不過，關於不可避免的失敗，安登的母親錯了。

木匠小鋪一直都很成功，而且喜愛他的不只有保護國內的中小型富裕社區，或是以吝嗇出了名的商人協會。他的木雕、家具和精巧的設計，在道路的另一頭也非常搶手。每個月，商人都會帶著一疊新訂單來，而安登總得拒絕其中一些，溫和地解釋自己只有一雙手，時間自然非常有限。受到了拒絕，商人便對安登的作品開出更高的價碼。

隨著安登的技巧越來越精良，眼光越來越高明，設計越來越巧妙，他的名聲也傳得越來越遠。五年之內，他的名字就傳到他不曾聽過、更不曾想要造訪的城鎮。遙遠地區的市長紛紛邀他一遊。安登認眞考慮過，他當然會認眞考慮，因爲即使家裡肯定負擔得起，他也不曾離開過保護國，也不曾聽聞有誰離開過。不過，光是想像要做除了工作、睡覺和偶爾在爐火邊看看書之外的事，都讓他難以承受。有時候，他覺得世界太沉重，空氣中瀰漫著太強烈的悲傷，像濃霧那樣籠罩了他的心靈、身體和視野。

不過，知道自己的手工藝作品找到了好的主人，讓安登打從心底感到滿足。知道自己擅長某事，也令他感到欣喜。而當他入睡時，是他最滿足的時刻。

他的母親現在堅稱，她一直都知道兒子會功成名就，又說安登非常幸運，能逃離和議會垂垂老矣的長老共事的乏味人生。她還表示，她一向認爲該遵循自己的才能、快樂等等。

「是的，母親。」安登壓抑著微笑說。「你眞的總是這麼說。」

如此這般，好幾年過去了：孤獨的工作坊、具體而美麗的事物、讚美他的作品卻被他的長相震懾的客人。事實上，這樣的人生也不錯。

某天近午，安登的母親出現在工作室的門口。木屑讓她皺著鼻子，還有茲鈴果油的氣味也是，這種油能讓木頭散發獨特的光澤。安登才剛剛刻完搖籃床頭木板的最後細節——一片繁星閃耀的天空。這不是他第一次刻這樣的搖籃，也不是他第一次聽到「星辰之子」這個詞，但他不知道那是什麼意思。道路彼端的人很奇怪，這點每個人都知道，但沒有人眞的見過。

「你應該找個學徒。」他的母親一邊打量著房間，一邊對他說。工作坊內工具齊全，排列得井然有序，而且十分舒適。好吧，至少對某些人來說很舒適。舉例來說，安登待在裡頭就覺得安心自在。

「我不想要學徒。」安登邊說邊爲木雕上油，讓木頭發出黃金般的光芒。

「如果多個幫手，你的生意會更好，你的弟弟們……」

「面對木頭就是傻子。」安登溫和地說。這是事實。

「好吧，我只是覺得……」他母親很不高興。

「我對現狀很滿意。」安登說。這也是事實。

「這樣啊。」他的母親說。她不斷改變重心，調整長袍的下襬。在大家族的所有成員中，他母親擁有最爲驚人的長袍收藏。「但是，你的人生呢，兒子？你要爲其他女人的孫子做搖籃，而不爲你的母親做嗎？如果沒有個美麗的孫子幸福地坐在我的膝蓋上，我要如何繼續忍受你脫離議會的羞辱？」

他母親的聲音動搖了。安登知道，曾經有段時間，他或許還能挽著某個女孩的手一起逛市場。但他當時太害羞，沒有開口的膽量。回想起來，安登知道只要他敢採取行動，其實並不會太困難。安登看過他母親以前委託別人替他畫的畫像，知道自己曾經相當英俊。

這些都不重要了，他現在有擅長而且喜歡的工作。眞的還需要別的東西嗎？

「我相信魯克將來一定會結婚，韋恩也會，母親。還有其他的弟弟，所以不要擔憂。假如時候到了，我會爲每個弟弟打造衣櫥、新婚的床鋪和搖籃。不久之後，你就會子孫滿堂了。」

在屋梁上的那個母親，她懷裡的孩子。喔！她的尖叫聲。安登緊緊閉上眼睛，想把影像逐出腦海。

「我最近和幾位母親談過，她們對你打造的事業很感興趣，也有意願介紹她們的女兒給你認識。雖然不是最美麗的女兒，你也了解，但總歸是女兒。」

安登嘆了口氣，起身去洗手。

「母親，很感謝你，但我不需要。」他走到房間另一頭，親吻母親的臉頰。他看見母親在他毀容的臉靠近時，忍不住退縮。他努力不讓自己感到受傷。

「但是，安登……」

「現在，我得出門了。」

「你要去哪裡？」

「我有些雜事要辦。」這是個謊話。每說一次謊，下一次似乎就簡單一些。「兩天之後，我會到你的屋子吃晚餐，我沒有忘記。」這也是個謊，他無意在自己的老家吃飯，也正在想一些好藉口在最後一刻推辭。

「或許我該和你一起去，讓你有個伴。」他母親說。安登知道，她用她自己的方式愛著他。

「我最好自己去。」安登說。接著，他披上斗篷，轉身離開，把母親留在陰影中。

在保護國中，安登總是選擇走在人煙較少的小巷弄。雖然天氣很好，他還是把斗篷罩在頭上，用陰影遮掩自己的臉。安登早就注意到，如果把自己的臉藏好，會讓其他人比較自在，也比較不會引人側目。有時候，年幼的孩子會害羞地詢問是否可以摸摸他的疤痕。假如孩子的家人就在一旁，他們肯定會神色大駭地把孩子拉開，互動就到此結束。不過，假如家人不在，安登會嚴肅地蹲下，直視孩子的眼睛。如果孩子沒有逃開，安登便會脫下斗篷說：「請便吧。」

「會痛嗎？」孩子會問。

「今天不會。」安登總是如此回答。這也是個謊，他的疤無時無刻不隱隱作痛。雖然不像一開始那麼難受，但卻一樣疼痛——是失去了什麼的那種鈍痛。

小小的手指碰觸到他的臉，撫摸凹凸不平的傷疤，總會讓安登的心頭一緊。每一次，安登都會說：「謝謝你。」他是真心的。

「謝謝你。」孩子也總是那樣回答。他們就此道別，孩子回到家人身邊，而安登則獨自繼續上路。

他漫無目的地走著，卻總是會來到高塔之下，無論他是否想要。那裡曾經是他短暫的家，那是段年輕美好的歲月。那個地方也徹底改變了他的人生。他把雙手插進口袋，抬頭看著天空。

「這不是安登嗎？終於回來看我們了！」雖然對方的聲音聽起來很愉快，但安登意識到其中深藏著一絲幾乎難以察覺的憤怒。

「伊格納西亞修女，您好。」安登深深鞠躬。「真訝異在書房以外的地方見到您。或許是您美好的好奇心終於放您一馬了？」

這是安登幾年前受傷以後，他們第一次面對面談話。此前，他們的交流僅限於簡短的紙條，她的紙條多半還是由其他修女代筆再簽名的。從他受傷以後，她便不曾探望過他，一次也沒有。他覺得口中有些苦澀，於是努力嚥下，不讓自己皺起眉頭。

「啊，不。」她輕快地說。「好奇心是智者的詛咒，但也有人說，聰明是好奇心的詛咒。無論如何，很遺憾地，我兩者都不缺乏，所以才忙個不停。但我確實發現，照料藥草園時總是帶給我一些慰藉……」她舉起一隻手。「小心不要碰到任何葉片，或是花朵。最好連泥土也別碰。你得戴手套才行，很多藥草都有致命的毒性。它們可真美，不是嗎？」

「挺美的。」安登說，但他無心欣賞藥草。

「什麼風把你吹來這裡？」伊格納西亞修女問。看見安登的眼神飄向瘋女人住處的窗口時，她瞇起眼。

安登嘆了口氣，目光回到伊格納西亞修女臉上。花園的泥土覆蓋著她的手套，汗水和陽光讓她的雙眼閃耀光芒。她看起來很滿足，彷彿才剛吃完全世界最美味的餐點，充滿飽足感。但這是不可能的，她一直在外頭忙碌。安登清一清喉嚨。

「我想要親自告訴你，我無法在接下來的六個月到一年裡，幫你做你想要的桌子。」安登說。這是個謊言。桌子的設計很簡單，需要的木材也能輕易從保護國西邊的管制林區取得。

「荒唐。」伊格納西亞修女說。「你想必可以重新安排一下吧？修女們基本上就像是你的家人。」

安登搖搖頭，眼神又重新回到窗戶。紙鳥的攻擊過後，他就不曾真正見到那瘋女人了。不過，他每天都會夢見她。有時候，她在屋梁上，有時候在牢房裡，有時候則坐在某隻紙鳥的背上，隨著紙鳥群一起消失在夜色中。

他對伊格納西亞修女微微一笑，說道：「家人？女士，我想你也見過我的家人。」

伊格納西亞修女假裝沒把這句話放在心上，但卻緊抿嘴唇，壓抑著笑意。

安登又看著窗戶。瘋女人就在窄小的窗口旁，她的身體只是個小小的影子。他看見她的手伸出鐵柵欄，有隻鳥飛近，停在她的手掌上。那隻鳥是紙做的，從他站的位置，彷彿就能聽見紙張摩娑的聲音。安登全身顫抖。

「你在看什麼？」伊格納西亞修女問。

「什麼也沒有。」安登撒謊道。「我什麼也沒看到。」

「我親愛的孩子，有什麼問題嗎？」

他看著地板。「祝您的園藝工作順利。」

「在你走之前，安登，可以幫個忙嗎？畢竟，我們無論拜託幾次，你似乎都不願意用你巧妙的雙手爲我們做些美好的東西。」

「女士，我……」

「那邊的！」伊格納西亞修女喊道。她的聲音立刻變得嚴厲許多。「你包裝好了嗎，女孩？」

「是的，修女。」花園小屋傳來了清澈、明朗的聲音，彷彿鐘聲那樣悅耳。安登覺得自己的心跳加速。那個聲音，他心想，我記得那個聲音。好幾年前離開學校後，他就不曾再聽見那個聲音了。

「很好。」伊格納西亞修女又轉向安登，聲音再次變得甜美。「我們有個新人選擇不投入更高層次的生命，追求學問和冥想，決定重新回到外頭的世界。眞是愚蠢。」

安登很震驚，忍不住說：「但，這前所未有！」

「是的，前所未有，以後也不會再發生。她一開始想要加入時，我顯然是被蒙蔽了。下次，我必須更謹愼判斷。」

一名年輕女性從花園小屋中走出來。她穿著簡樸的直筒連衣裙——這衣服大概在她十三歲生日後進入高塔時還相當合身，但她長高了不少，現在下襬幾乎遮不住膝蓋了。她穿著一雙男性的靴子，上面有許多補丁和磨損，很可能是向園丁借的。她露出笑容，甚至連臉上的雀斑都耀眼迷人。

「安登，你好。」愛斯恩溫柔地說。「好久不見了。」

安登覺得整個世界都在他腳下傾斜。

愛斯恩轉向伊格納西亞修女。「我們以前在學校認識。」

「她沒有和我說過話。」安登啞著嗓音輕聲說，低頭看著地板。他的傷疤灼熱難耐。「女孩們都不和我說話的。」

愛斯恩的雙眼閃閃發光，嘴角揚起笑意。「是這樣嗎？我記得的和你不一樣。」她看著他，和他的傷疤。她直視著他，沒有轉開，沒有瑟縮。即使他的母親都會瑟縮，他的親生母親。

「好吧，應該說，我不會和女孩說話。」他說。「我現在也不會，真的。你應該聽聽我媽的抱怨。」愛斯恩笑了，安登很怕自己會昏倒。

「你能幫我們這令人失望的女孩帶走她的東西嗎？她的兄長都病了，父母親也過世了。我想把這場慘劇的痕跡都移除，越快越好。」

即使這話讓愛斯恩很難過，她也沒有表現出來。「謝謝你，修女，謝謝你為我做的一切。」她說，她的聲音像奶油那樣柔順甜美。「和走進這扇門時比起來，我已經成長了許多。」

「本來應該可以更多的。」伊格納西亞修女責備道。她雙手一攤，又說：「年輕人啊！連我們都沒辦法忍受他們，他們自己怎麼受得了？」她轉向安登詢問：「你願意幫忙吧？這女孩連對自己的行為表現出一絲一毫的遺憾都不肯。」修女長的眼神一黯，似乎肚子餓得不得了。她瞇起眼，皺一皺眉頭，黑暗就消失了。或許這都只是安登的想像。「我連一秒鐘都沒辦法再容忍她。」

「當然，修女。」安登輕聲說，又嚥了口口水。他覺得自己的嘴巴裡好像有沙子，只能盡全力讓自己回過神來。「我永遠都會爲你效勞，永遠。」

伊格納西亞修女轉身離開，一邊叨唸個不停。

「如果我是你，會重新思考這件事。」愛斯恩輕聲對安登說。安登轉過身，看見愛斯恩露出燦爛的笑容。「謝謝你幫我，你一直是我所知道最善良的男孩。來吧，我們快點離開這裡。過了這麼多年，修女們還是讓我毛骨悚然。」

她把一隻手搭在安登手臂上，帶他走進花園小屋裡拿她的行李。她的手指纖細，卻又充滿力量。安登覺得自己的胸口躁動起來——一開始是顫抖，接著向上躍升和脈動，像是鳥類的翅膀。他彷彿飛越森林，直衝向天空的頂端。

16 紙終究只有這麼多

高塔裡的瘋女人想不起自己的名字。

她想不起任何人的名字。

說到底，什麼是名字呢？名字沒辦法拿在手上，聞不到氣味，沒辦法哄著睡覺，沒辦法一再傾訴對它的愛。曾經，她有個特別珍惜的名字，但那個名字已經遠去，像一隻鳥那樣。她沒辦法把它哄回來。

有太多飛逝的東西。名字，回憶，以及她對自己的認識。她知道自己曾經很聰明、有能力、善良，有深愛的人，也被愛著。曾經，她的腳穩穩地踩在地面上，腦袋裡的想法也整整齊齊的，像是收在櫥櫃裡那樣。然而，她卻覺得自己的腳再也感受不到土地，腦袋裡的櫥櫃被旋風和雷雨席捲得一片空蕩。或許以後永遠都會是這樣了。

她只記得紙張的觸感。她對於紙張感到飢渴。每個晚上，她都夢見紙張的光滑，以及紙頁邊緣的鋒利。她夢見墨水滲入越來越深的白色。她夢見紙鳥、紙做的星星，以及紙做的天空。她夢見紙做的城鎮、森林和人群上方，懸掛著一輪紙做的月亮。紙做的世界，紙做的宇宙。她夢見墨水的海洋、羽毛筆的森林，以及無盡的文字沼澤。夢中的一切如此豐富。

她不只夢見紙張，她也擁有紙張，沒有人知道為什麼。每一天，星辰修女都會進入房間，看也不看地把所有她畫的地圖和文字都清掉。她們一邊清理，一邊發出不悅的咂嘴聲。但是每一天，她都發覺自己再次被紙張、毛筆和墨水給淹沒。她擁有自己需要的一切。

地圖。她畫了一張地圖。她可以清楚地看見這張地圖。她在這裡，她寫道。她在這裡，她在這裡，她在這裡。

「誰在這裡？」一個年輕人問，問了一遍又一遍。

一開始，他的臉龐很年輕、好看、乾淨。接著，卻變得鮮紅而憤怒，流淌著鮮血。最終，紙鳥造成的傷口痊癒，成為疤痕——先是紫色，然後是粉紅色，再來是白色。疤痕也成為地圖。瘋女人很想知道，他是否看得出來，或是理解地圖的意涵。她不知道，到底有沒有人能懂，或是全世界只有她能明瞭。只有她孤身一人地瘋了，還是全世界都和她一起瘋狂？她沒資格做判斷。她只想把他壓在地上，在他的顴骨和耳垂之間寫上「她在這裡」。她希望讓他了解。

誰在這裡？當他從地面仰望高塔時，她可以感受到他的好奇心。

你看不出來嗎？她想要對他叫喊。但她沒有這麼做。她想說的話都亂成一團，她不確定假如自己開口，能不能說出任何讓人聽懂的字句。

每一天，她都把紙鳥放出窗外。有時候是一隻，有時是十隻。每一隻的內心裡，都有一張地圖。

她在這裡，知更鳥的心裡寫著。

她在這裡，她在這裡，她在這裡，遊隼、翠鳥和天鵝的心裡寫著。

一開始，她的紙鳥飛不了太遠。她從窗口看著人們伸手，從附近的地面把它們拾起。她看著人們抬頭望向高塔，搖著頭。她聽見他們嘆息道：「可憐啊，真是可憐。」然後把他們心愛的人拉近一些，彷彿生怕被她的瘋狂傳染。或許他們是對的，或許瘋病真的會傳染。

沒有人去看地圖上的字，他們只是把紙張揉成一團——或許會打成紙漿，製造新的紙張。

瘋女人並不怪他們，畢竟紙張很昂貴，至少對大多數人都是如此。但她卻可以輕鬆取得，只要把手伸向世界的裂縫，就能一張接著一張抽出。每一張紙都是地圖，每一張紙都是一隻鳥，她讓每一張紙都飛向天空。

她坐在牢房的地板上，手指找到了紙張，找到了毛筆和墨水。她不探究自己是怎麼辦到的，只是畫著地圖。有時候，她在睡夢中也會畫著地圖。年輕人越來越靠近，她可以感受到他的腳步。很快地，他就會在遠方停下腳步，抬頭看來，內心浮現一個問號。她看著他從年輕人成長為工匠，再成為生意人，然後墜入愛河。然而，問題依然沒有消失。

她把紙張摺成一隻老鷹，讓它停在她的手上片刻，看著它開始顫抖、騷動。她讓它飛向天空。她看向窗外。那隻紙鳥不太對稱，因為她摺得太倉促，有些地方不夠妥善。這可憐的東西沒辦法活下去，墜落在地上，拚命掙扎著，就掉在滿臉疤痕的年輕人前方。他暫停片刻，然後一腳踩在紙鳥的頸部。是同情，還是報復？有時候，這兩者其實沒有差別。

瘋女人的手摀著嘴巴，指尖的感覺像紙張那樣輕柔。她想要看清他的臉龐，但他隱身陰影中。這無所謂，她對他的臉太熟悉了，就像自己的臉一樣。在黑暗中，她的指尖可以感受到他的每一道傷疤。她看著他停下腳步，把紙鳥拆開，盯著她的圖畫。她看著他抬頭，望向高塔，然後再緩緩看向天空和森林。接著，再一次看著地圖。

她的手摀著胸口，感受著自己的悲傷——悲傷無情的密度，就像是內心出現了黑洞，吞沒所有的光明。或許一直都是這樣。她在高塔的生活似乎永無止盡。有時候，她覺得自己打從世界創始，就已經被關在高塔裡了。

而在某個深刻卻突如其來的瞬間，她感受到高塔的變化。

希望，她的內心說。

希望，天空這麼說。

希望，年輕人手中的鳥，和他的眼神都這麼說。

希望、光明和行動，她的靈魂這麼低語。希望和塑形，還有融合。希望和溫度和增生。重力的奇蹟。變化的奇蹟。每樣珍貴的事物都被摧毀，每樣珍貴的事物都被拯救。希望、希望、希望。

她的悲傷消失了，只有希望留下。她感受到希望向外輻射，充滿了高塔、城鎮和整個世界。而在那一刻，她聽見修女長發出了痛苦的哭嚎。

17 核果出現了裂痕

露娜一直以爲自己很平凡，以爲自己被愛著。她只對了一半。

她那時五歲，然後七歲，接著，不可思議的，她十一歲了。

真的是很棒的一件事，露娜心想，十一歲真是不錯。

她喜歡這個年紀的對稱性，還有不對稱性。十一這個數字看起來成雙成對，實際上卻不是——看起來是這樣，實際上卻是那樣，就像她想像中大部分的十一歲小孩那樣。她和其他小孩的接觸，都只局限於奶奶到自由城市的拜訪，而且她不是每次都被允許跟隨。有時候，奶奶不會帶上她。這一年比一年更讓她氣惱。

畢竟，她已經十一歲了。她既奇特，又平凡。她已經準備好同時扮演許多角色——孩子、成年人、詩人、工程師、植物學家和龍。這份清單族繁不及備載。她越來越受不了自己被禁止參與許多旅程。她也時常這麼大聲抱怨。

奶奶不在時，露娜大多時間都待在工作坊裡。那裡到處都是關於金屬、岩石和水文的書籍，還有花草、青苔及可食用植物的圖鑑，也有講述生物學、動物行爲和動物飼養的書籍，以及關於機械理論的著作。不過，露娜最感興趣的是天文學，特別是和月亮有關的知識。她非常喜歡月亮，甚至想要張開雙臂擁抱月亮，唱歌給月亮聽。她想要用一個大碗蒐集所有的月光，再一口氣喝下去。她求知若渴，充滿躁動的好奇心，也有繪畫、建造和設計的天分。

她的手指有自己的意志。「你看到了嗎，葛拉克？」她一邊說，一邊炫耀她的機械蟋蟀。那隻蟋蟀由打磨過的木頭所製作，有著玻璃眼珠和迷你金屬腿，還裝設了彈簧。蟋蟀可以跳躍、爬行和抓握，甚至還能歌唱。此刻，露娜把它放著，而它開始翻動某一本書的書頁。葛拉克皺一皺他巨大、潮溼的鼻子。露娜說：「它會翻書呢！你有看過比這更聰明的蟋蟀嗎？」

「但它只是隨機翻頁。」葛拉克說。「又不是眞的在讀書。即使是，它的閱讀速度跟你一定不一樣。它要怎麼知道什麼時候翻到下一頁？」當然，他只是在逗露娜。事實上，露娜的作品讓他感到驚奇。不過，他已經告訴她上千次，他不可能在她每次做出驚奇之事時，都表現出驚奇的樣子。他可能會因此覺得內心脹得太滿，甚至就此飛出這個世界。

露娜跺著腳說：「它當然不會讀書。我叫它翻頁的時候，它就會翻頁。」她雙手抱胸，用自己覺得最嚴厲的眼神看著沼澤怪。

「我覺得你們都是對的。」費里安說著，努力當個和事佬。「我喜歡愚蠢的東西，也喜歡聰明的東西，我喜歡所有的東西。」

「安靜，費里安。」女孩和沼澤怪同時說。

「比起把你的蟋蟀擺好，讓它來翻頁，自己動手還快多了。爲什麼不自己翻呢？」葛拉克有點擔心，自己的玩笑會不會開過了頭。他用四隻手臂抱起露娜，放在右邊的肩膀上。露娜翻翻白眼，自己爬了下來。

「因爲那樣的話，就不會有蟋蟀了。」露娜覺得胸口有點刺痛。她的全身都有點刺痛，已經一整天了。「奶奶在哪裡？」她問。

「你知道她在哪裡。」葛拉克說。「她下個星期就回來了。」

「我不喜歡下個星期，我希望她今天就回來。」

「大詩人告訴我們，不耐煩是渺小的事物才有的，像是跳蚤、蝌蚪和果蠅。親愛的，你比起果蠅要偉大多了。」

「我也不喜歡大詩人。他可以把自己的頭給煮了。」

這些話深深刺傷了葛拉克，他用四隻手按住心口，巨大的屁股重重坐倒在地上，尾巴保護性地包住自己的身體。「怎麼可以說這種話。」

「我幾乎是眞心的。」露娜說。

費里安在女孩和沼澤怪之間來來回回，不知道該降落在哪裡。

「來吧，費里安。」露娜一邊說，一邊拉開衣服上其中一個口袋。

「你可以睡個午覺，而我會走到山脊上，看看是否能看見旅行中的奶奶。我們可以從那裡看到非常遙遠的地方。」

「你還看不到她的。還要好幾天。」葛拉克仔細端詳著女孩。今天……有些事**不太對勁**，但他也說不清楚。

「你又不知道。」露娜說著，轉身走向小徑。

「耐心沒有翅膀，」她一邊走，葛拉克一邊吟誦著。

「耐心不會奔跑，

不會吹拂，不會爬竄，不會動搖。

耐心是大海的湧動，

耐心是山脈的嘆息，

耐心是沼澤的波紋，

耐心是星辰的合唱，
永恆地吟唱下去。」

「我什麼都沒聽到！」露娜頭也不回地喊著。但葛拉克知道，她都聽見了。

露娜抵達山坡下時，費里安已經睡著了。那隻龍似乎隨時隨地都能睡著，他是睡覺的專家。露娜把手伸進口袋，輕輕拍一拍他的頭，他沒有醒來。

「這些龍啊！」她的許多問題都只得到這個答案，但有些其實沒什麼道理。當露娜還小時，費里安比她年長，這點顯而易見。他教她數數和加減乘除。他教她如何把數字應用在其他更廣大的概念上，例如運動、力、時間和空間、曲線和圓形，以及壓緊的彈簧。

但現在，情況不太一樣了。費里安似乎一天比一天更小。有時候，露娜覺得費里安似乎在時間中倒退，而露娜則站在原地；但有時候卻剛好相反，費里安站在原地，而露娜正向前飛奔。她很想知道這是爲什麼。

因為是龍啊！葛拉克會這麼解釋。

因為是龍啊！姍也會這麼認同。他們同時聳聳肩，這些龍啊，然後答案就這麼決定了。不然還能怎麼辦呢？

但這其實什麼也沒回答到。至少，費里安從不會閃避露娜的許多問題，或是隨便糊弄她。首先，這是因爲他根本不知道糊弄是什麼意思。其次，除非可以透過數學運算取得，否則他幾乎不知道任何問題的答案。在數學方面，他顯然有源源不絕的答案。在其他方面，他只是費里安，而這樣就足夠了。

露娜在中午之前抵達山脊，她用手遮住眼睛上方，努力想看得更遠。她以前從沒爬這麼高過，葛拉克願意放行，讓她有點意外。

自由城市在森林的另一端，就在和緩的南方山坡之下，那裡的地勢平緩而穩定。在那裡，地面不再試圖殺死你。露娜知道，在城市後方還有農田、更多森林和山脈，以及更遠的大海。但露娜從沒有去過那麼遠的地方。在這座山脈的另一端，也就是往北邊走，除了森林之外沒有別的東西，而森林後方則是沼澤，占了世界的一半。

葛拉克告訴她，這個世界誕生於沼澤。

「怎麼誕生的？」露娜問了上千次。

「一首詩。」葛拉克有時候會這麼說。

其他時候，他會說：「是一首歌。」但他不會再解釋下去，只會告訴露娜，她有一天會懂的。露娜認為，葛拉克很糟糕，每個人都很糟糕。而最糟糕的，是她一天比一天更嚴重的頭痛。她坐在地上，閉上眼睛。在眼皮下的黑暗裡，她可以看見藍色的光，還有邊緣的銀色光芒，以及一些其他的東西。那東西感覺很堅硬、扎實，就像一顆核果。

更糟的是，那個東西似乎有脈搏，似乎包含了精密的時鐘齒輪。滴答，滴答，滴答，滴答。

每個滴答聲，都讓我距離結局更近，露娜心想。她搖搖頭，不知道自己為什麼會那樣想。是什麼東西的結局？她很好奇，卻沒有答案。

突然之間，她的腦中浮現一棟房子的影像，屋裡的椅子披著手織的被子，牆上掛著畫作，櫃子上擺著五彩繽紛的罐子，看起來十分吸引人。有個女人在那裡，她一頭黑髮，額頭上有著彎月形的胎記。有個男人的聲音輕柔地說：你看到媽媽了嗎？看到了嗎，親愛的？而那個詞浮現在腦中，從頭顱的一側迴盪到另一側，媽媽，媽媽，媽媽，就像是遙遠的鳥鳴。

「露娜？」費里安叫喚她。「你怎麼哭了？」

「我沒有哭。」露娜說著，擦掉眼淚。「反正，我想念奶奶，就是這樣。」

這是真的，她確實很想念她。無論站著看多久，都不可能縮短從自由城市走到她們位於沉睡火山頂的家的時間。這點是肯定的。不過，那間屋子、手織被子和黑髮的女子——露娜以前看過他們，但她不知道是在哪裡。

她俯瞰著沼澤、穀倉、工作坊和樹屋，粗壯的樹幹開了許多圓形的窗戶，看起來就像是眨也不眨的眼睛。在這棟房子之前，還有另一棟房子，另一個家庭。她打從骨子裡知道。

「露娜，你怎麼了？」費里安問，他的聲音有點不安。

「沒事的，費里安。」露娜說著，用手指環繞費里安的身體，將他抱緊。她親吻費里安的頭頂。「什麼也沒有。我只是在想，我多麼愛我的家人。」

這是她說的第一個謊，雖然其中每個字都是真的。

18 他們發現了女巫

姍不記得自己曾經前進得如此緩慢。她的魔法在這幾年來不斷衰退，但無法否認的是，衰退的速度越來越快。如今，魔法似乎變得越來越稀薄，像是從她的骨頭孔洞中涓滴滲出。她的視力越來越黯淡，聽力越來越模糊。她的髖骨很痛（她的左腳、下背和肩膀也是，奇怪的是，連鼻子都隱隱作痛）。而她的狀況只會越來越糟。很快地，她就必須握露娜的手最後一次，也最後一次撫摸她的臉——用最粗啞的呢喃傾訴她的愛。這讓她幾乎無法忍受。

說實話，姍並不怕死。為什麼要怕呢？她曾經幫忙緩解了成千上萬人面對未知旅程的痛苦。她有無數次都在臨終者的臉上，看到突如其來的欣喜——那是瘋狂般的喜悅。姍深深相信，自己沒什麼好怕的。只不過。是死前的那段時間讓她猶豫了。她知道，在通往終點前的那幾個月，她會失去尊嚴。當她回想起關於佐西莫斯的回憶（雖然她非常努力，回想仍然很困難），她想起的都是他痛苦扭曲的面孔、身體的顫抖和令人不安的消瘦。她記得他承受的痛苦，而她一點也不想步上他的後塵。

這是為了露娜，她告訴自己，所有的一切都是為了露娜。而這是真的。她忍受每一次背痛，都是因為她愛著露娜，而忍受每一次嚴重咳嗽、每一次痛苦呻吟、每一次關節的劈啪也都是。為了那女孩，她什麼都可以忍受。

而她必須告訴她這一切，當然必須。

很快就會，她告訴自己，但時候未到。

保護國就在那和緩斜坡的下方，而再過不遠，斜坡就會變成一望無際的茲鈴沼澤。姍爬上岩石嶙峋的小山丘，在最後一次下坡前鳥瞰了整個城鎮。

那地方有種說不出來的氛圍。空氣中似乎盤旋著無數的悲傷，就像永不散去的濃霧。站在悲傷濃霧的上方，姍的理智開始批判自己。

「老蠢蛋。」她喃喃自語著。「你幫助過多少人？治療過多少傷口，又安撫過多少心靈？你引導了多少靈魂走過最後的路？不過，這裡有著許多可憐的人，男人、女人和孩子，你卻不願意幫助他們。你要怎麼為自己辯解呢，你這傻女人？」

她沒辦法為自己辯解。

她依然不知道原因。

她只知道，越是接近這裡，她就越迫切地想要離開。

她搖搖頭，拍一拍裙子上的碎石和葉片，繼續沿著斜坡走向城鎮。一邊走著，記憶一邊湧上。

她想起自己在老城堡裡的房間——她最愛的房間，火爐兩側的石柱上各刻著一隻龍。天花板破了個洞，可以直接看到天空，但卻用魔法避免雨水打進來。她記得自己爬上勉強湊合的床，雙手捧著心口，向星辰祈禱不再做惡夢。但她總是會做惡夢。她還記得曾經在棉被裡哭泣，眼淚流個不停。她還記得門的另一側有個聲音。安靜而枯啞的聲音，輕輕呼喚著：更多，更多，更多。

姍用斗篷把自己裹得更緊。她不喜歡冷的感覺，也不喜歡想起過去。她搖搖頭，試著甩掉這些想法，然後大步走下斜坡，走進雲霧中。

高塔中的瘋女人看著女巫踉蹌地穿過樹林。她其實距離很遠，非常遠，但假如她想要，瘋女人的眼睛可以看到世界任何地方。

早在她發瘋以前，就知道可以這麼做嗎？或許吧，或許她只是沒有特別注意。她曾經也是乖巧的女兒，然後是墜入愛河的少女，再然後是懷孕的母親，倒數著嬰孩出生的日子。接著，一切都出了錯。

瘋女人發現，她可以知道許多事，許多不可能的事。她在瘋狂中了解，世界布滿了閃耀的光點和珍貴的碎片。一個人可能會掉了硬幣而再也找不到，但烏鴉卻能瞬間看見。從本質上來說，知識就是這樣的寶石，而瘋女人則是那隻烏鴉。她俯身、搜尋、伸手拾起並蒐集。她知道許許多多的事情，舉例來說，她知道女巫住在哪裡。假如能離開高塔並擁有足夠的時間，她蒙著眼睛都能走到女巫的住處。她知道女巫把孩子們帶到哪裡，也知道那些城鎮的樣貌。

「我們的病人今天早上感覺如何啊？」每天清晨，修女長都這麼對她說。「有多少憂傷壓著她可憐的靈魂？」她很飢餓，瘋女人可以感受到。

沒有半點，假如她想說話，她可以這麼回答，但她不想。

許多年來，瘋女人的悲傷餵飽了修女長。

許多年來，她都可以感受到對方的掠食。（她是「悲傷吞噬者」，瘋女人發現自己知道這件事情。她以前從未學過這個詞，而她發現的方法和取得其他有用資訊時相同，都是伸手進世界的縫隙，小心地拿出來。）許多年來，她沉默地躺在牢房裡，讓修女長用她的悲傷果腹。

而某一天，不再有悲傷讓修女長享用了。瘋女人學會把悲傷鎖起來，用其他東西封住。用**希望**。伊格納西亞越來越常飢餓著離去。

「聰明。」修女長說著，嘴巴抿成一條陰沉的隙縫。「你把我鎖在外頭了。但這只是暫時的。」

你把我鎖在裡面，瘋女人心想，靈魂中點燃了一絲希望。這只是暫時的。

瘋女人的臉貼著小窗上的粗重柵欄。女巫離開了小山丘，此時正朝著城牆跋行，而議會則將最新的孩子帶出城門。

沒有哭號的母親或尖叫的父親，他們沒有爲了在劫難逃的孩子反抗，只是麻木地看著嬰孩被帶入恐怖的森林，相信這麼做會阻止恐怖找上門。他們面無表情地看著恐懼。

蠢蛋，瘋女人想告訴他們，你們看錯方向了。

瘋女人把地圖摺成老鷹的樣子。

雖然沒辦法解釋，但她可以讓一些事發生。早在他們找上她的孩子，把她關進高塔之前就是如此——她可以把一份小麥變成兩份，把磨得像紙一樣薄的布料變得又厚又華麗。隨著她在高塔裡的日子越來越久，她的能力也越來越敏銳。她在世界的縫隙中找到魔法的碎片，像松鼠那樣儲藏起來。

瘋女人瞄準目標。女巫正朝著森林中央接近，長老們也朝著同一個方向。老鷹會直接飛到嬰孩的位置，因爲她從骨子裡知道那是哪裡。

迦蘭首席長老知道自己正漸漸老去。星辰修女每個星期給他的藥水固然有幫助，但效力卻不如以往。這讓他感到惱怒。

而嬰兒的事也讓他惱怒——不過是這整件事的概念，而不是結果。他就是不喜歡接觸嬰兒。他們既吵鬧又粗魯，而且說實話，非常**自私**。除此之外，他們還很臭。至少，他現在抱在懷裡的那個就很臭。

維持外表的莊嚴當然很重要，但迦蘭一邊把嬰兒換到另一隻手上，一邊想著，他已經老到無暇顧及這些事了。

他想念安登。他知道自己這樣很蠢，其實男孩離開了反而比較好。畢竟，處決是很麻煩的事，特別是牽涉到自己的家庭成員。只不過。雖然安登對獻祭之日的不理性抗拒讓迦蘭惱火，但他還是隱約覺得，安登的辭職似乎讓他們少了什麼。安登離開後，議會空虛得詭異。雖然迦蘭告訴自己，他只是希望有其他人抱著這個不斷掙扎的小鬼，但他心裡很清楚，實際情況不只是如此。

議會長老經過時，沿途的人們都低下頭，這一切都很好。嬰兒不斷掙扎，還吐口水在迦蘭的袍子上。迦蘭深深嘆了口氣。他不想引人側目，而且他理應坦然接受這些不適。

沒有人真的知道，要得到如此的愛戴、敬畏，又要表現得如此無私，有**多麼**困難。當長老們通過最後一個路口時，迦蘭不忘感謝自己善良又充滿人道主義的本質。嬰孩的哭泣漸弱，變成了自溺的啜泣。

「忘恩負義的傢伙。」迦蘭低喃道。

安登故意站得比較顯眼，讓議會長老在經過時注意到他。他和迦蘭舅舅短暫地眼神接觸，顫慄地想著：真是個可怕的人。接著，他退到人群後方，趁著沒人注意的時候衝過城門。進入樹林的掩蔽後，他全力跑向那一片窪地。

愛斯恩還站在路邊，她準備了一籃東西給哀悼的家庭。她像個天使，是人間的珍寶，也不可思議地成爲了安登的妻子。離開高塔後一個月，她就嫁給安登。他們熱切地愛著彼此，也想要一個家庭。只不過。

屋梁上的女人。

嬰孩的哭泣聲。

悲傷像雲霧般籠罩著保護國。

安登曾經看著恐怖的事發生，卻什麼也沒做。他眼睜睜看著一個又一個嬰兒被帶走，丟在森林裡。就算努力，也不可能阻止，他曾經這麼告訴自己。每個人都這麼自我說服，而安登以前也一直堅信不移。

但安登也曾經相信，自己一輩子都會孤單寂寞地度過。愛證明他錯了，現在他的世界比以前更明亮美好。假如像那樣的信念都可能被推翻，其他的信念難道不能嗎？

假如我們對女巫都有所誤解呢？假如我們對犧牲的認知都錯了呢？安登思考著。這個問題本身就是顛覆性的，簡直驚世駭俗。如果我們試試看，會怎麼樣呢？

爲什麼他以前不曾這樣想過。

如果讓孩子誕生在一個美好、公平又善良的世界，難道不會更好嗎？以前有人試圖和女巫談過嗎？他們怎麼**知道**女巫蠻不講理？畢竟，年紀那麼老的人，應該都會有一點智慧吧？這樣才有道理。

愛讓安登頭暈目眩，愛讓他勇敢，愛讓曾經模糊不清的問題都變得清晰。而安登需要答案。

他衝過古老的梧桐樹，藏身在一旁的灌木中，等待著那些老人離開。

就在那裡，他找到了紙摺的老鷹，如掛飾般裝飾在紫杉樹叢上。他拿起紙鳥，緊貼著自己的心口。

姍抵達樹林間的窪地時，時間已經晚了。

她可以聽見不遠處嬰兒的哭鬧聲。她呼喚著：「姍阿姨要來了，最親愛的孩子，請不要害怕。」

她無法置信。這麼多年來，她不曾遲到過。可憐的小傢伙。她緊緊閉上眼睛，試著將一股魔法送到雙腿，讓自己再加快一些。雖然最後抵達的魔法不像浪潮，只像一池小水坑的水，但還是多少起了點作用。姍用手杖讓自己向前飛奔，衝過翠綠的樹林。

「喔，感謝老天！」當她看見臉蛋紅通通的小嬰兒發著脾氣，卻還活著，也沒有受傷，不禁鬆了一口氣。「我好擔心你，我……」

這時，有個男人站到她和嬰孩之間。

「**停下來！**」他喊道。他的臉上布滿疤痕，手裡拿著武器。

姍看著這個阻擋在她和嬰孩之間的危險陌生人。池水般的魔法加入了恐懼、震驚和擔憂，瞬間放大爲滔天巨浪，在姍的骨頭中翻騰，讓她的肌肉、組織和皮膚都變得輕快又敏捷。就連她的頭髮都散發著魔法。

「**別擋路！**」姍大吼著。她的聲音在岩石間迴盪。她可以感受到魔法從地球的中心湧上，穿過她的雙腿，衝過她的頭頂，朝著天空湧去，並且不斷循環，就像拍打著海岸、起起落落的浪濤。她伸出雙手，抓住那個男子。一股巨大的力量立即重擊他的心窩，讓他喘不過氣來。姍把他像個破娃娃那樣，隨手扔在一旁。她讓自己化身爲一隻大得驚人的老鷹，降落在孩子面前，用巨大的爪子抓起包裹孩子的布巾，然後飛升到空中。

姍沒辦法一直保持這樣，因爲她的魔法不夠多。但她和孩子至少可以持續飛過接下來兩個山頭。接著，假如她沒有累癱，就能給孩子食物和安撫。孩子張大嘴，放聲號哭。

高塔裡的瘋女人看著女巫變身。她看著女巫老邁的鼻子變硬，化成老鷹的鳥喙時，一點感覺也沒有。當羽毛從她的毛孔爆發，手臂變寬，身體變短時，瘋女人也毫無感覺。女巫因爲力量和痛苦而厲聲尖叫。

瘋女人還記得嬰兒在自己懷中的重量、她頭皮的氣味、新生的小腿歡快地踢動，以及小手瘋狂的揮舞。

她記得自己的背抵著屋頂，自己的腳踩在屋梁上。她記得自己想要飛行。

「鳥兒。」女巫起飛時，瘋女人喃喃自語。「鳥兒，鳥兒，鳥兒。」

在高塔裡沒有時間，只有失落。至少暫時是這樣，她心想。

她看著那個年輕人，那個滿臉疤痕的年輕人。疤痕的事眞的很遺憾，她不是有意的。但他是個善良的男孩，聰明、好奇、心地善良。善良是他最好的優勢。她知道，他的傷疤能驅逐愚蠢的女孩。他值得與最出色不凡的女孩眞心相愛。

她看著盯著摺紙老鷹的他。他小心地打開每一摺，在石頭上把紙張壓平。那張紙上沒有地圖，而是寫著文字。

一面寫著：不要忘了。

另一面寫著：我說真的。

瘋女人在靈魂中感受到成千上萬隻紙鳥，有翅膀、有心臟、有心智和血肉的鳥。它們飛到空中，翱翔在熟睡的樹木上方。

19 前往痛苦鎮的旅途

對於愛著露娜的人來說，時間轉瞬即逝。然而，露娜卻很擔心自己活不到十二歲。每一天感覺都像是必須搬運到高山頂上的沉重石塊。

同時，她的知識也與日俱增。每一天，世界都同時擴張和收縮。露娜知道得越多，她所不知道的就越令她挫敗。她的學習速度很快，手腳很快，脾氣更是一觸即發。她照顧山羊，照顧雞隻，照顧奶奶，照顧幼龍，也照顧沼澤怪。她知道該如何擠羊乳、撿雞蛋、烤麵包、設計東西、打造陷阱、種植物、做起司，以及燉煮滋養心靈的燉菜。她知道如何把家裡整理乾淨（雖然她討厭這項差事），也知道如何在衣襬刺繡上鳥兒的圖案，讓衣服更美麗。

她是個聰明的孩子，成就出色，懂得愛人也受人疼愛。

只不過。

好像少了什麼。她的知識有裂縫，生命也是，她可以感受到。她希望等到十二歲後，就能解決這個問題，像是在裂縫上搭起橋梁那樣。但事情卻不能如願。

相反地，當露娜終於十二歲時，她發現有些變化開始發生，而且不太令人愉快。她第一次長得比奶奶還高。她更容易分心，情緒起伏不定，會對奶奶和沼澤怪發脾氣。她甚至會對她的幼龍發脾氣，儘管對方和她的心靈如此貼近，簡直就像是雙胞胎弟弟了。當然，她會向他們道歉，但這樣的事本身就讓人惱怒了。露娜不免好奇：爲什麼每個人都讓她如此惱怒呢？

還有一件事。露娜總是認爲，自己已經把工作坊裡每一本書都讀完了，但卻發現還有一些書她根本不曾看過。她知道這些書長什麼樣子，放在櫃子上的什麼地方，但無論多麼努力，她都想不起書名，也記不起絲毫內容。

更糟的是，她發現自己甚至沒辦法讀出某些書脊上的字。她應該要讀得懂，因爲那些字並不是外文，而書寫的方式也應該一目瞭然。

只不過。

每一次想好好看著書脊，她的視線就會從一邊滑到另一邊，彷彿那不是皮革和墨水，而是塗抹了潤滑油的玻璃。當她看著《星辰的生命》或是心愛的《機械之書》的書脊時，卻不會有這樣的狀況。不過，其他的書就像奶油裡的鑽石那樣滑溜。除此之外，每當她想伸手拿其中一本書，就會發現自己瞬間失去意識，迷失在回憶或夢境中。她會發現自己的雙眼無法聚焦，腦袋一片模糊，呢喃著一首詩或編造出一些故事。有時候，她幾分鐘之內就能恢復，有時則要幾個小時或大半天。她會搖搖頭，讓腦袋清醒過來，搞清楚自己到底在做什麼、又做了多久。

她沒有把這個狀況告訴任何人，沒有告訴奶奶或葛拉克，當然也沒對費里安說。她不希望讓他們擔心，而且這些改變太讓人尷尬、太怪異了。於是，她將一切都保密。即使如此，他們有時還是會用奇怪的眼神看她，或是對她的問題給出奇怪的答案，彷彿他們早就知道她有什麼不對勁。而這樣的不對勁糾纏著她，就像擺脫不掉的偏頭痛。

露娜十二歲時，還發生了另一件事：她開始畫圖，無時無刻不在畫圖。她有意識地畫，也無意識地畫。她會描繪人的臉孔、地景、動物和植物的細節——有時畫花蕊，有時是獸足，有時則是年邁山羊腐壞的牙齒。她不斷畫著星辰的地圖、自由城市的地圖，以及只存在於想像中的地圖。

她畫出一座高塔，石磚排成令人不安的紋路，裡頭充滿錯綜複雜的走道和階梯。高塔俯瞰著一座籠罩於濃霧中的城市。她畫出一個女人，有著一頭黑色的長髮。在她筆下，還有一個穿著長袍的男人。

她的奶奶只能努力提供她紙張和羽毛筆。費里安和葛拉克則用煤炭和堅硬的蘆葦桿為她做鉛筆。她一直覺得這些都還不夠。

那一年尾聲，露娜和奶奶再次去到自由城市。她的奶奶總是受到熱烈歡迎，大家都需要她。她會為懷孕的女人檢查身體，給產婆、治療師和藥劑師一些建議。雖然露娜很喜歡拜訪這些森林彼端的城市，但這次的旅程也讓她惱火。

她那一向堅如磐石的奶奶，如今卻開始變得衰弱。露娜越來越擔心她的健康，這讓她的皮膚一陣刺痛，彷彿穿了荊棘做的衣服。

姍整路都跛著腳，而且狀況越來越糟。看著姍每一步都痛得皺眉，露娜說：「奶奶，為什麼還要繼續走呢？你應該坐下來。我覺得你現在就該坐下來。你看，那裡有個樹樁，剛好可以坐呢。」

「喔，胡說八道。」她的奶奶全身的重量幾乎都倚靠在拐杖上，又一次皺著眉頭這麼說。「我坐得越久，這一趟旅程就越長。」

「你走得越多，就會越痛。」露娜反駁道。

每個早上，姍都覺得自己好像增加了一種新的病痛。有時是眼前朦朧，有時是肩膀低垂。露娜受不了了。

「你要我坐在你的腿上嗎，奶奶？」她問姍。「你要我說故事給你聽，還是唱首歌嗎？」

「你是怎麼了，孩子？」露娜的奶奶嘆著氣說。

「或許你該吃點東西，或是喝點東西。或許你該喝點茶吧。你希望我爲你泡茶嗎？或許你該坐下，坐下來喝茶。」

「我非常好。這條路我走過不知道幾次了，從來沒出過任何問題。你這是在大驚小怪。」但露娜知道，她的奶奶出現了一些變化。她的聲音有些顫抖，雙手也是。而且，她是如此消瘦！露娜的奶奶曾經身材豐腴，矮墩墩的像一顆球，總是給她柔軟的擁抱。如今，她卻變得脆弱單薄，就像是皺巴巴的紙張裡包著的乾稻草，只要風一吹就會崩解四散。

他們抵達的城鎮名叫「痛苦鎮」。露娜跑向城鎮最外圍某位寡婦的房子。

「我的奶奶狀況不太好。」露娜告訴寡婦。「別告訴她是我說的。」

於是，寡婦派她快要成年的兒子（和許多孩子一樣，是星辰之子）去找治療師，而治療師再跑去找藥劑師，然後是市長，再來是婦女聯盟和紳士協會、鐘錶匠聯盟、縫紉師、補鍋匠和城裡的學校。當姍踉蹌地走進寡婦的花園時，城鎮裡已經有一半的人在場布置餐桌和帳篷，忙進忙出，準備要好好照料她。

「眞是愚蠢。」姍一邊碎碎念，一邊卻還是感激地坐上某位年輕女子爲她在藥草園邊放好的椅子。

「我們覺得這樣最好。」寡婦這麼說。

「我覺得這樣最好。」露娜糾正她。她覺得彷彿有一千隻手輕拂著她的臉頰和頭頂和肩膀。城裡的人們七嘴八舌地說著：「多棒的女孩啊！我們知道她會成爲最好的女孩、最棒的孩子，將來也會是最好的女士。我們沒有猜錯，這眞是太棒了。」

這樣的關注並不稀奇。無論露娜造訪哪個自由城市，她總會受到人們熱情溫暖的招呼。她不知道爲什麼城裡的人這麼愛她，也不知道他們爲何似乎總是認眞聽從她說的每個字，但她享受他們的仰慕。

他們讚美她美麗的眼睛，像夜空那樣漆黑閃耀；讚美她黑色的頭髮，周圍散發著金色光澤；也讚美她額頭上彎月形的胎記。他們讚美她靈巧的手指、強壯的手臂和敏捷的雙腿。他們讚美她妙語如珠，舞蹈時身姿靈動，歌聲美妙悅耳。

「她的聲音聽起來就像魔法。」城裡的婦女們讚嘆著。當姍狠狠瞪她們一眼時，她們立刻尷尬地開始聊起天氣。

那個詞讓露娜皺起眉頭。那一瞬間，她知道自己以前一定曾經聽過那個詞——她很肯定。只不過，過不了多久，那個詞就像蜂鳥那樣，飛離了她的腦海，然後徹底消失。那個詞原本的位置只剩下空洞，感覺就像是半夢半醒間稍縱即逝的念頭。

露娜坐在星辰之子間。他們的年紀都不同，有一個嬰兒、幾個幼兒，還有年紀較長的，其中最老的是個非常非常老的男士。

（「他們爲什麼叫做星辰之子？」露娜大概問過上千次。

「我眞的不知道你在說什麼。」姍總是打迷糊仗敷衍過去。

接著，她會轉移焦點，而露娜就會忘記。每次都是這樣。

一直到最近，露娜才想起自己的遺忘。）

星辰之子討論著他們最早的記憶。他們時常這麼做，想知道誰的記憶會最接近老女巫姍帶他們到各自的家庭，並讓他們被愛的那個時刻。由於那時候他們都還太年幼，沒有人眞正記得，所以他們只能不斷向記憶深處探尋著，想找到最早的畫面。

「我還記得一顆牙齒——開始搖搖晃晃，然後掉下來。在那之前的一切都很模糊，眞是遺憾。」一位較年長的星辰之子紳士這麼說。

「我還記得我母親以前會唱的歌，但她現在仍然會唱，所以或許這算不上是記憶。」一個女孩說。

「我記得一隻山羊，牠有著蜷曲的鬃毛。」一個男孩說。

「你確定那不是姍女巫本人嗎？」一個女孩咯咯笑著問他。她屬於星辰之子裡比較年輕的那群。

「喔，或許你說對了。」男孩說。

露娜皺起眉頭。她的內心深處，有些畫面蟄伏著。那些是記憶還是夢境？或是關於夢境中記憶的夢境？又或許，這些都是她編造出來的。她怎麼知道呢？

她清了清喉嚨。

「有個老人。」她開口說。「他穿著深色的袍子，會發出像風一樣的窸窣聲。他的脖子歪歪的，鼻子看起來像禿鷹，而且他不怎麼喜歡我。」

星辰之子全點著頭。

一個男孩問：「眞的嗎？你確定嗎？」他們專注地看著他，咬著嘴唇。

姍滿不在乎地擺了擺左手，但臉頰卻從粉紅色漲成了深紅色。

「別聽她的。」姍翻了翻白眼說。「她不知道自己在說什麼。世界上沒有這樣的男人。我們總會在夢裡看到很多愚蠢的事物。」

露娜閉上眼睛。

「還有個在屋頂梁柱上的女人，她有一頭鬈髮，看起來就像是暴風雨中梧桐樹的枝枒。」

「這不可能。」她的奶奶斥責。「你並不認識任何我沒見過的人。打從你人生的一開始，我就在那了。」她瞇著眼瞅著露娜。

「還有個聞起來像是木屑的男生。為什麼他聞起來會像木屑呢？」

「很多人聞起來都像木屑。」她的奶奶說。「例如說鋸木人、木匠，或是雕刻木湯匙的女士。我可以一直說下去呢。」

這當然是真的，但露娜只能搖搖頭。

那段記憶很久遠，卻也很清楚。露娜幾乎沒有其他如此頑強的記憶——一般來說，她的記憶都虛無縹緲，很難好好放在心裡。所以，她緊緊抓著那段記憶。那段記憶肯定有什麼意義，這點她深信不疑。

仔細想想，她的奶奶不曾談過記憶這個主題。從來沒有。

她們在寡婦家的客房裡過了一夜，姍隔天便穿過城鎮，為懷孕的女性檢查身體，提供她們勞動程度和飲食選擇上的建議，也聽聽她們肚子的聲音。

露娜跟著姍，因為姍說：「這樣你或許能學會一些有用的事。」這句話聽起來真的有些傷人。

「我很有用。」露娜說著，卻在匆匆趕往城鎮另一端的病患家時，在卵石街道上絆了一下。

這個孕婦的預產期已經過了一段時間，肚子看起來似乎隨時都會爆炸。她筋疲力竭地和女巫祖孫打招呼，說道：「我很想起身，但恐怕我會摔倒。」露娜按照禮儀親了女子的臉頰，並快速摸了一下她隆起的腹部，感受胎兒的翻滾。突然，她覺得喉嚨好像卡了什麼。

「我何不去泡些茶呢？」她急忙地說，然後別過臉。

我曾經有過母親，露娜心想，一定有過。她皺起眉頭。她一定也問過相關的問題，但她卻沒有任何印象。

露娜在腦中列出她所知道的事。

悲傷很危險。

記憶稍縱即逝。

我的奶奶不一定會說實話。

我也不一定。

露娜一邊攪動著沸水裡的茶葉，一邊讓這些話在腦海中徘徊。

「可以再讓那個女孩把手放在我的肚子上一會兒嗎？」懷孕的女子詢問。「或許她也可以唱歌給孩子聽。我會很感恩她的祝福，因爲她活在魔法之中。」

露娜不知道女子爲什麼會想要她的祝福，她甚至不確定祝福是什麼意思。而最後那個詞……聽起來似曾相識。但露娜不記得了。就像那樣，露娜幾乎記不住那個詞，只能隱約察覺腦袋裡的脈動，彷彿滴滴答答的時鐘。

總之，露娜的奶奶急匆匆地把她趕出房間，而她的腦袋也變得昏昏沉沉，下一次有意識時，就是回到房內從鍋子裡倒茶了。不過，茶早就冷掉了。她在外頭待了多久？她用手掌拍打了頭好幾次，想讓腦袋清醒過來。不過顯然沒什麼幫助。

在下一間屋子，露娜爲孕婦準備好藥草，希望讓自己顯得有用一些。她也配合孕婦漸漸隆起的肚子，重新排列了家具，更整理了廚房的器具，讓她不需要把手伸得太高。

「看看你，眞是幫了大忙！」孕婦說道。

「謝謝你。」露娜羞澀地說。

「而且還那麼聰明機伶。」她又補充。

「她當然聰明。」姍也贊同。「她可是我的孩子，不是嗎？」

露娜感受到一股寒意。再一次，她的腦中浮現黑色鬈髮的回憶，還有強壯的雙手、牛奶、百里香和胡椒的氣味，以及女人的尖叫聲：*她是我的、她是我的、她是我的。*

畫面異常清晰，彷彿才剛剛發生，露娜覺得自己呼吸困難，心跳加速。孕婦沒有注意到，姍也沒有注意到。露娜覺得自己彷彿聽見女子的尖叫聲，指尖也感受到她的黑髮。她抬起頭看著屋梁，但沒有人在那裡。

這次旅程的其他部分就很平淡了，露娜和姍又踏上漫長的回家路。她們沒有談到長袍男子的記憶，或是其他任何記憶。她們沒有談到悲傷或擔憂，或是屋頂梁柱上的黑髮女人。

她們沒有說的事，漸漸變得比說出口的事還要沉重。每一個祕密，每一件說不出口的事，都是如此沉重、堅硬又龐大，像石塊那樣掛在奶奶和孫女的脖子上。

祕密壓得她們彎腰駝背。

20 露娜說了一個故事

聽著，你這荒謬的龍。現在不要再動來動去了，否則我這輩子不會再說故事給你聽。你還在動。

好吧，靠著我沒關係，你可以靠著。

很久很久以前，有個沒有記憶的女孩。

很久很久以前，有一隻不會長大的龍。

很久很久以前，有個沒有說真話的奶奶。

很久很久以前，有一隻沼澤怪。他比世界還要古老，他愛著這個世界和世界上的人們，但卻常常會不小心說錯話。

很久很久以前，有個沒有記憶的女孩。等等，我是不是已經說過這個了？

很久很久以前，有個不記得自己失去記憶的女孩。

很久很久以前，有個女孩的記憶像是影子那樣跟隨著她。它們就像鬼魂，她沒辦法直視它們的眼睛。

很久很久以前，有個穿著長袍的男人，臉長得像禿鷹。

很久很久以前，有個女人在屋頂的梁柱上。

很久很久以前，有黑色的頭髮、黑色的眼珠，和正氣凜然的哭嚎。很久很久以前，有個頭髮像蛇一般的女人說著：「她是我的。」而她是認真的。不過，他們卻還是把她帶走了。

很久很久以前，有一座切穿了天空的高塔，把一切都變成灰色。

是的，這都是同一個故事。這是我的故事。我還不知道結局如何。

很久很久以前，森林裡住著可怕的東西。或者該說，森林本身很可怕。又或者，整個世界都中了謊言和惡念的毒，而最好現在理解這一點。

不，親愛的費里安，我也不相信最後那一句話。

21 費里安的發現

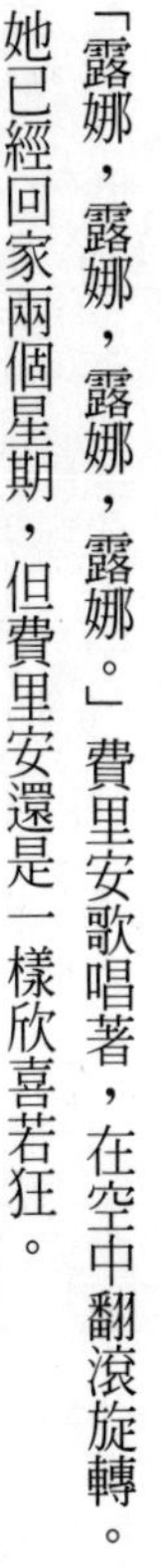

「露娜，露娜，露娜，露娜，露娜。」費里安歌唱著，在空中翻滾旋轉。

她已經回家兩個星期，但費里安還是一樣欣喜若狂。

「露娜，露娜，露娜，露娜，露娜。」費里安有些浮誇地結束舞蹈，用一隻腳趾降落在露娜的掌心，深深一鞠躬。露娜忍不住笑了出來。她的奶奶臥病在床，從回家後到現在都還沒好起來。

睡覺時間到了，露娜親吻葛拉克道晚安，然後和費里安一起回到屋裡。費里安不該睡在露娜的床上，但他一定會那麼做。

「晚安，奶奶。」露娜說著，俯下身親吻睡夢中的奶奶乾燥單薄的臉頰。「祝你有個好夢。」她注意到自己的聲音有些哽咽。姍沒有動，繼續張著嘴巴睡著。她甚至連眼皮也沒有跳動一下。

由於姍沒有辦法反對，露娜便叫費里安像以前那樣，睡在她的床尾。

「哇，太開心快樂了！」費里安感嘆地說。他用前爪按住心口，幾乎要昏了過去。

「不過，費里安，假如你打呼，我就會把你踢出去。你上次幾乎要把我的枕頭給燒了。」

「我絕對不會打呼的。」費里安承諾道。「龍不會打呼，這我很肯定。但也可能只有幼龍才不打呼。我用我簡單巨大龍的身分向你保證。我們這一族歷史悠久又很優雅，一向是一言九鼎。」

「這都是你編出來的。」露娜說著，把頭髮綁成黑色的長辮子，並躲到布簾後換上睡袍。

「才不是。」費里安抗議道。接著他嘆了口氣說：「好吧，或許是。我有時會希望我媽媽在這裡。如果能和另一隻龍說話，感覺一定挺好的。」他的眼睛突然大大睜開，說著：「我不是說你不夠好，露娜我的露娜。而且葛拉克教了我好多東西，姍阿姨也像所有母親那樣非常非常愛我。只不過。」他又嘆了口氣，沒有再繼續說下去。相反地，他一頭鑽進露娜的睡袍口袋，把小小的火燙身體蜷縮成一顆球。露娜心想，這就像是把火爐裡的石頭放進口袋——燙得有點不舒服，但卻依然撫慰人心。

「你眞是個謎團，費里安。」露娜喃喃說道，把手放在費里安身上，感受著他的溫度。「你是我最愛的謎團。」至少，費里安還有關於母親的回憶，露娜擁有的就只有夢境而已，甚至連眞僞都沒辦法判斷。確實，費里安看著他的母親死去，但至少他知道這點。除此之外，他可以全心全意，沒有任何疑問地愛他的新家庭。

露娜愛她的家人，她很愛他們。

但她滿腔疑問。

她就這麼帶著滿腦子的問題縮在棉被裡，進入夢鄉。

當彎月穿過窗台，探入房中時，費里安正在打呼。當月光照亮整個房間時，他把露娜的睡袍燒得都焦了。當月光爬到另一側的窗台時，費里安的呼吸在露娜的腿上留下亮紅色的痕跡，燙出了個水泡。

她把他拉出口袋，放到床尾。

「費里安。」她含糊不清、半睡半醒地喊著：「出去！」

費里安就這麼消失了。

露娜四下張望。

「好吧，動作真快。」她輕聲說。他飛出窗外了嗎？她不知道。

接著，她用手掌貼著燙傷的地方，試著想像幾顆冰塊在那裡融化，把痛楚給帶走。過了一會兒，痛苦真的消失了，露娜又再次睡著。

露娜的吼叫聲並沒有吵醒費里安。他又做了那個夢：他的媽媽想告訴他某些事，但距離太遠，空氣太吵又煙霧瀰漫，他聽不見她的聲音。不過，如果瞇起眼睛，他就能看見她。她和其他魔法師一樣站在城堡裡，而城牆在他們身邊崩塌。

「媽媽！」費里安用夢裡的聲音喊著，但他的聲音卻被煙霧給吞沒。他的母親讓某個老得不可思議的人爬到閃亮的背上，載著他一起飛進火山裡。狂暴又好鬥的火山翻滾著，噴出火焰，想把他們給吐出來。

「媽媽！」費里安再次大喊，哭著醒了過來。

他沒有像睡著前那樣，蜷縮在露娜身邊，也沒有躺在他掛在沼澤旁的專用睡床裡——在那裡，他可以一次又一次地輕聲向葛拉克道晚安。事實上，費里安完全不知道自己身在何方。

他只知道，自己的身體感覺很奇怪，就像是發酵膨脹的麵團，準備再被用力壓回去。他覺得連自己的眼睛都很腫脹。

「這是怎麼回事？」費里安大聲問。「葛拉克在哪裡？**葛拉克！露娜！姍阿姨！**」沒有人回答。

他隻身一人在森林裡。

他一定是在夢遊時飛到這裡的，他心想，不過他以前不曾夢遊過。不知怎的，他現在飛不起來。他拍動翅膀，但什麼也沒發生。他拍得非常用力，連旁邊的樹都彎了腰、掉了葉片（以前也會這樣嗎？大概會吧，他這麼告訴自己）。同時，一旁地上的沙土也捲起漩渦。他覺得自己的翅膀很沉重、身體很沉重，而且他飛不起來。

「只要我累了就會這樣。」費里安堅定地告訴自己。但這不是眞的，他的翅膀總是能發揮功能，就像他的眼睛和爪子一樣，他總是能走能爬，能剝掉成熟古佳樹果的皮，也能順利爬樹。他的各個部位都順利運作，那麼翅膀是怎麼了？

剛剛的夢讓他的心口疼痛。他的母親曾經是一隻很美的龍。美得不可思議。她的眼皮點綴著美麗的珠寶，每一顆的顏色都不同。她的肚子和剛生下的蛋是同一個顏色。費里安只要閉上眼睛，就覺得自己彷彿能碰觸她腹部每一塊如奶油般光滑的鱗片，和每一根銳利的棘刺。他似乎也能聞到她硫磺般的甜美氣息。

已經過了幾年？當然，應該沒過那麼久。他還是隻年幼的龍。（只要想到和時間有關的事，他的頭就會很痛。）

「哈囉？」他喊著。「有人在家嗎？」

他搖搖頭。當然不會有人在家，這裡也不是任何人的家。他身在黑暗密林的中心，他不應該在這裡的。他可能會死在這裡，而這都是因爲他自己犯下愚蠢的錯誤。只不過，他也不太確定自己到底是怎麼弄成這樣的。很顯然，他是在睡夢中飛行了。只不過，夢中飛行這個詞或許也是他自己編出來的。

很多年前，他的母親曾經告訴他：「只要感到害怕，就唱歌來趕走恐懼。龍能哼唱出世界上最美麗的音樂，大家都是這麼說的。」雖然葛拉克向他保證，事實絕不是那樣，龍只是很擅長欺騙自己，但費里安還是把握每個能唱歌的機會。而唱歌的確會讓他感覺好受一些。

「我在這裡。」他大聲唱著。「在恐怖的森林中央，答啦啦啦！」

砰，砰，砰。他沉重的腳發出沉重的聲音。他的腳一直都這麼沉重嗎？想必是這樣吧。

「而且我不怕。」他繼續唱。「一點也不怕，答啦啦啦！」

這不是真的，他快嚇死了。

「我在哪裡？」他大聲問。彷彿是要回答他的問題，有個身影從陰暗中冒了出來。費里安心想，一定是怪物。倒不是說怪物本身有多可怕，畢竟費里安喜歡葛拉克，而葛拉克就是怪物。只不過，這個怪物比葛拉克高了許多，而且還在陰影之中。費里安向前走了一步，巨大的爪子在泥巴裡陷得更深了一些。他試著拍動翅膀，但身體卻還是留在地面上。怪物沒有移動，費里安又靠近了一點。樹木發出摩擦和哀鳴聲，它們的枝葉在風中擺盪。費里安瞇起眼睛。

「什麼？你根本不是怪物，你是個煙囪。沒有屋子的煙囪。」

這是真的。那根煙囪站在林間空地的另一側。看起來，它的屋子在好幾年前就已經燒掉了。

費里安檢查煙囪的結構。最上方的石頭雕刻了星星的圖案，火爐處則被煤灰給染黑。費里安從煙囪頂端往下窺看，看見一隻憤怒的老鷹媽媽和她嚇壞了的雛鳥們。

「很抱歉。」他尖聲說著，而老鷹則啄了他的鼻子，讓他流出血來。他轉身離開煙囪，驚嘆著：「多麼小的老鷹啊。」不過，他也突然想到，這可能是因爲他來自巨人的土地，這裡的一切都只是正常的尺寸。事實上，他只要用後腳站起來，伸長脖子，就可以看見煙囪裡頭了。

他四下打量，發現自己站在某個早已荒廢的村莊裡，到處都是房屋的遺跡，還有一座中央塔樓，以及可能是祈禱所的斷垣殘壁。他看見龍和火山的圖騰，甚至還有一張圖畫著頭髮看起來像星辰的小女孩。

「這位是姍。」他的母親那時告訴他。「我離開以後，她會照顧你。」從那一刻起，他就非常愛姍。姍的鼻子上有雀斑，牙齒不太整齊，星辰般的頭髮用緞帶編成長長的辮子。但這不對勁。姍是個年邁的女人，而他是隻年輕的龍，他不可能見過姍年輕的樣子，不是嗎？

姍那時用雙手擁抱他，她的臉頰沾著塵土。他們會一起從城堡的儲藏室裡偷零食。「但我不知道怎麼辦！」姍那時候說，接著就哭了。她像個小女孩那樣啜泣。但她不可能是個小女孩，對吧？

「你會知道的，你會學習。」費里安的母親用龍溫柔的聲音說。「我對你很有信心。」

費里安覺得喉嚨很緊。兩滴巨大的眼淚在他的眼眶中湧上，然後滾到地上，沸騰的熱水立刻燙死了兩片青苔。已經過了多久？誰知道呢？時間是很微妙的東西——就像泥巴那樣又滑又難以捉摸。

而姍警告過他關於悲傷的事：「悲傷很危險。」她說了一遍又一遍，但他不記得她是否解釋過原因。

中央塔樓危險地傾斜著，一側的基石已經崩塌，費里安剛好可以趴下來，向裡頭張望。那裡好像有什麼，或者該說，有兩個什麼——他可以看見它們閃閃發亮的邊緣。他伸手把它們拉出來，放在手掌裡。它們很小，剛好可以放進他的掌心。

「是靴子。」他說。那雙黑色的靴子有著銀色的釦子。靴子很舊了——想必很舊——但卻還像是剛剛被擦過一樣。「當然，這不會是那雙靴子。這雙太小了。那時候的靴子超級大，是給巨人穿的。」

很久以前的魔法師會研究這樣的靴子。他們把靴子放在桌上，用工具和特別的粉末、布料等仔細檢查。每一天，他們都做實驗、觀察、做筆記。這雙靴子被稱爲「七里靴」。

費里安和姍都不能摸那雙靴子。

當姍想要碰時，他們告訴她：「你還太小了。」

費里安搖搖頭。這就不對了，姍那時候並不小，不是嗎？不可能是那麼久以前的事啊。

森林裡傳來一聲嚎叫。費里安跳了起來，膝蓋抖個不停，幾乎喘不過氣地唱著：「我一點也不怕。」輕柔的腳步聲接近。他知道，森林裡有老虎，或至少很久以前有過。

「我是一隻很強的龍！」他喊著，但他的聲音又小又尖。黑暗中再次傳來嚎叫聲。「請不要傷害我。」幼龍費里安懇求道。

接著他想起來了。他的母親消失在火山中不久後，姍這麼告訴他：「我會永遠照顧你的，費里安。你是我的家人，我也是你的家人。我會為你施法，保護你的安全。你不能離開我，但假如眞的離開了，又感到害怕時，只要很快地說三聲『姍阿姨』，魔法就會像閃電那樣把你拉到我的身邊。」

「怎麼可能？」費里安問。

「魔法的繩索。」

「但我什麼也沒看到。」

「就算你看不到，也不代表並不存在。世界上許多美好的事物，都是肉眼看不見的。如果能相信這樣的事物，就能讓它們更強大、更美好。你總有一天會知道的。」

費里安從來沒有試過。

嚎叫聲越來越接近。

「姍、姍、姍阿姨。姍阿姨。姍阿姨。」費里安大喊。

他閉上眼睛，重新睜開。什麼事都沒有發生。恐懼占領了他的喉嚨。

「姍阿姨！姍阿姨！姍阿姨！」

還是什麼事也沒發生。叫聲越來越近，兩隻黃色的眼珠在黑暗中發光，巨大的影子蟄伏在黑暗中。費里安慘叫一聲，他想要飛，但他的身體太大，翅膀又太小了。這一切都不對勁。爲什麼這麼不對勁？他想念他的巨人們，他想念他的姍、他的葛拉克和他的露娜。

「露娜！」他哭喊著，而那隻野獸準備發動攻擊。「露娜、露娜、露娜！」

他感受到一股拉力。

「露娜，我的露娜！」費里安尖叫。

「你爲什麼要尖叫？」露娜問。她打開口袋，把費里安拉出來。費里安把小小的身體蜷縮成一顆球。

費里安無法克制地顫抖著。他現在很安全，鬆了一口氣後幾乎要放聲大哭。「我嚇壞了。」他咬著滿口的睡袍說。

「嗯哼。」女孩哼了一聲。「你在打呼，然後把我燒傷了。」

「我有嗎？」費里安眞心且詫異地問。「燒到哪裡？」

「就在這裡。等我一下。」露娜說著，坐起身來查看。燒焦的痕跡已經不見了，睡袍上的洞和大腿上的燒傷也無影無蹤。她緩慢地說：「本來在這裡的。」

「我剛剛在一個很有意思的地方，那裡有個怪物。我的身體沒辦法好好運作，我飛不起來，而且還找到一雙靴子。然後我就到這裡了，我想是你救了我。」他皺起眉頭，又說：「但我不知道是怎麼回事。」

露娜搖搖頭。「怎麼可能？我想，我們都做了惡夢。我沒有燒傷，你也一直很安全，我們繼續睡覺吧。」

於是，女孩和她的龍又鑽進被窩裡，幾乎立刻就進入夢鄉。費里安沒有再做夢或打呼，露娜也動都不動。

露娜再次醒來時，費里安還在她的臂彎裡熟睡著。他的兩個鼻孔都冒出細微的煙霧，而他爬蟲類的嘴唇在睡夢裡揚起微笑。露娜心想，從來沒有比他更心滿意足的龍了吧！

她小心地把手從費里安的頭部底下抽出來，坐起身子。

費里安沒有動靜。

「嘿。」她輕聲說。「瞌睡蟲。起床啦，瞌睡蟲。」

費里安還是沒有動。露娜打了個呵欠，伸伸懶腰，在費里安溫暖的小鼻尖上輕輕一吻。煙霧讓露娜打了個噴嚏，費里安仍然不動如山。露娜翻了翻白眼。

「懶惰鬼。」她一邊碎念，一邊滑下床，踩上冰涼的地板，尋找她的拖鞋和披肩。現在的氣溫還有點低，但很快就會暖起來。散個步一定會讓露娜更舒服。她伸手拉繩索，把自己的床拉到天花板。費里安不會介意在收好的床上睡，而且如果把床收好，會讓一天的開始顯得更美好。這是她的奶奶教她的。

不過，把床拉上去以後，露娜立刻就注意到地上的東西。

那是一雙很大的靴子。

靴子是黑色的，皮革製，拿起來比看起來還要更沉重，露娜差一點就要舉不起來。靴子散發著奇怪的氣味——露娜覺得似曾相識，卻又說不上來。靴子的鞋帶很粗，露娜看不出來材質是什麼。更奇怪的是，兩隻腳的鞋跟都寫了一些字。

左邊是：「不要穿這雙靴子。」

右邊則是：「除非你是認真的。」

「這是什麼鬼？」露娜將疑問說出口。她拿起其中一隻腳，想要更靠近檢查。但在這麼做之前，她的頭卻猛烈地痛了起來，就在額頭中央的位置。這讓她不由得跪了下來。她用掌根抵著頭，用力往下壓，彷彿要阻止自己的頭爆開來。

費里安一動也不動。

露娜在地上跪了一段時間，直到疼痛漸漸消退。

露娜盯著床底片刻，嘲笑費里安說：「眞是優秀的守衛啊。」她把自己撐起來，走到窗邊的一個小木箱旁，用腳把蓋子打開。她把所有的紀念品都存放在那裡——小時候的玩具、以前喜歡的毛毯、長相奇特的石頭、押花，還有一本皮革封面的筆記本，裡頭密密麻麻寫著她的想法和問題，還畫了許多塗鴉和速寫。

現在，她把靴子放進去。又大又黑的靴子，上面寫著奇怪的文字，散發奇怪的氣味，讓她的頭很痛。露娜蓋上蓋子，舒了一口氣。蓋子蓋上以後，她的頭就不再痛了。事實上，她幾乎不記得剛剛頭痛過。現在，得去告訴葛拉克。

費里安繼續打呼。

露娜覺得口很渴，肚子很餓，也很擔心她的奶奶。她想見見葛拉克。此外，還有許多家事要做：山羊需要擠奶，有人得去撿雞蛋，還有其他事。

走往莓果園的半路上，露娜停下腳步。

她本來有個問題要問。是什麼問題呢？

無論多麼絞盡腦汁，她就是想不起來。

22 另一個故事

我當然已經把靴子的故事告訴你了，孩子。好吧。在女巫所擁有和使用的、所有可怕醜惡的儀器之中，最糟糕的就是她那雙七里靴。其實，單是靴子本身，就像任何魔法一樣，不好也不壞。它們只不過是幫助穿的人在一瞬間長途旅行，每一大步的距離都能再加倍。

她就是用這個捕捉孩子。

就是這靴子讓她在世界上漫遊，散播她的邪惡和悲傷。這靴子也讓她逃避其他人的追捕。我們無能為力，我們的悲傷沒有解藥。

你知道的，很久很久以前，在森林變得危險之前，女巫只是個渺小的東西。更具體來說，是一隻螞蟻。她的力量很有限，她的知識很淺薄，她為惡的能力幾乎不值一提。就像個迷失在森林裡的孩子。那時的她力量就是這麼微弱。

但某一天，她找到一雙靴子。

無論如何，一旦穿上那雙靴子，她就能在一瞬間從世界的一端移動到另一端。接著，她就能找到更多魔法。她從其他魔法師那裡偷取魔法，也從地面偷取。空氣、樹木和花朵盛開的原野也是她偷取的對象。他們說，她甚至會從月亮偷取魔法。然後，她會對我們施展咒語——讓悲傷的雲霧籠罩整個世界。

是啊，當然會籠罩整個世界。就因為這樣，我們的世界才會如此黯淡無光。也因為這樣，只有最幼小的孩子才會懷抱希望。

你最好現在就學會這一點。

23 露娜畫了地圖

露娜留了一張紙條給奶奶，說她想要到外頭採莓果，並寫生日出的景色。但很可能到她回來時，奶奶都還在睡覺。她最近睡得很多。雖然年邁的女巫向露娜保證，她以前就睡那麼久，一切不但沒有改變，以後也永遠不會變，但露娜知道她在撒謊。

我們對彼此撒謊，她心想，覺得心像是被一根針給刺穿。我們都不知道該怎麼停下來。她把紙條放在一張木板桌上，悄悄關上了門。

露娜把包袱斜背在肩上，穿上旅行用的靴子，選擇穿過沼澤後方漫長蜿蜒的道路，而後則是火山坑南側，兩個冒煙的火山錐之間的傾斜道路。天氣溫暖溼黏，露娜越來越毛骨悚然地發現到，她的身體已經開始發臭了。這種狀況越來越常發生──難聞的氣味、臉上冒出奇怪的東西。露娜覺得，她身體的每個部位似乎都在密謀叛變，就連她的聲音也變得叛逆。

但這都不是最糟的。

還有其他類型的……爆發？但她沒有辦法解釋。第一次注意到，是她想要跳起來，更仔細地看看某個鳥巢。她卻突然發現，自己身處在那棵樹最高的枝椏上，只能拚命抓緊，生怕自己掉下去。

「一定是風吹的。」她告訴自己，不過這個說法顯然十分荒謬。有誰聽說過風會把人吹到樹頂上的傳聞？不過，既然露娜想不到其他說法，那麼也只能姑且接受是風吹的解釋了。她沒有告訴奶奶或葛拉克，她不想讓他們擔心。此外，這件事不知怎的也讓她有些尷尬——就像是在說她這個人不太對勁。

除此之外。一定只是風吹的。

接著，一個月後，和奶奶在森林裡採香菇時，露娜又注意到她的奶奶有多麼疲憊、多麼消瘦脆弱，呼吸時又多麼痛苦。

「我很擔心她。」確定奶奶聽不到後，她這麼對自己說。露娜覺得這句話一出口，喉嚨就哽住了。

「我也是。」一隻棕如核果的松鼠回答。牠坐在最低的枝椏上，低頭往下看，尖尖的臉上帶著瞭然的表情。

露娜花了一些時間，才意識到松鼠不應該說話。

她又花了一些時間，才意識到這不是第一次有動物對她說話。以前也發生過這樣的事，她很肯定，只是她想不起來那是什麼時候了。

而後，當她想告訴葛拉克發生了什麼事，腦中卻一片空白。無論再怎麼絞盡腦汁，她都想不起這件事。她知道發生了一件事，但也僅止於此。

這以前也發生過，她腦中的聲音說。

這以前也發生過。

這以前也發生過。

這件事是肯定的，就像是時鐘的齒輪那樣肯定又穩定。

露娜沿著小徑走，繞過第一座山丘，把沼澤拋到身後。一棵古老無花果樹的陰影籠罩在小路上，似乎迎接著每個路過的人。一隻烏鴉站在最低的枝幹上——牠長得很好看，黑色的羽毛光彩油亮。牠直勾勾地看著露娜的眼睛，似乎正等著她的到來。

這以前也發生過，露娜心想。

「哈囉。」露娜說著，眼神也緊盯著烏鴉明亮的眼睛。

「嘎。」烏鴉說，但露娜很清楚他的意思是「哈囉」。

而那一瞬間，露娜記起來了。

前一天，她在雞舍裡撿了一顆蛋。鳥巢裡只有一顆蛋，她又沒有籃子，所以她就把蛋拿在手上。回到家前，她注意到蛋殼正在抖動。那顆蛋不再光滑、溫暖又平整，而是有稜有角，還讓她覺得癢癢的。接著，那顆蛋咬了她。她尖叫著丟下那顆蛋——只不過那已經不是蛋了，而是一隻成年體型的烏鴉。烏鴉在她頭上盤旋片刻，停在最近的樹上。

「嘎。」烏鴉那時說。或者是說，烏鴉應該要那樣叫，但實際上卻不是如此。

「露娜。」那隻烏鴉說著。牠沒有飛走，反而是停在露娜的樹屋最低的枝幹上。接下來的那一天，無論露娜到哪裡，牠都緊跟著。露娜困惑不已。

「嘎。」烏鴉叫著。「露娜、露娜、露娜。」

「噓！」露娜斥責。「我很努力在想事情。」

那隻烏鴉就像一般烏鴉一樣，又黑又亮。但是當露娜瞇起眼，斜斜地打量，卻看到另一個顏色——藍色，邊緣還帶著一絲銀色。當露娜睜大眼睛，直直地看時，這些額外的顏色卻又都消失了。

「你是什麼？」露娜問。

「嘎。」烏鴉說。他的意思是：「我是最出色的烏鴉。」

「我懂了。請別讓我奶奶看到你，或是我的沼澤怪。」露娜說著，想了想又補充道：「我想你會讓他們不開心。」

「嘎。」烏鴉說，意思是：「我同意。」

露娜搖搖頭。

這隻烏鴉的存在一點也不合理。這一切都非常不合理。

只不過，烏鴉就是在這裡，肯定、聰明又活生生的。

有個詞可以解釋這一切，露娜心想，有個詞可以解釋所有我不理解的事物。一定有這麼一個詞，只是我一點也想不起來而已。

露娜叫烏鴉離遠一點，直到她想清楚，而烏鴉也聽話了。真的是一隻非常出色的烏鴉。

而現在，烏鴉又出現了，站在無花果樹最低的枝枒上。

烏鴉本來應該叫：「嘎。」然而，他卻呼喚著：「露娜。」

「你，安靜一點。」露娜說。「可能會有人聽見。」

「嘎。」烏鴉有些羞愧地輕聲說。

當然，露娜原諒了烏鴉。她繼續走著，卻分心而被石頭絆了一跤，用力摔在地上，壓在她的背包上。

「噢！」她的背包說。「給我下去。」

露娜盯著背包。只不過，此時此刻，已經沒有什麼能讓她驚訝了。就連說話的背包也不能。

接著，從背包裡探出一個小小的綠色鼻子。

「是你嗎，露娜？」那個鼻子問。

露娜翻著白眼，質問：「你在我的包包裡做什麼？」她把包包打開，瞪著那隻一臉羞愧地爬出來的幼龍。

「你一直到處跑。」他一邊逃避她的眼神，一邊說著。「你都不帶上我。這不公平。我也想要跟你去。」

費里安振翅飛起，盤旋在露娜眼睛的高度。「我只是想成爲團隊的一份子。」他滿懷希望地對露娜微笑，說道：「或許我們也該帶上葛拉克，還有姍阿姨，一定會是最有趣的團隊！」

「不行。」露娜堅定地說著，一面繼續往山脊上爬。費里安飛在她身後。

「我們要去哪裡？我能幫忙嗎？我什麼忙都能幫喔。嘿，露娜！你要去哪裡？」

露娜翻了翻白眼，哼了一聲，猛然轉身離開。

「嘎。」烏鴉說。他這次沒有叫露娜了，但露娜能感受到，他心裡是這麼想的。烏鴉飛到他們前方，似乎知道該往哪個方向去。

他們沿著小徑，來到第三座在火山坑邊緣的火山錐。他們向上爬。

「我們爲什麼要爬上來？」費里安想要知道原因。

「噓！」露娜說。

「爲什麼我們要安靜？」費里安問。

露娜深深嘆了口氣。「我要你非常、非常安靜，費里安。我得專注在作畫上。」

「我可以很安靜。」費里安嘰嘰喳喳地說，卻還是盤旋在露娜的臉附近。「我可以很安靜，比蚯蚓還要安靜。蚯蚓可是很安靜的，除非是他們想說服你不要吃掉牠們，那麼，牠們就比較不安靜，而且很有說服力。不過，我通常還是會吃掉牠們，因爲牠們太好吃了。」

「我的意思是，現在就安靜下來。」露娜說。

「但我很安靜了，露娜！我是世界上最安靜的……」

露娜用大拇指和食指闔上了幼龍的嘴巴，但為了不要傷他的心，又用另一隻手抱起他，貼著她的胸口。「我很愛你。現在安靜。」她輕聲囑咐，又親暱地拍了拍他綠色的頭，讓他縮在她溫暖的腿上。

她盤腿坐在一顆平坦的石頭上，遠眺著和天空交會的地平線，試著想像另一頭有著什麼樣的東西。她只能看見森林，但很顯然森林不會是無限的。當露娜和奶奶朝著另一個方向走時，樹林會越來越稀疏，接著被農田和牧場取代，然後是城鎮，後方又有更多的田野。最後是沙漠和更多森林，還有山脈，甚至是海洋。這一切都是由廣大的道路網絡所連結，通往各式各樣的方向，就像是一團巨大的毛線球那樣。想必，這個方向也是一樣的。但她無法確定，她以前也不曾朝這個方向旅行過。奶奶不讓她這麼做。

也不曾解釋過理由。

露娜把筆記本放在腿上，打開空白的一頁。她從背包裡翻找出最鋒利的鉛筆，用左手拿著——輕輕地拿著，彷彿那是一隻可能會飛走的蝴蝶。她閉上眼睛，試著淨空內心，只剩下像無雲的天空那樣的一片藍色。

「我也要閉眼睛嗎？」費里安問。

「費里安，噓！」露娜說。

「嘎。」烏鴉說。

「這隻烏鴉真的很壞。」費里安不滿地說。

「牠不壞，牠只是一隻烏鴉。」露娜嘆了口氣。「是的，親愛的費里安，把眼睛閉上吧。」

費里安快樂地咯咯笑著，鑽進露娜裙子的皺褶裡。他很快就會開始打呼了，沒有人比費里安更擅長讓自己舒舒服服。

露娜又把注意力轉回地平線和天空交會的地方。她盡可能在腦海中清楚想像那個畫面，彷彿她的腦海是一張白紙，她只需要小心地在上面標記就好。她深呼吸，讓心跳慢下來，讓靈魂舒緩擔憂、皺褶和心結。當她這麼做時，總是會有一種感覺——骨頭裡的溫暖、指尖的劈啪作響。而最奇怪的是，她額頭上奇異的胎記會有覺醒般的感受，彷彿它突然開始發光——明亮又清晰，像是檯燈那樣。誰知道呢？或許真的是吧。

露娜在腦海裡看見了地平線。接著，她看見大地的邊緣開始擴張，越來越遠，彷彿整個世界都向她轉過頭，露出微笑。

露娜閉著眼睛，開始作畫。坐著的同時，她逐漸冷靜下來，心如止水的程度似乎對任何事都無法覺察——包含她自己的呼吸、費里安壓在她腿上的熱度、費里安開始打呼、快速向她湧來的各種畫面。畫面湧現的速度太快，像是一團綠色的迷霧，讓她無暇看清。

「露娜。」有個聲音從非常遙遠的地方傳來。

「嘎。」另一個聲音說。

「**露娜！**」她在耳邊聽到一聲大吼。她全身一顫，驚醒過來。

「**什麼？**」她大吼回去。接著，她看到費里安的表情，不由得感到歉疚。「怎麼……」她開口說。她四下張望，發現抵達火山口時還低垂著、僅能帶來絲毫暖意的太陽，此刻已高掛在天頂。

「我們在這裡多久了？」

半天了，她已經知道答案。現在中午了。

費里安湊近露娜的臉，鼻子貼著她的鼻子——綠色的龍鼻子和露娜長了雀斑的鼻子。他的表情很憂慮，屏著呼吸問：「露娜，你生病了嗎？」

「生病？」露娜駁斥道。「當然沒有。」

「我覺得你可能生病了。」費里安急促地說。「**你的眼球變得很奇怪**。」

「這太荒謬了。」露娜說著，俐落地闔上筆記本，在柔軟的皮革封面上綁好皮革束帶。她把筆記本放回背包裡，站起身來。她的腳下一陣踉蹌。「我的眼睛很正常。」

「這一點也不荒謬。」費里安說著，從露娜的左耳飛到右耳，喋喋不休。「你的眼睛平常又黑又亮，不過現在卻像兩個蒼白的月亮。這不正常，我很確定你的眼睛現在不正常。」

「我的眼睛才不是那樣。」露娜說著，跌跌撞撞地向前走。她試著讓自己站直，用力扶著石塊保持平衡。但石塊對她沒有幫助——在她的觸碰下，石塊變得像羽毛一樣輕。其中一塊石頭甚至開始漂浮。露娜挫折地悶哼。

「現在你的腳也不好了。」費里安說著，試著想幫上忙。「然後，那塊石頭又是怎麼回事？」

「管好你自己吧。」露娜說著，集中全部的力量向前一跳，降落在東側平緩的花崗岩山坡上。

「跳得還眞遠。」費里安說。他目瞪口呆地站在露娜幾秒鐘前的位置。「你一般是沒辦法跳這麼遠的。我是說眞的，露娜，這看起來幾乎就像是……」

「嘎。」烏鴉說。或者是說，烏鴉本來應該這麼嘎嘎叫的。但對露娜來說，這個叫聲聽起來比較像是**閉上你的嘴**。她突然覺得自己還挺喜歡這隻烏鴉。

「算了。」費里安不高興地說。「那就別聽我的啊。反正沒有人聽我的。」接著，他變成一團魯莽的綠色，嗡嗡飛下山坡。

露娜大大嘆了口氣，沉重地朝著家的方向走去。她會設法彌補他的。費里安總是會原諒她。總是。

露娜趕下山坡時，明亮的陽光投下鮮明的影子。她全身髒兮兮的，還汗流浹背，但不知道是因爲劇烈運動，還是在腦中認眞作畫的緣故。她不清楚，但還是找了一條溪流清洗乾淨。火山坑裡的湖泊水溫太高，不過從那裡流出的小溪雖然喝起來味道不好，溫度卻很沁涼，可以用來洗一洗沾滿泥巴的臉，或是背上、脖子和腋下的汗水。

露娜蹲下來，想讓自己在面對奶奶和葛拉克時更體面些——他們兩個一定會質問她剛剛上哪去了。

山脈發出隆隆的聲響。她知道，這是火山在睡夢中打嗝。這對火山來說是正常的，因爲它們總是睡不安穩，但這樣的不安穩通常不是什麼問題。直到成爲問題爲止。火山最近似乎比往日更不安穩，一天比一天更糟。奶奶雖然告訴她不要擔心，卻只讓她更憂心忡忡。

「露娜！」葛拉克的聲音在火山坑的斜坡迴盪，又朝著天空傳去。露娜用手遮住眼睛上方，朝著斜坡往下看。葛拉克隻身站在那裡，揮舞著三隻手臂打招呼，於是露娜揮了回去。奶奶不在那裡，這讓露娜胸口一緊。她不可能還在睡覺，她心想，連胃也開始不安分了起來。不可能這麼晚還在睡。即使隔了一大段距離，她也能看見葛拉克的臉上瀰漫著焦慮，就像是籠罩在迷霧中。

露娜朝著家的方向衝去。

姍還在床上。已經過中午了。她睡得像是死去了一般。

露娜把她搖醒，覺得淚水刺痛了眼睛，心想著：她生病了嗎？

「老天啊，孩子。」姍喃喃說。「你怎麼在這種瘋狂的時間吵醒我？我正試著好好睡覺呢。」接著，姍翻過身，又再次睡著。她過了一個小時才起床，並告訴露娜一切再正常不過了。

「當然正常，奶奶。」露娜說著，卻不敢直視奶奶的眼睛。「一切都非常正常。」接著，祖孫倆用虛弱苦澀的笑容看著對方。每個出口的謊言都在地上四散，閃爍著光芒，就像破碎的玻璃。

那天稍晚，當奶奶宣布要一個人靜一靜，並往工作坊走去時，露娜也從包包裡拿出筆記本來翻閱，看著她睡夢中完成的畫作。她發現，當自己完全沒有記憶時，往往能做出最好的作品。這其實有點惱人。

她畫了一座石砌的高塔——這她以前也畫過。高塔有著高聳的牆，和指向天空的天文觀測塔樓。她畫了紙做的鳥從高塔西側的窗戶飛出，這也是她以前畫過的。她還畫了一個嬰兒，周遭圍繞著古老、嶙峋的樹木。她畫了一輪滿月，向地球賜予著承諾。

此外，她畫了一張地圖。其實是兩張地圖，分別在筆記本的兩頁。

露娜將筆記本翻來翻去，研究著自己的手稿。

兩張地圖都很細緻，充滿了細節，顯示出地形地貌、道路和隱藏的危機。這裡有個湧泉，那裡是泥坑，還有個可以吞沒一整群山羊的貪婪陷坑。

第一張地圖清楚地描繪了通往自由城市的地貌和路徑。露娜可以看出每一處地形、每條路徑的轉折，以及每一處小溪、空地和瀑布。她甚至可以看見上次旅行時遇到的倒樹。

另一張地圖則是森林的其他部分。

道路從她的樹屋開始，就在地圖的一個角落。接著，道路沿著山坡向北滾動，那是她從未涉足的地方。

她畫了一條路徑——蜿蜒曲折，沿路都有清楚的地標。有些地方可以紮營，有些溪流提供良好的飲水，有些則應該小心避開。

還有一個樹木形成的圓圈，她在圓圈的中央寫了一個詞：「嬰兒」。

高牆後有個城鎮。

城鎮裡有一座高塔。

高塔旁邊寫著一行字：「她在這裡，她在這裡，她在這裡。」

露娜很緩慢地闔上筆記本，把這些字按在自己的心口。

24 安登提出解決方案

安登在他舅舅的書房門口站了將近一個小時，才終於鼓起勇氣敲門。他深吸了幾口氣，對玻璃窗口的倒影無聲練習著待會兒想說的話，甚至試圖與湯匙進行模擬辯論。他不斷踱步，滿身大汗，低聲咒罵。他用愛思恩刺繡的手帕擦了擦眉心——手帕上刺著他的名字，周圍則是精巧的圖樣花紋。他的妻子是針與線的魔術師。他深深愛著她，用自己的生命愛著她。

她曾經用纖細的手指溫柔撫摸他臉上的傷疤，告訴他：「希望是在冬天尾聲，首先冒出的小枝枒。看起來多麼乾枯！多麼缺乏生氣！它們在我們的手中多麼冰冷！但那不會維持太久。它們會越長越大，開始膨脹，接著整個世界都染上了綠色。」

安登在心裡想著心愛妻子的容貌——她玫瑰般的臉頰、罌粟般豔紅的頭髮、她在手工洋裝下鼓脹的肚子。接著，他終於伸手敲門。

他舅舅宏亮的聲音從門後傳來：「終於不再走來走去，決定表露身分了嗎？」

「我很抱歉，舅舅……」安登結結巴巴地說。

「**不要再道歉了，小子！**」迦蘭首席長老怒斥。「把門打開，有話快說。」

小子這個詞讓安登有一點受傷。安登離開小子的年齡範圍已經好幾年了。他是成功的工匠、敏銳的生意人，甚至還結婚了，擁有深愛的妻子。小子這個詞早已不適合用在他身上。

他跌跌撞撞地走進書房，一如以往對舅舅深深鞠躬。當他挺起身來，可以看見舅舅打量他的臉，忍不住瑟縮。這不是什麼新鮮事，安登臉上的疤總是會嚇到人。他已經習慣了。

「謝謝你願意見我，舅舅。」安登說。

「我覺得我別無選擇，外甥。」迦蘭首席長老說，一邊翻翻白眼，不願再直視青年的臉。「畢竟，家人就是家人。」

安登覺得事情不完全是這樣，但他沒有點破。

「總之……」

首席長老站起身來，說道：「沒什麼好總之的，外甥。爲了等你來，我在這張桌子前坐了快要一輩子，但是現在我該去和長老議會成員見面了。你還沒忘記我們議會吧？」

「喔，是的，舅舅。」安登的臉漲得通紅。「這就是我來找你的原因，我希望能在議會發言，以前任議會成員的身分。如果可以的話，現在就這麼做。」

迦蘭首席長老看起來很驚訝，結結巴巴地說：「你……你想要**怎樣**？」一般的市民**不能**在議會發言。以前從未有過**先例**。

「如果可以的話，舅舅。」

「我……」首席長老開口。

「我知道這違反傳統，舅舅，我也知道這會讓你的處境很尷尬。距離我上次穿袍子……已經過了太多年。但至少，我希望能在議會說些話，爲自己辯解，也感謝他們曾經給我一個位置。我還沒有好好道謝過，我覺得這是我欠他們的。」

這是個謊言。安登呑了口口水，然後擠出笑容。

他舅舅的表情似乎稍微軟化了。首席長老雙手合十，抵著他豐厚的嘴唇。他直視安登的眼睛，說道：「去他的傳統。長老們看到你會很高興的。」

首席長老站起身來，擁抱了他浪子回頭的外甥，笑容滿面地帶他走進大廳。當他們接近雄偉的門口時，一位沉默的僕人為他們打開門，舅甥兩人踏入光線昏暗的空間。

安登覺得自己的胸口彷彿冒出了小小的希望嫩芽。

如同迦蘭的預期，議會長老看到安登似乎都很開心，紛紛舉杯稱讚他傑出的手藝和生意頭腦，以及他驚人的好運，竟能娶到全保護國最善良聰明的女孩。他們其實沒有受邀參加婚禮——而且即使受邀也不會出席。不過，此刻他們拍著安登的背，就像一群笑容可掬、和藹可親的長輩。他們深深以他為傲，而且也不忘這麼告訴他。

「好小子，好小子。」議會長老歡暢地笑著，一邊把點心傳來傳去，這些精緻的食物都是保護國其他地方不曾見過的。他們倒了葡萄酒和麥芽啤酒，大快朵頤醃肉、熟成起司和加滿奶油和鮮奶油的蛋糕。安登偷偷把大部分拿到的食物都收進口袋，準備稍後分給心愛的妻子吃。

當僕人開始清理桌子，收走盤子、罐子和玻璃杯，而長老也各自就座時，安登清了清喉嚨，說道：「各位先生，我今天來此是別有用心，敬請見諒，特別是舅舅你。我得承認，對於我的目的，我並沒有坦白以告。」

房裡的氣氛越來越冰冷。長老們不再偽裝，開始帶著一種近乎嫌惡的嚴苛眼神盯著安登的傷疤。安登鼓起勇氣，努力不讓自己臨陣退縮。他想到在妻子日漸膨脹的肚子裡，不斷成長和移動的胎兒。他想到高塔裡的瘋女人。假如他也被迫把自己的孩子交給穿長袍的長老們，他也不敢保證自己不會發瘋。而他心愛的愛思恩呢？他無法忍受與愛思恩片刻分離，但那個瘋女人已經被關在高塔裡好多年了。好多年。換作是他，一定活不下去。

「請繼續說下去，小子。」首席長老說著，像毒蛇那樣瞇起眼睛。

安登再次努力不讓自己被小子這個詞傷害到。他繼續說：「你們也知道的。」他想像自己的腸子和脊椎都變成最堅硬的木頭。他不需要摧毀什麼，他是來建造的。「你們也知道，我親愛的愛思恩懷孕了……」

「棒極了。」長老們同時臉色一亮。「非常、非常之棒。」

安登暗自希望自己的聲音不要顫抖，繼續說道：「我們的孩子即將在明年之初到來，在那時和獻祭之日期間，沒有其他孩子會出生。我們的孩子，我們最心愛的孩子，將會是保護國裡最年幼的孩子。」

歡快的笑聲戛然而止，就像是被撲滅的火焰。兩位長老清了清喉嚨。

「運氣不好。」吉納特長老用他微弱、沙啞的聲音說。

「的確是。」安登同意。「但並非一定要如此。我相信，我找到了阻止這些恐怖事件的方法。我相信，我找到了永遠終結女巫暴政的解決方式。」

迦蘭首席長老的臉色一沉，低聲說：「別懷抱幻想了，小子，你可不會認爲……」

「我看到女巫了。」安登說。他隱藏這則訊息很久了，現在就像在他的體內突然爆開。

「不可能！」迦蘭脫口而出。其他長老目瞪口呆地看著安登，像是一群張開血盆大口的毒蛇。

「有可能。我看見她了。我跟著你們的隊伍，我知道這是違反規定的，很抱歉。但我還是這麼做了。我跟著你們，然後在被獻祭的孩子旁等待，接著**我就看到女巫了**。」

「你什麼也沒有看見！」迦蘭大吼著，站起身來。女巫並不存在，女巫從來都不存在，所有長老都知道這一點。他們全部站起身來，滿臉不悅。

「我看到她在陰影中等待，我看見她在嬰孩上方盤旋，發出飢餓的聲響。我看見她邪惡的雙眼閃閃發光。她看到我，於是變身成一隻鳥，在過程中發出痛苦的哀嚎。**她發出痛苦的哀嚎**，各位先生。」

「胡言亂語。」一位長老說。「這眞是瘋了。」

「這並不瘋狂。女巫確實存在，女巫當然存在，大家都知道的。但是，我們不知道她已經**老了**，她覺得很痛苦。不只如此，我們還知道她在哪裡。」

安登從他的背包裡拿出瘋女人的地圖，在桌上攤開，用手指出一條路徑。

「當然了，森林非常危險。」長老們盯著地圖，面無血色。安登緊盯著舅舅的雙眼不放。

我知道你在做什麼，迦蘭的眼神似乎這麼說。

安登回望著他。這是我改變世界的方法，舅舅，好好看著吧。

安登大聲說：「道路是穿越森林最直接的路徑，有鑑於它的寬度和視野，也絕對是最安全的。然而，還有其他安全的路徑，只不過稍微錯綜崎嶇了一點。」

安登的手指沿著幾個地熱噴氣口滑過，繞過火山每次嘆息時，就會落下鋒利岩石碎片的溝壑，並尋找能通過懸崖、噴泉或流沙的替代路線。森林覆蓋了廣大山脈的一側，和緩的山坡和深溝向著中央的火山坑口旋轉，周遭還有一片平坦的草原和小小的沼澤。沼澤旁畫了一棵嶙峋的樹木，樹幹上刻著一枚彎月。

她在這裡，地圖寫著，她在這裡，她在這裡，她在這裡。

「不過，這地圖是哪裡來的？」吉納特長老斷聲說。

「這不重要。」安登說。「我相信，這地圖是正確的，我也願意爲此賭上我的生命。」安登把地圖再次捲起，收回背包裡。「這也正是我來這裡的原因，各位可敬的長老。」

迦蘭覺得有些呼吸困難。假如那是真的呢？接下來呢？

「我不知道我們爲什麼要煩惱這些……」他努力挺起自己禿鷹般的身子。

安登不讓他說完。

「舅舅，我知道自己提出的要求有違傳統，而或許你才是對的，這終究只是徒勞無功。但是，我的要求其實並不多，我只希望得到你的祝福。我不需要工具、器材或補給。我的妻子知道我的目的，我也擁有她的支持。在獻祭之日當天，長老們會穿著長袍到我們家，而她會自願交出我們寶貝的孩子。當你們的隊伍經過時，整個保護國也會哀悼，無止境地哀悼。接著，你們會走進那恐怖的森林，走到被稱爲女巫侍女的地方。你會把小嬰兒放在青苔上，然後以爲自己永遠不會再見到那張小臉。」安登覺得自己有些哽咽，於是緊緊閉上眼，試著讓自己重新振作。「或許那也是眞的，或許我會被森林的凶險給擊垮，或許女巫終究會帶走我的孩子。」

房間裡一片冰冷死寂，長老們都不敢開口。安登似乎突然變得比他們都還要高大，他的臉散發著由內而外的光芒，像一盞燈籠。

安登繼續說：「只不過，或許不會那樣。或許在樹林裡等待的是我，我會將寶寶帶離那梧桐樹環繞的窪地。或許我能安全地把孩子帶回家。」

吉納特終於找回了他沙啞的聲音：「但是……但是你要怎麼做，小子？」

「這個計畫很簡單，偉大的長老。我會跟著地圖走，我會找到女巫。」安登的雙眼彷彿漆黑的煤炭。「然後，我會殺了她。」

25 露娜學到一個新詞

露娜在黑暗中醒來，覺得頭痛欲裂。疼痛的中心是她額頭後方的某個點，大小不超過一粒沙子。然而，她卻覺得整個宇宙彷彿在她的視線後方爆炸，光明與黑暗不斷交替。她摔下床，滾到地上。她的奶奶在房間另一頭的吊床上打呼，每次呼吸都很辛苦，彷彿隔著一大層淤泥。

露娜雙手壓著額頭，努力不讓自己的頭骨爆開四散。她先是覺得很熱，然後是寒冷，接著又燥熱難耐。是她的想像，還是她的手真的在發光呢？她的腳也是。

「發生什麼事了？」她幾乎喘不過氣地說。

「嘎。」她的烏鴉站在窗台上，本來應該是嘎嘎叫聲，聽起來卻是：「露娜。」

「我沒事。」她輕聲說，但她知道這不是事實。她覺得自己的每一根骨頭似乎都是由光所構成。她的眼睛很燙，她的皮膚光滑又潮溼。她勉強站起身，踉蹌走出家門，一邊大口吸著夜晚的空氣。

漸圓的月亮才剛落下，滿天星斗閃爍。露娜不假思索，將手伸向天空，讓星光在她的指尖集中。她把每一隻手指輪流放到口中，讓星光滑入她的喉嚨。她以前曾經這麼做過嗎？她想不起來，但這卻緩解了她的頭痛，讓她冷靜下來。

「嘎。」烏鴉說。

「來吧。」露娜說著，沿著小徑向下走。

露娜本來並不打算走向草原裡直立的石塊。只不過。她就站在那裡，看著被星光照亮的那幾行字。

不要忘了，石塊上這麼寫著。

「不要忘了什麼？」露娜將疑問說出口。她向前走了一步，把手放在石塊上。雖然已經是深夜，雖然溼氣很重，但石塊摸起來卻出乎意料地溫暖，在她的手掌下震動著。她盯著那一行字。

「不要忘了**什麼**？」她又說了一次。石塊像是一扇門那樣打開。

不，她意識到，並不是**像**一扇門，而是它本身**就是**門。一扇漂浮在半空中的門。門打開後，露出一條蠟燭照亮的走廊，石階通往黑暗中。

「怎麼……」露娜倒抽一口氣，然後就說不下去了。

「嘎。」烏鴉說，不過聽起來比較像：我不覺得你該往那裡走。

「你，安靜。」露娜說，然後通過石門，沿著石階向下走。

石階通往一間工作室，裡頭的工作檯乾淨整齊，擺了許多紙張。攤開的書籍。有一本日誌，上頭放了一枝羽毛筆，閃亮的墨水快要從筆尖滴落。彷彿有什麼人寫到一半，突然決定放棄，匆匆離開。

「嗨？」露娜呼喚道。「有人在嗎？」

沒有人回應，只有那隻烏鴉。

「嘎。」烏鴉說，不過聽起來像是：聽聽我的哭喊吧，露娜，我們快離開。

露娜瞇眼打量那些書本和紙張。它們看起來像是某個瘋子的傑作——混亂的線條和圓圈，還有許多汙漬和毫無意義的文字。

露娜很好奇：「爲什麼有人要大費周章寫出充滿胡言亂語的書？」

她沿著工作室的外圍走著，雙手拂過寬大的桌子和光滑的平臺。這裡沒有半點灰塵，也沒有指紋。空氣並沒有陳腐之氣，但也不見絲毫生機。

「哈囉！」她再次呼喊。她的聲音沒有回音，也沒有傳出去。彷彿話語一離開她的嘴邊，就掉到地上，發出輕微的聲響。有一扇窗戶，但這還滿奇怪的，因爲她一定是在地底下，不是嗎？畢竟，她走過許多向下的樓梯。更奇怪的是，窗外日正當中。而且，窗外的風景對露娜來說全然陌生。本來應該是火山坑口的地方，卻是一座高峰，高峰上冒著白煙，就像是一只放了太久，已經沒辦法再沸騰的茶壺。

「嘎。」烏鴉又說了一遍。

「這個地方不太對勁。」露娜輕聲說。她手上的汗毛倒豎，背上也開始冒汗。一張紙從桌上的紙堆飄下，落在她手上。

她讀得懂：不要忘了。

「我要怎麼忘記自己打從一開始就不知道的事？」她質問。但，她在問誰呢？

「嘎。」烏鴉說。

「**大家什麼都不告訴我！**」露娜大吼。但這不是眞的，她也知道。有時候，奶奶會告訴她一些事，葛拉克也會，但他們的話一出口，就會從她的腦中流逝。即使此時此刻，露娜也還記得目睹他們說的話像是被撕碎的紙片，從她的心中飄走，在眼前飄浮一陣子後就此四散，彷彿被捲入風中。回來啊，她的心絕望地呼喊著。

她搖搖頭。「我太傻了。這種事從來沒發生過。」

她的頭很痛。那一粒沙——既渺小又無比巨大，不斷壓縮卻也無限擴張。她以爲自己的頭顱會粉碎。

另一張紙從紙堆上飄下來，落在她的手中。

這張紙的句子少了第一個字——至少在她眼中是如此。那看起來只是一抹汙漬。後面的文字就很清楚了：「……是這個宇宙中最基礎，但我們最不了解的元素。」

她盯著那行字。

「什麼是最基礎的？」她問。她把那張紙拿得更近一些。「把答案顯示出來！」

接著，那一瞬間，她額頭後方的那一粒沙開始變軟，釋放了一點點。她盯著那個字，看著每個筆畫從混亂的線團中解開，逐一顯現。

她慢慢唸出來：「魔……法……」她搖搖頭。「那是什麼？」

她的耳朵嗡嗡作響，她的眼睛後方出現強烈的閃光。魔法。這個詞一定有什麼意義，這一點她很確定。除此之外，她也很確定自己曾經聽過這個詞——只不過，她怎麼都想不起來是何時聽到的。事實上，她甚至不太確定這個詞該怎麼發音。

「魔……」她開口，但卻覺得舌頭彷彿在嘴巴裡變成了堅硬的花崗岩。

「嘎。」烏鴉鼓勵她。

「魔——」她又說了一次。

「嘎，嘎，嘎。」烏鴉歡快地叫著。「露娜，露娜，露娜。」

「魔——魔法。」露娜把這個詞給咳了出來。

26 瘋女人學會新的技能，學以致用

當瘋女人還是個小女孩時，她會畫圖。她的母親告訴她森林裡女巫的故事——她向來不確定這些故事的眞實性。她母親說，女巫以悲傷爲食，也可能會吃靈魂，或是火山，或是嬰兒，或是勇敢的小巫師。她母親說，女巫有一雙巨大的黑色靴子，每一步都可以前進七里。她母親說，女巫騎著一隻龍，住在一座足以貫穿天空的高塔上。

但瘋女人的母親已經死了，而女巫還活著。

寂靜的高塔遠離了城鎮的陰鬱濃霧，讓瘋女人感受到了前所未有的事物。只要感受到，她就會畫下來。一遍又一遍地畫。

每一天，修女都會到她的牢房裡突襲檢查，對著滿屋子的紙張不滿地咋舌。紙張摺成鳥類，摺成高塔，摺成伊格納西亞修女的模樣，然後用瘋女人的光腳狠狠踩扁。紙張上寫滿了亂七八糟的文字和塗鴉，還有地圖。每一天，修女都會抱著滿懷的紙張離開，把紙張給搗碎、浸溼，在地下室的裝訂室裡重新做成新的紙張。

但是，這些紙到底是從哪裡來的？修女們都很納悶。

很簡單，瘋女人想告訴她們，只要發瘋就好了。畢竟，瘋狂和魔法緊密相連，或者該說我是這麼認為的。每一天，世界都會洗牌、彎曲。每一天，我都會在碎片裡找到一些閃閃發亮的東西。閃亮的紙張、閃亮的真實、閃亮的魔法。閃亮、閃亮、閃亮。她悲傷地理解到，自己眞的很瘋。她或許永遠沒有痊癒的一天。

某一天，她盤腿坐在牢房的正中央，剛好看見一隻燕子留下來的羽毛。那隻鳥選擇在牢房狹窄的窗台上築巢，卻不幸成爲遊隼的點心。羽毛飄進瘋女人的窗口，落在地上。

瘋女人看著羽毛落地，就落在她前方的地上。她盯著羽毛——羽翮、羽軸，還有尖端每根柔軟的絨毛。接著，她可以看清楚更小的結構——塵土、纖鉤和細胞。她看見的細節越來越精細，直到看見粒子，每個旋轉的粒子都像一個小小的星系。畢竟，她就是這麼瘋。她讓那些粒子在空間中轉換移動，直到新的整體再次出現。羽毛不再是羽毛，變成了紙張。

塵土變成紙張。

雨水變成紙張。

有時候，她的晚餐也變成了紙張。

每一次，她都會畫一張地圖。她在這裡，她一遍又一遍地寫著。

沒有人讀她的地圖，沒有人讀她寫的字，畢竟，不會有人浪費時間多看瘋女人一眼。她們把她變出的紙搗爛重製，然後拿到市場賣了不少錢。

一旦精通了製紙的技術，她發覺要轉化出其他東西也很容易。她的床短暫地變成了一艘船，窗戶上的柵欄也變成了緞帶。有一張椅子變成了一匹絲綢，讓她能像披上披肩那樣裹住自己，享受那樣的感受。最終，她發覺她連**自己**也能轉化——不過只能在很短的時間內，變成很小的東西。變形非常耗費體力，會讓她在床上躺好幾天。

一隻蟋蟀。

一隻蜘蛛。

一隻螞蟻。

她很小心不被踩到，或是被打死。

一隻水蟲。

一隻蟑螂。

一隻蜜蜂。

她也得確保，每次覺得原子間的鍵結要爆炸四散時，她都已經回到牢房裡。一段時間過去，她維持變身的時間變長了。她希望自己某天能維持鳥類的形態夠久，順利飛到森林的中央。

某一天。

但時機還沒成熟。

這一次，她變成一隻金龜子。外殼堅硬，閃閃發亮。她鑽過揮舞著十字弓的修女腳邊，爬下樓梯。她爬上幫修女打雜的害羞男孩腿上——可憐的孩子，連自己的影子都害怕。

「小子！」她聽見修女長在長廊另一頭喊著。「茶還要多久才會好？」

男孩哀鳴一聲，把杯盤和糕點笨手笨腳地堆在托盤上，急匆匆地穿過走廊。除了緊緊抓住他的鞋帶外，瘋女人什麼也做不了。

「終於啊。」修女長說。

男孩笨拙地把托盤放在桌上，發出碰撞聲響。

「出去！」修女長斥喝。「別弄壞東西了。」

瘋女人鑽到桌子下，對於有陰影能藏身心懷感恩。男孩雙手緊握，彷彿被燒傷了那樣，跌跌撞撞地跑出門，瘋女人不禁心生同情。修女長深深吸了一口氣，眼睛瞇了起來。瘋女人試著把自己縮得更小。

「你有聞到什麼味道嗎？」她問坐在對面椅子上的男子。

瘋女人知道這個男子。他沒有穿他的袍子，而是穿了質料高級的襯衫，搭配輕巧的毛皮大衣。他的衣服散發著銅臭味。和上次見面相比，他又多了許多皺紋，滿臉疲憊老邁。瘋女人想知道，自己看起來是不是也如此。她已經很久、很久沒能看到自己的臉了。

「女士，我什麼也沒有聞到。」首席長老說。「只聞到茶和蛋糕味，當然，還有您完美的香水。」

「這些奉承毫無必要，年輕人。」她說。不過，迦蘭長老比她年老許多，或者該說看起來是這樣。

看到伊格納西亞修女在迦蘭長老旁邊，瘋女人才意識到，雖然過了這麼多年，修女看起來卻絲毫沒有變老。

老人清了清喉嚨。「那麼，我就說明我的來意吧，親愛的女士。我按照你的要求，盡可能地蒐集資訊，其他的長老也是。我也盡力勸阻他，但一點用也沒有。安登還是堅持要獵殺女巫。」

「那麼，他至少聽從了你的建議吧？他是否還是對他的計畫保密呢？」瘋女人意識到，修女長的聲音裡隱藏著什麼。悲傷。她到哪裡都能聽出悲傷。

「這倒是沒有。人們都知道了，我不知道是誰說的，是安登還是他那愚昧的妻子。他相信這個任務能成功，而看起來她也相信。其他人現在好像也被說服了。他們都懷抱……**希望**。」他說出最後一個詞時，彷彿那是世界上最苦的藥。首席長老全身一顫。

修女嘆了一口氣，起身踱步。「你真的沒有聞到嗎？」首席長老聳聳肩，而修女則搖搖頭。「這都沒關係，無論如何，森林應該都會殺了他。他從未進行過這樣的旅行，也沒有足夠的技能。他不知道自己在做什麼，而他的結局將能避免人們提出一些比較……**不愉快**的問題。然而，他也有可能**順利回來**。這就比較令我苦惱了。」

瘋女人鼓起勇氣，盡量探出陰影。她看著修女的腳步越來越紊亂，看著她的眼角閃爍一點淚光。

「這樣風險太大了。」她深吸一口氣，讓自己鎮定下來。「而且沒辦法讓人們閉嘴。假如他回來時什麼也沒有找到，那也不代表其他愚勇的人民闖進森林時，不會**找到些什麼**。而假如**那個人**什麼也沒找到，或許還會有**其他人**嘗試。很快地，這種**什麼也沒有**的結果，就會**代表些什麼了**。很快地，保護國人民會開始產生一些想法。」

瘋女人注意到，伊格納西亞修女的臉色慘白。慘白又憔悴，彷彿慢慢被飢餓所折磨至死。

首席長老沉默了好一段時間，才清一清喉嚨說：「我想，親愛的女士……」他的聲音越來越小，又陷入沉默。然後他說：「我想，你的其中一位修女可以。好吧，如果她們可以。」他吞了口口水，聲音非常虛弱。

「這對我們來說都很不容易。我可以看出，你對那孩子有感情。事實上，你的悲傷……」她的聲音一哽，舌頭飛快地從口中伸出，又迅速消失。她閉上眼睛，臉頰一紅，彷彿才剛剛品嘗了全世界最美妙的風味。「你的悲傷是真實的，但我們一點辦法也沒有。不能讓那個男孩回來，而且必須留下證據，證明是女巫下的手。」

首席長老沉重地靠在修女長書房裡的刺繡沙發上。他的臉慘白虛弱。他抬起頭看著天花板。即使視野有限，瘋女人也看得出他的眼眶溼潤。

「哪一個？」他粗聲問。「會由哪一個下手？」

「這很重要嗎？」修女問道。

「對我來說是。」

伊格納西亞修女站起身來，走到窗邊眺望。她等了一段時間，終於說道：「你也知道，所有的修女都受過精良的訓練，下手不會有閃失。她們通常不會因爲反抗或情感而動搖。只不過，和其他高塔的童僕相比，她們都非常在乎安登。假如是其他人，我任意指派一個修女就能搞定。但是在這個情況下……」她嘆了口氣，轉身面對首席長老。「我來吧。」

迦蘭眨去眼中的淚水，緊盯著伊格納西亞修女。

「你確定嗎？」

「我很確定。請你放心，我下手很快，他死前不會感到痛苦。他不會感受到我的接近，也不會知道是什麼奪走他的生命。」

27 露娜希望自己不要知道那麼多

石牆古老得不可思議，也極度潮溼。露娜全身顫抖。她伸出手指，然後又握起拳頭，攤開，握拳，攤開，再握拳，試著讓血液繼續流動。她的指尖冷得像冰塊，她覺得自己好像再也溫暖不起來了。

紙張在她的腳邊颳起漩渦。一整本的筆記本爬上傾頹的牆壁，墨水的字跡從紙頁上脫離，像昆蟲那樣在地上爬行，然後再嘈雜地回到原位。露娜發現，每一本書和每一張紙都有很多話要說。它們呢呢喃喃、吱吱喳喳，努力蓋過對方的聲音，不斷打斷彼此的話語。

「噓！」露娜喝斥著，一邊用手摀住耳朵。

「抱歉。」那些紙張囁嚅著。它們四散又集合，捲起漩渦，又像波浪般在房間裡擴散開來。

「一個一個來。」露娜命令道。

「嘎。」烏鴉也同意。叫聲的意思是：「而且別說蠢話。」

紙張服從了。

紙張們提出：魔法非常值得學習。

魔法是很有價值的知識。

而露娜得知，因此有一群魔法師、巫師、詩人和學者都投入了精力和堅持，不斷鑽研、學習魔法，並且在森林中圍繞著古老高塔的古老城堡，成立了專門研究魔法的庇護所。

露娜得知，有個力量很大的高大女性（她的手段有時引人側目）從森林裡帶來一個孩子。那孩子年紀很小，生了病又受了傷。她的父母都過世了——至少女人是這麼說的，而她有什麼理由撒謊呢？那孩子的心都碎了，總是哭個不停。她就像悲傷的泉源。學者們決定，要在那孩子體內注滿魔法。他們會在她的皮膚、骨頭、血液，甚至是頭髮裡注入魔法。他們想看看，自己究竟有沒有那樣的**能力**。他們想知道這到底有沒有**可能**。成年人只能使用魔法，但根據他們的理論，孩子卻可以**變成**魔法。不過，這樣的過程從來沒有人用科學的方法測試和觀察過。沒有人記錄過相關的發現並推導出結論。所有既有的證據，都只是傳聞。學者們都求知若渴，但也有人提出抗議，認爲那可能會殺了孩子。其他人反駁道，假如他們一開始沒有找到那孩子，那她早就死了，這又有什麼差別呢？

但那個女孩沒有死去。相反地，魔法注入女孩的每個細胞後，持續茁壯成長著。每當他們觸碰她，就能感受到魔法在她的皮膚下脈動。魔法充滿她身體組織間的縫隙，存在於每個原子間的空洞，和她的每個粒子都和諧共鳴。她的魔法是粒子、波動和運動，是機率和可能性。它彎曲、波動，並向內折疊，滲透了她的整個存在。

不過，其中一位學者強烈反對賦予孩子魔法，更反對後續的研究——他就是年邁的巫師佐西莫斯。他自己也是年幼時得到魔法，因此深知此舉的後果——奇怪的爆發、思緒受到擾亂，以及壽命不愉快的延長。他聽見孩子在深夜哭泣，知道這或許和她的悲傷有關。他知道並非每個住在城堡裡的人都是善良的。

因此，他決定阻止。

他自詡爲女孩的監護人，並且將兩人的命運從此結合。這也造成了後果。

佐西莫斯警告其他學者他們同僚的陰謀。此人又被稱爲「悲傷吞噬者」，她的力量與日俱增，影響力也不斷擴張。沒有人聽從老佐西莫斯的警告，老人只能顫抖著寫下她的名字。

（在紙張的圍繞下，露娜站在房裡讀著這個故事，也不由自主顫抖。）

女孩慢慢長大，力量也跟著增加。她很衝動，有時也很自我中心，孩子通常都是這樣。她沒有注意到，愛著她的佐西莫斯也漸漸凋零、老邁、衰弱。等到人們注意到時，已經太遲了。

紙張對著露娜的耳朵輕聲說：「我們只能希望，再次遇見悲傷吞噬者時，我們的女孩已經更年長、更強壯，也更有自信了。我們只能希望，在我們犧牲後，她會知道該怎麼辦。」

「但是，她是誰？」露娜問它們。「那個女孩是誰？我可以警告她嗎？」

「這個啊。」紙張一邊說著，一邊在空氣中震動。「我們還以爲已經告訴你了，她的名字是姍。」

28 一些人進入了森林

姍坐在火爐旁，不斷扭著她的圍裙，不知不覺把整件都打結了。

空氣中彷彿有些什麼，她可以感受到。地底下也是——那個東西震動、擾動，發出嗡嗡的聲響。她也能感受到。

她的背很痛，她的手很痛，她的膝蓋、髖骨、手肘、腳踝，以及腫脹腿部的每根骨頭都很痛、很痛、很痛。隨著時間一分一秒流逝，他們越來越接近露娜生命中的第十三年。姍可以感受到自己越來越瘦弱，身體和力量都不斷衰退。她變得和一張紙一樣單薄脆弱。

紙張，她心想，我的生命就是由紙張組成。紙鳥、紙地圖、紙書籍、紙日誌、紙上的文字和思想。一切都在褪色和粉碎，變得什麼也不剩。她還記得佐西莫斯——親愛的佐西莫斯！——俯身在一疊紙張前，桌上燃燒著六根明亮的蠟燭。他努力把他的知識都寫在乾淨粗糙的紙頁上。

我的生命都寫在紙上，由紙張所保存——那些該死的學者抄寫著筆記、想法和觀察結果。假如我那時就死了，他們也只會把我的死寫在紙張上，一滴眼淚都不會掉。而現在，露娜就和我一樣。我卻私自保留了唯一能解釋一切的那個詞，讓那女孩沒辦法讀懂，甚至聽見那個詞。

這不公平。城堡裡的男男女女對姍做的事不公平，姍對露娜做的事也不公平。保護國的人民對孩子所做的事不公平。這一切都不公平。

姍站起身來，看向窗外。露娜還沒回來，或許這樣最好。她可以留一張紙條，有時候寫在紙上反而輕鬆多了。

姍從來沒有提早這麼多前往保護國接孩子，但她不能冒著遲到的風險，畢竟這是最後一次了。她也承擔不起被看到的風險。變形很困難，她得承認自己或許沒有體力解開這次的變形了。這些都是後果。

姍披上旅行的斗篷，穿上一雙堅固的靴子，在背包裡裝滿山羊奶和柔軟、乾淨的布料，也爲自己帶了一些食物。她輕聲念出讓羊奶保持新鮮的咒語，努力不去注意這個咒語消耗了她多大的力氣和精神。

「哪一種鳥？」她自言自語著。「哪一種鳥？哪一種鳥？」她考慮變身成渡鴉，借用牠們的狡詐，或是變身成老鷹，借用牠們的英勇。信天翁也是個好點子，因爲牠們能毫不費力地飛翔，只不過如果周遭沒有水域，可能會影響她起飛和降落的能力。最終，她選擇了燕子——雖然體型很小，又很脆弱，卻是眼神銳利的飛行高手。她可能得中途休息幾次，而燕子的嬌小體型和棕色羽毛，能逃避大多數掠食者的注意。

姍閉上眼睛，用力往地上一踏，感受到魔法流過她脆弱的骨頭。她覺得自己變得又小，又輕盈，又敏銳。明亮的雙眼、敏捷的腳趾、尖銳的鳥嘴。她拍動翅膀，感受到深沉的飛行渴望，那感受如此強烈，她甚至以爲自己會因此而死。她發出了高亢而悲傷的鳴叫，傳達著孤單和對露娜的思念。接著，她飛到空中，滑翔通過樹林上方。

她像一張紙那樣輕盈。

安登等孩子出生後，才展開他的旅途。距離獻祭之日還有幾個星期，但期間不會再有孩子誕生。保護國裡大約有二十幾個懷孕的女子，但她們的肚子都才剛開始脹大，還要好幾個月才會生產，而不是幾個星期。

值得慶幸的是，愛思恩的產程並不困難，至少她是這麼說的。不過，她每次哭喊出聲，安登都覺得自己痛苦得像是要死去了。生產過程很吵雜、混亂又嚇人，而且雖然實際上只花了大半個早上，安登卻覺得像是過了一輩子。孩子在午餐時間呱呱墜地。產婆說：「這孩子是最完美的紳士，選在最合理的時間來臨。」

他們幫他取名爲路肯，讚嘆著他小小的腳趾頭、小巧的手，以及他專注看著他們的神情。他們親吻他小小的、探詢的、哭泣的嘴巴。

安登從未對自己必須做的事感到如此肯定。

隔天一大清早，他在太陽還沒升起前就啓程，他的妻子和兒子都還在床上酣睡。他無法忍受和他們道別。

瘋女人站在窗口，臉頰貼著柵欄，看著年輕人偷偷溜出安靜的屋子。她等他出現，已經等好幾個小時了。她不確定自己爲何知道要等他，但她就是知道。太陽還沒升起，星星就像碎玻璃那樣鋒利清澈，散落在整個天空。她看見他溜出前門，悄悄把門關上。她看著他把手按在門上，掌心貼著木頭。那一瞬間，她以爲他會改變心意，回到家中——回到在黑暗中沉睡的家人身邊。但他沒有，他只是閉上眼睛，深深嘆了口氣，然後轉身快步走上黑暗的巷弄，朝著城牆比較低矮、容易攀爬的地方前進。

瘋女人對他送了一個祝好運的飛吻。她看著他被飛吻打中，停下腳步，全身顫抖。接著，他繼續走，腳步明顯變得輕盈。瘋女人露出微笑。

她曾經有過不同的生活，曾經住在不同的世界，但她現在幾乎一點印象都沒有了。以前的生命就像煙霧那樣虛幻。取而代之，她現在住在紙的世界裡。紙鳥、紙地圖、紙人、灰塵和墨水、被絞碎的木頭和時間。

年輕人走在陰影中，不時檢查自己是否被跟蹤。他背著背包和睡袋。斗篷在白天時太沉重，到了夜晚時又不夠保暖。他的腰間還掛著一把銳利的長刀。

「你不該隻身前往。」瘋女人輕聲說。「森林裡太危險了，這裡的危險也會隨著你進入森林。這裡有個人比你所能想像的都還要危險。」

當她還是小女孩時，曾經聽過女巫的故事。他們告訴她，女巫住在森林裡，心腸像老虎一樣殘暴。但是那些故事都是錯的，而他們所知道的眞相都經過扭曲變造。女巫在這裡，就在高塔裡。雖然她沒有老虎的心臟，但一有機會，就會把你撕成碎片。

瘋女人盯著鐵窗的柵欄，直到它們變成了紙柵欄，不再是鐵柵欄。她把柵欄撕成碎片。接著，窗戶周圍的石頭也不再是石頭，只是潮溼的碎木片。她用手把它們撥到一邊。

她周遭的紙鳥一邊振翅，一邊鳴叫。它們張開翅膀，眼神變得明亮，四下搜尋。它們同時起飛，穿過窗戶，載著瘋女人安靜地飛上天空。

修女們在黎明後幾個小時發現瘋女人逃亡了。她們互相指責、試圖辯解，也組成搜索、鑑識和偵查的團隊。她們交頭接耳。清理善後的工作很棘手，但當然是祕密進行。修女們不能讓犯人逃脫的消息傳到保護國內。她們最不需要的，就是讓人民產生一些想法。畢竟，想法是很危險的。

儘管伊格納西亞修女抱怨這一天已經太讓人焦頭爛額，迦蘭首席長老還是安排在午餐前和她會面。

「我壓根不在乎你的女性問題。」首席長老一邊大吼，一邊走進她的書房。其他修女匆匆退出，對首席長老投以惡毒的眼神，但他似乎渾然不察。

伊格納西亞修女認爲，最好不要提到犯人逃亡這件事。於是，她要童僕送上茶水和餅乾，熱情款待憤怒的首席長老。

「親愛的迦蘭，這到底是怎麼回事？」她用隱藏著的銳利眼神打量對方。

「已經發生了。」迦蘭疲憊地說。

伊格納西亞修女的眼神下意識地飄往空牢房的方向。「什麼發生了？」她問。

「我的外甥。他今天早上離開了。他的妻子和兒子暫時待在我姊姊家。」

伊格納西亞修女的思緒飛快運轉。這兩起失蹤事件不可能有所關聯，**不可能**。她會**知道**的……難道不是嗎？當然，瘋女人的悲傷最近顯著地減少了，但伊格納西亞修女並沒有想太多。

雖然在自己的家裡感到飢餓真的令人心煩，但保護國裡總是有足夠的悲傷，就像雲霧那樣籠罩著整個城鎮。

或者該說，平常是如此。但這個安登所帶起的**天殺的**希望卻在鎮上傳播，打破了悲傷。伊格納西亞修女覺得飢腸轆轆。

她露出微笑，站起身來，溫柔地將手放在首席長老的手臂上，親暱地捏了一下。她又長又利的指甲像老虎的爪子那樣，撕破了他的袍子，讓他忍不住喊痛。她笑著吻了他兩邊的臉頰。她說：「別害怕，孩子，把安登交給我。森林裡充滿了危險。」她拉上袍子的帽兜，大步走向門口。「我聽說森林裡有女巫呢，你知道嗎？」接著，她消失在長廊尾端。

「不。」露娜說。「不、不、不、不。」她把奶奶留的紙條拿在手裡，幾秒鐘之後就撕成碎片。她甚至只讀了前幾行。「不、不、不、不。」

「嘎。」烏鴉說，不過聽起來像是：「別做蠢事。」

憤怒充滿了露娜的全身，從頭頂一直到腳趾頭。樹木被雷打中一定就是這種感覺，她心想。她瞪著被撕碎的紙條，希望碎片能重新組合，讓她再撕一次。

（她還來不及注意到碎片開始輕微震動，緩慢聚合，就轉過身去。）

露娜叛逆地看了烏鴉一眼。

「我要去追她。」

「嘎。」烏鴉說，露娜知道他的意思是：「這是個很蠢的想法，你甚至不知道要往哪個方向去。」

「我當然知道。」露娜說著，揚起頭來，從背包裡拿出日誌本。「你瞧。」

「嘎。」烏鴉說，意思是：「那是你自己編造的。我曾經夢見自己能像魚一樣在水裡呼吸，但是我才不會去嘗試呢。」

「她現在不夠強壯。」露娜說著，覺得自己開始哽咽。假如奶奶在森林裡受傷了呢？或是生病了？迷路了？假如露娜再也見不到她呢？「我必須去幫她。我**需要她**。」

（寫著「親愛的」和「露娜」的紙條碎片震動著貼合，直到再也看不出它們曾經分離的跡象。寫著「當你讀到這張紙條時」和「有些事我必須向你解釋」的碎片也是。再下方是「你的能力遠遠超過了你的認知」。）

露娜套上靴子，並且打包了所有她能想到對旅程有幫助的東西。硬起司、莓果果乾、毛毯、水壺、附有鏡子的羅盤、奶奶的星盤、一把非常鋒利的刀。

「嘎。」烏鴉說，聽起來像是：「你不打算告訴葛拉克和費里安嗎？」

「當然不會，他們只會阻止我。」

露娜嘆了口氣。（一片小小的碎紙像老鼠般，敏捷地穿過房間。露娜沒有注意到，也沒發現紙片沿著她的腿向上，爬過她披著斗篷的背。她不知道紙片悄悄進入她的口袋。）她最終說：「不了。他們會猜到我去哪裡了。無論我說什麼，聽起來都是錯的。我怎麼說聽起來都不對。」

「嘎。」烏鴉說：「我不這麼認爲。」

但烏鴉怎麼想都不重要，露娜心意已決。她把帽兜綁好，檢視自己畫的地圖。路線看起來很仔細。當然，烏鴉是對的，露娜也知道森林有多麼危險。但她知道方向，她很**肯定**。

「你不跟我去嗎？」離家進入森林前，露娜對烏鴉這麼說。

「嘎。」烏鴉說。「跟你到世界的盡頭都可以，我的露娜，到世界的盡頭。」

「好吧。」葛拉克看著一屋子的凌亂說：「這看起來很不妙。」

「姍阿姨在哪裡？」費里安哭喊著。他把臉埋進一張紙巾裡，卻讓紙巾起火燃燒，再被他的眼淚給澆熄。「爲什麼她沒有說再見？」

「姍可以照顧好自己。」葛拉克說。「但我很擔心露娜。」

之所以這麼說，是因爲聽起來像是眞的，但實情並不是如此。他很擔心姍，擔心到心裡都打了好幾個結。她在想什麼？葛拉克在心裡哀號，我要怎麼把她平安帶回來？

葛拉克重重往地上一坐，大大的尾巴繞著身體。他讀著姍留給露娜的紙條。

紙條寫著：「親愛的露娜，當你讀到這張紙條時，我正快速地通過森林。」

「快速？哼。」葛拉克低語。「她一定變身了。」他搖搖頭，因爲他比誰都清楚姍的魔法正在衰退。假如她變不回來怎麼辦？假如她永遠變成松鼠、鳥或鹿怎麼辦？或者，更糟的情況，假如她只能變一半呢？

「你的體內正在發生改變，親愛的，由內而外。我知道你能感受到，但卻沒辦法用言語來形容。這都是我的錯。你不知道自己是誰，這也是我的錯。因為某些緣故，我不想讓你心碎，所以隱瞞了你一些事。但是，這不會改變事實：你的能力遠遠超過了你的認知。」

「紙條上寫了什麼，葛拉克？」費里安在葛拉克的大頭旁飛來飛去，就像一隻不肯離開的大黃蜂。

「給我們一些時間好嗎，我的朋友？」葛拉克喃喃說道。

聽到葛拉克用「朋友」這個詞來描述他，費里安開心地咯咯笑。他彈著舌頭，在空中後滾翻，然後又轉了七百二十度，不小心一頭撞上天花板。

「我當然會給你一點時間，葛拉克，**我的朋友**。」費里安一邊說，一邊試著忽視頭上的腫包。

「我會給你世界上所有的時間。」他降落到搖椅的把手上，盡可能逼自己安靜不動。

葛拉克仔細研究那張紙——不是紙上的字，而是紙張本身。他看得出來那張紙被撕碎過，卻又重新修復，大部分的人根本看不出變化。但姍一定會注意到。葛拉克更仔細看，看見魔法的絲線，絲絲分明。絲線是藍色的，邊緣散發著一絲銀光。有數百萬根絲線，都不是出自姍。

「露娜。」他輕聲說。「喔，露娜。」

提早開始了。她的魔法，所有如海洋般翻湧的力量，正在洩漏。他不知道露娜是不是有意的，甚至不確定她有沒有注意到。他記得姍還年輕時，只因為不小心站得太近，就讓成熟的水果突然爆炸，火星四射。她當時很危險，對自己和其他人都是。露娜小時候也是，現在很可能更是。

「當你還是個嬰兒時，我從恐怖的命運中拯救了你。接著，我不小心把月光餵給你，而你也喝下了，於是面臨另一種恐怖的命運。我真的很抱歉。你將會活得很久，你會忘記許多事，你愛的人都會死去，而你會繼續活下去。這是我的命運，現在則是你的命運。其中只有一個理由：」

葛拉克當然知道理由是什麼，但紙條裡沒有寫到。原本魔法這個詞所在的地方，只剩下一個平整的洞。葛拉克看著周遭的地面，卻沒有找到碎片。這是他通常不喜歡魔法的原因之一。魔法眞的很煩人。愚蠢。而且有自己的想法。

「這是個無法留在你心裡的詞，但卻定義了你的生命，就像定義了我的生命那樣。我希望我有足夠的時間，在再次離開你之前向你解釋一切——最後一次了。我對你的愛遠勝過任何文字所能表達。——最愛你的奶奶」

葛拉克把信摺好，塞到燭台下方。他看了看房間四周，嘆了口氣。姍的生命確實在消逝，而和他過度漫長的生命相比，姍的生命只像一次深呼吸，或是吞一口口水，或是眨一下眼睛。很快地，她就會永遠離開。他覺得自己的心臟卡在喉嚨裡，堅硬又鋒利。

「葛拉克？」費里安靠近他，在古老沼澤怪的眼前飛行，看著他巨大、潮溼的眼睛。葛拉克眨眨眼，回看著他。他得承認，那隻幼龍確實很甜美可愛，內心陽光又年輕。但這有違他的本性，他也該長大了。

都過去了，眞的。

葛拉克站起身來，向後伸展他的第一對手臂，以紓解脊椎的疼痛。他當然喜歡他的小沼澤，也喜歡這個火山坑裡的小小生活。他對自己的選擇毫不後悔。但他也喜歡廣大的世界。當他和姍一起生活時，也放棄了一部分的自己。葛拉克已經不太記得那些部分了，但他知道那些部分很豐富、能帶來生命，而且非常**浩瀚**。沼澤。世界。所有的生物。他忘記自己有多麼喜歡這一切。當他踏出第一步時，心臟在胸口怦怦跳動。

「來吧，費里安。」他說著舉起第一隻左手，讓幼龍降落在他的掌心。「我們要出發旅行了。」

「眞正的旅行嗎？」費里安說。「你的意思是，**離開這裡？**」

「旅行都是這樣的，年輕人。是的，我們要離開這裡，就是這樣的旅行。」

「但是……」費里安有點猶豫。他飛離葛拉克的掌心，飛到沼澤怪的大頭另一邊。「如果我們迷路了呢？」

「我從來沒有迷路過。」葛拉克說。這是眞的。很久很久以前，在許多世代以前，他早已數不清自己環遊世界的次數了——還有進入世界之內，上天入地。進入一首詩，一片沼澤，一個最深沉的渴望。當然，他現在幾乎都不記得了——這就是漫長生命的缺點。

「但是……」費里安在葛拉克眼前飛來飛去。「假如我嚇到人呢？我的體型這麼驚人，人們不會尖叫逃跑嗎？」

葛拉克翻了翻白眼。「的確，我年輕的朋友，你的體型很，呃，**驚人**，但我相信只要稍微解釋一下，就能化解他們的恐懼了。你知道的，我非常擅長解釋。」

費里安降落在葛拉克背上。「的確是這樣。沒有人比你更會解釋事情了，葛拉克。」接著，他把小小的身體靠在沼澤怪巨大潮溼的背上，努力張開雙臂來擁抱他。

「不需要這樣。」葛拉克說。費里安又飛回半空中，盤旋在朋友頭頂上。葛拉克繼續說：「看到了嗎？那是露娜的足跡。」

於是，他們——古老的沼澤怪和完美的迷你龍——跟著她進入森林。

隨著每個前進的足跡，葛拉克看到越來越多魔法從女孩的腳下漏出。一開始只是滲出，而後開始發光，在地上積累，彷彿水坑，又從邊緣滿溢出來。以這樣的速度，再過多久魔法就會像水那樣湧流而出，化作溪流甚至是大海呢？在魔法淹沒世界之前，還有多少時間？

說真的，他們還剩多少時間？

29 有個火山的故事

你知道的，那不是一座平凡的火山。那座火山是女巫在數千、數萬年前創造出來的。哪個女巫？喔，我不知道。當然，不是我們現在這個女巫。現在這個很老了，但還沒有那麼老。當然，我不知道她到底有多老。沒有人知道，也沒有人看過她。我聽說，她有時看起來像小女孩，有時像老婦人，有時則像個年輕小姐。都不一定。

火山裡有一隻龍，或者說曾經有過。曾經，世界上到處都是龍。但在這個世代，沒有人看過龍。或許前一個世代也沒有。

我怎麼可能知道他們上哪了？或許女巫把他們抓走了，或許她把他們都吃了。你知道的，女巫的肚子一直都很餓。聽懂了吧，所以晚上乖乖待在床上。

火山每次爆發的規模都比前一次更大，變得越來越憤怒殘暴。很久很久以前，火山其實只像蟻丘那麼大。接著，它變得和房子一樣大，現在則比森林還要大。未來的某一天，它會把整個世界都吞沒，你等著看吧。

火山上次的爆發是女巫造成的。你不相信嗎？喔，這就像你站在這裡一樣，是百分之百的事實。那個年代，森林還很安全，沒有陷坑或噴發毒氣的噴口，也沒有燃燒的熔岩。在森林的各處都有小村落，靠採集蘑菇、交易蜂蜜維生的小村落。人們也會用陶土做出美麗的雕像，再用火燒得堅硬。這些村落以小徑連結，在森林裡形成錯綜複雜、蜘蛛網般的網絡。

但是女巫討厭快樂，討厭這一切。所以，她召喚了一整群龍，讓他們對著火山的核心噴火。「噴火吧！」她大吼著。

那些龍很害怕。如果你真的想知道，龍是很邪惡的生物，非常暴力，表裡不一又奸詐狡猾。只不過，龍的騙術在邪惡的女巫面前不值一哂。

「拜託。」龍在熱氣中顫抖哭喊。「請你停下來，你會毀了這個世界。」

「我才不在乎這個世界。」女巫大笑。「世界也一點都不在乎我。假如我要這個世界陷入火海，那世界也只能燒毀了。」

龍別無選擇，只能不斷噴火，直到他們除了煙霧和火星之外，再也噴不出別的東西，直到火山岩漿噴發到半空中，四濺的熔岩將毀滅帶至每片森林、每座農場、每方草地。即使是沼澤也無法倖免。

火山的爆發本來會摧毀一切，但有個非常勇敢的小巫師挺身而出。他走進火山裡，好吧，我也不清楚他到底做了什麼，但他阻止了火山爆發，拯救了世界。可憐的巫師犧牲了自己的生命，只可惜沒能把女巫也殺了，但沒有人是完美的。無論如何，我們都該對他心懷感恩。

不過，火山並沒有真正熄滅。巫師阻止了火山的噴發，但岩漿卻潛入地底，把火山的憤怒排入水池、泥坑和可怕的噴氣口。火山毒害了沼澤，汙染了水源，這就是為什麼我們的孩子會挨餓，我們的長輩會凋零，而我們的農作物通常沒有好的收穫。這就是為什麼我們離不開這個地方，也不需要嘗試。

但這都無所謂。火山某一天會再次爆發，而我們悲慘的日子就結束了。

30 事情遠比計畫的更困難

沒走多久，露娜就徹徹底底迷路了，也嚇壞了。她拿著地圖，也能在心裡看見她應該要走的路線，但還是迷失了。

陰影看起來像是狼群。

樹木在風中發出各種聲響，樹枝像銳利的爪子般抓向天空。蝙蝠發出刺耳的叫聲，而貓頭鷹也嗚嗚回應著。

她腳下的石頭裂開，在地下更深處，能感受到整座山的脈動。地面很燙，然後變得冰冷，又再次沸騰。

在黑暗中，露娜的腳步沒有踩穩，跌倒在地，滾進一個滿是泥巴的坑洞裡。

她的手割傷了，腳也扭到了。她的頭敲到低垂的枝幹，她的腳在某處沸騰的水泉裡燙傷了。她很確定，她的頭髮裡一定都是血。

「嘎。」烏鴉說。「我早就說這是個爛點子。」

「安靜。」露娜低聲說。「你比費里安還要糟。」

「嘎。」烏鴉說。牠的意思實在沒辦法在這裡再提一次。

「不要說髒話！」露娜斥責。「總之，我很不喜歡你的語氣。」

與此同時，露娜的身邊不斷發生她難以解釋的現象。她幾乎這一輩子都能感受到的齒輪轉動聲，如今響亮得宛如鐘聲。魔法這個詞確實存在，她現在知道了。只不過，魔法到底是什麼，又有什麼意義，對她仍是個謎。

她的口袋裡有什麼在騷動。小小的，像紙片那樣，不斷抖動和扭動。露娜極力忽略這種感覺，因爲她還有更大的問題要處理。

森林遍布著茂密的樹木和灌木叢，陰影排擠了所有的光明。每踏出一步之前，露娜都必須先小心用腳試探，確定前方是堅固的地面。她走了一整個晚上，而即將圓滿的月亮消失在樹影間，把所有的月光也都帶走了。

你讓自己惹上了怎樣的麻煩？陰影似乎在對她叨唸責難著。

她沒有足夠的光線來看地圖，不過她已經偏離原本的路徑太多，地圖大概也不會有什麼幫助。

「眞是麻煩。」露娜一邊喃喃自語，一邊小心踏出下一步。這裡的路線很棘手——都是髮夾彎，腳下的岩石又銳利得像針尖。露娜可以感受到火山在她的腳下震動，連片刻也不肯歇息。**睡吧**，露娜在心裡對火山說，你應該要睡的。火山似乎不知道這一點。

「嘎。」烏鴉說，意思是：「忘了火山吧，**你**才應該要睡一下。」這倒是眞的。迷路迷成這樣，露娜幾乎完全沒有前進。她應該停下來休息，等天亮再說。

但是她的奶奶還在遠方。

假如她受傷了呢？

假如她生病了？

假如她沒有回來？

露娜知道所有有生命的事物，都有死去的一天——她協助奶奶時，就曾經親眼目睹人們的死亡。雖然這讓愛他們的人悲傷，但死去的人卻似乎一點也不在乎。畢竟，他們已經死了。他們已經化爲別的物質。

她曾經問葛拉克，人死了以後會如何。

葛拉克閉上眼睛，說道：「沼澤。」他的臉上帶著如夢似幻的笑容。「沼澤，沼澤，沼澤。」這是他所說過最沒有詩意的話，讓露娜挺訝異的。只不過，這顯然沒有回答到她的問題。

露娜的奶奶從來沒有說過，她也會有死去的一天。但是，她顯然**會死**，而且正在**邁向死亡**——她是如此消瘦又虛弱。這些問題都只有一個可怕的答案，而她的奶奶拒絕回答。

露娜忍著內心的痛，繼續往前走。

「嘎。」烏鴉說。「小心點。」

「我很小心。」露娜暴躁地說。

「嘎！」烏鴉急切地說。「小心腳下！」

「你以爲我都在做什麼……」

但露娜沒辦法再說下去。地面震動，她腳下的石頭裂開。她向下墜落，落入黑暗中。

31 瘋女人找到一間樹屋

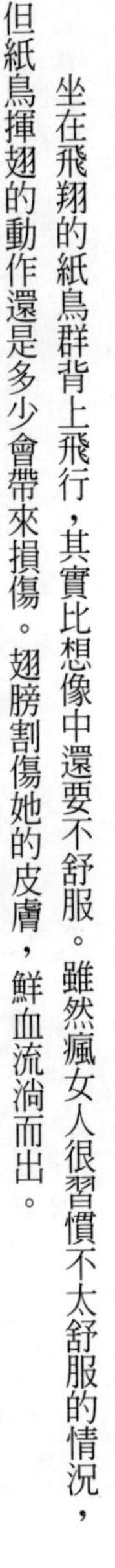

坐在飛翔的紙鳥群背上飛行，其實比想像中還要不舒服。雖然瘋女人很習慣不太舒服的情況，但紙鳥揮翅的動作還是多少會帶來損傷。翅膀割傷她的皮膚，鮮血流淌而出。

「再一下下就好。」她說。她可以在心裡看到那個地方——有一片沼澤，有幾個火山坑，有一棵很大的樹，上面有一扇門。還有個小小的天文台，能看到星星。

她在這裡，她在這裡，她在這裡。這麼多年來，她的心爲她畫出地圖。她的孩子不只是她的幻想，而是眞實地活在世界上。她心裡畫的圖是**真實的**，她現在知道了。

在瘋女人出生之前，她的母親曾經向女巫獻上一個嬰孩。一個男孩，至少她的母親是這麼告訴她的。但是，她知道母親曾經看見男孩長大的畫面，一直到死前都能看見。而瘋女人也能看見自己心愛的孩子——如今已經長大成少女了。她有著一頭黑髮和黑色的眼睛，皮膚則像是打磨過的琥珀。她整個人就像是珠寶一般。她的手很巧，總是帶著好奇的眼神。修女說，這都是她瘋病的症狀，但她卻可以畫出地圖。地圖把她帶到女兒身邊。她可以在骨頭的溫度和脈動中，感受到地圖的正確性。

「在那裡。」瘋女人屏住呼吸，往下一指。

有片沼澤，就和她在心裡看到的一樣。沼澤是眞的。

七個火山坑，代表著邊界，和她在心裡看到的一樣。它們也是真的。石頭砌成的工作坊，還有座天文台，也是真的。

接著，在一個小小的花園、一座馬廄和花園涼亭的兩張木椅旁，有一棵巨大的樹。樹上有一扇門，還有窗戶。

瘋女人感覺到她的心臟猛烈跳動。

她在這裡，她在這裡，她在這裡。

紙鳥先是向上升起，接著才慢慢降落到地面，將瘋女人輕輕放到地上，彷彿母親溫柔地將孩子放上床那樣。

她在這裡。

瘋女人掙扎著站起來，張開嘴巴，覺得自己的心臟彷彿被別人抓住。當然，她曾經幫孩子取名字，她一定取過。

什麼孩子？修女們曾經對她輕聲說，沒有人知道你在說什麼。沒有人搶走你的孩子，她們告訴她，你失去了孩子，你把她放在森林裡，然後失去了她。傻女孩。

你的孩子死了，你不記得了嗎？

你創造了這麼多東西，你的瘋病越來越嚴重了。

你的孩子很危險。

你很危險。

你不曾有過孩子。

你記得的人生，只不過是發燒的腦袋虛構出來的。

你已經瘋了一輩子。

只有你的悲傷是真實的。悲傷和悲傷和悲傷。

她知道她的孩子是眞實的，還有她以前的家和愛她的丈夫也是。但她的丈夫有了新的妻子、新的家庭和新的孩子。

從來都沒有過孩子。

沒有人知道你是誰。

沒有人記得你。

沒有人想念你。

你並不存在。

修女們都很惡毒，像毒蛇那樣狡詐。她們的聲音爬上她的脊椎，纏繞她的脖子。她們的謊言緊緊勒住她。

瘋女人搖搖頭。然而，她們都只是聽令行事。高塔裡只有一個騙子，而瘋女人很清楚那是誰。

「謊言。她對我說謊。」她大聲說。她曾經是熱戀中的女孩，也曾經是聰慧的妻子、懷孕的母親、憤怒的母親、悲傷的母親。而她的悲傷把她逼瘋了，無可避免。但悲傷也讓她看見眞相。

「已經過了多久？」她輕聲說。她彎下身體，雙手抱著肚子，像是要把悲傷都留在體內。不過，這樣的伎倆沒有用。她花了好幾年，才眞正學會如何對抗悲傷吞噬者。

紙鳥在她的頭頂盤旋，安靜地振動翅膀。它們在等待她的命令，而且可以等上一整天，她知道它們會那樣。她不知道自己怎麼知道的。

「嘿，有……」她的聲音很沙啞，因爲太久沒說話而生疏。她再次清了清喉嚨。「有人在嗎？」

沒有人回答。

她又試了一次。

「我不記得我的名字。」這是眞的。她知道，眞實是她僅有的東西。「但我曾經有個名字。我在找我的孩子，我也不記得她的名字了，但她確實存在。我的名字也確實存在。在一切都出錯之前，我曾經和我的女兒與丈夫一起生活。她被帶走了。她被一些壞人帶走，還有壞女人，或許還有個女巫也牽涉其中。對於女巫的部分，我不太確定。」

還是沒有人回應。

瘋女人四下張望。只有冒著泡的沼澤發出聲響，還有紙鳥的振翅。巨大樹幹上的門半掩著。她走過庭院。她的腳很痛，因爲她光著腳，而腳上也沒有長繭。她上次踩在地面上是什麼時候？她沒什麼印象了。她的牢房很小，石板很光滑，只要短短六步就能從一頭走到另一頭。當她還是個小女孩時，她總是光著腳跑來跑去。但那是幾千段人生之前的事了，或許還是發生在別人身上的。

有隻山羊開始叫，另一隻也跟進。其中一隻是烤麵包的顏色，另一隻則漆黑如煤炭。牠們瞪著又大又潮溼的眼睛看著瘋女人。牠們很餓，而且乳房鼓脹，該擠羊奶了。

她全身一顫地意識到，自己曾經擠過羊乳。很久很久以前。

雞隻也在牠們的籠舍裡叫著，鳥嘴不斷啄著柳枝編成的柵欄。牠們急切地拍動翅膀。

牠們也餓慘了。

「是誰負責照顧你們？」瘋女人問。「他們都上哪去了？」

她忽視動物們痛苦的叫喚，逕自走進屋裡。

樹屋裡是個家——整齊、乾淨又溫馨。地板上鋪著地毯，椅子上擺著毛毯，兩張床用巧妙的滑輪和繩索吊在天花板。衣架上掛著幾件洋裝和斗篷。有一張床下方的牆壁上，斜倚著一排木杖。

屋內還有果醬、一綑綑的藥草，以及撒著香料和鹽巴的肉乾。桌上有一顆圓形的起司正在熟成。牆上貼著幾幅圖畫——畫在木板、紙張或攤平的樹皮上。畫中有一隻龍坐在一個年邁女子的頭上，還有一隻看起來很奇怪的怪物。有一座山和一輪明月，就像是項鍊的墜子。有一座高塔，塔上有個黑髮女子探出身，向一隻鳥伸出手。「她在這裡。」那張畫下方寫著。

每張畫都用孩子氣的字跡寫著：露娜。

「**露娜**。」瘋女人喃喃自語。「**露娜，露娜，露娜**。」每說一次，她就覺得自己的心彷彿有些部分重新歸位了。她感受到自己的心臟跳動，跳動，跳動。她倒抽一口氣。

「我的女兒名叫露娜。」她輕聲說，而且打從心底確定這是真的。

兩張床都很冰冷，火爐也很冰冷，門口的地毯上一雙鞋也沒有。沒有人在這裡。這意味著露娜和任何與她同住的人都不在。他們在森林裡，而且還有個女巫也在森林裡。

32 露娜找到一隻紙鳥，但其實不止一隻

露娜恢復意識時，太陽已經高掛在天頂。她躺在某種柔軟的東西上，柔軟到讓她以爲那是自己的床鋪。她睜開眼睛，看見被樹木枝枒所分割的天空。她瞇起眼睛，全身顫抖，努力把自己撐起來，評判周遭的狀況。

「嘎。」烏鴉說著。「感謝老天。」

首先，她先檢查了自己的身體。她的臉頰有一道刮傷，但傷口並不深。頭上腫了一個包，痛到她不敢用手去摸。她的頭髮上有乾掉的血塊，洋裝下襬和手肘處也撕破了。除此之外，似乎沒有什麼地方眞的**斷掉**，光是這一點就已經很驚人了。

更驚人的是，她躺在一堆蘑菇上。那堆香菇位在河床邊緣，長得無比巨大。露娜從來沒看過這麼巨大又這麼舒服的蘑菇。蘑菇不只阻止了她的下墜，更讓她不至於掉進小溪裡淹死。

「嘎。」烏鴉說。「回家吧。」

「給我一分鐘。」露娜反駁道。她伸手到背包裡，拿出筆記本，打開地圖那一頁。地圖上標注著家的位置，還有溪流、山丘和石坡。危險的地方。淪爲廢墟的古老城鎮。懸崖。噴風口。瀑布。噴泉。不應該闖入的地方。以及這裡，就在地圖的底部。

那裡標注著：蘑菇。

「蘑菇？」露娜說。

「嘎。」烏鴉說。「你在說什麼？」

地圖上標示的蘑菇在溪谷旁邊，雖然不在她預定的路徑上，卻位在一條大多是平坦地面的安全路徑上。應該是吧。

「嘎。」烏鴉哀鳴。「**求求你**，回家吧。」

露娜搖搖頭。「不，我的奶奶需要我。我能從骨頭裡感受到。在找到她之前，我不會離開森林。」

她皺著眉頭，勉強站起身來，把筆記本放回背包，努力讓自己走路不要一跛一跛的。

每踏出一步，她傷口的疼痛就減緩一些，腦子也漸漸清醒。每踏出一步，她的骨頭似乎就更強壯，瘀傷慢慢消退，連頭髮上乾掉的血感覺也沒那麼沉重黏膩了。不久之後，她伸手撥頭髮，發現血都不見了。腫塊也消失了。甚至連她臉上的刮傷和衣服上的撕裂處，似乎都開始癒合了。

真奇怪，露娜心想。她沒有回頭，所以並沒有注意到自己的腳印——每個腳印都成爲了一座小小的花園，盛開著各種花朵，在微風中擺動。鮮豔美麗的花朵都把臉轉向前方，面對著逐漸遠去的女孩。

飛翔中的燕子很優雅、敏捷又精確。牠迴轉、俯衝、飛掠，充滿節奏感。牠就像一位舞者、音樂家，或是一枝箭矢。

一般來說是這樣的。

這隻燕子卻笨拙地在樹木之間跌跌撞撞。牠既沒有在空中舞動，也沒有優雅地加速。牠斑駁的胸口僅有稀疏的羽毛。牠的眼神黯淡，先是撞上一棵赤楊的樹幹，然後又跌向一棵松樹的枝幹。牠攤開翅膀躺在原地一陣子，調整呼吸。

牠應該去做某件事。是什麼事？

燕子重新站起來，雙腳緊緊抓住松樹的枝枒。牠把羽毛鼓成一顆球，極目望著整座森林。世界模糊不清。世界一向都模糊不清嗎？燕子低下頭，看著牠皺巴巴的鳥爪，瞇起眼睛。

我的腳一直是這樣嗎？一定是吧。只不過，燕子還是忍不住隱約覺得，或許牠的腳以前不是這樣。除此之外，牠覺得自己似乎必須去某個地方，做某件事情。很重要的事。牠感覺到心跳加速，然後又減緩到危險的程度，接著再加速，就像地震那樣。

我快死了，燕子心想，很確信眞的如此。當然，不是此時此刻，但我似乎離死亡不遠了。牠可以感受到，自己身體深處儲藏的生命能量正在快速凋零。好吧，沒關係，我相信我已經活過一段很好的時光。要是能記得就好了。

牠緊緊閉著嘴，用翅膀摩擦牠的頭，試著找回記憶。要想起自己是誰不應該這麼困難，牠心想。即使是傻子也能做到。當燕子絞盡腦汁時，聽見道路另一頭傳來聲音。

「我親愛的費里安。」那聲音說。「從我有印象開始，你已經連續一小時說個不停了。事實上，我很驚訝你似乎連呼吸都不需要。」

「我可以憋氣憋很久。」另一個聲音說。「簡單巨大龍都可以。」

第一個聲音安靜了片刻。「你確定嗎？」然後又安靜片刻。「因爲所有關於龍的哲學文獻裡，都沒有提到這樣的能力。或許這是某個人爲了戲弄你而說的謊。」

「誰會想戲弄我？」第二個聲音聽起來很震驚。「沒有人對我說過謊，我的一生中都沒有。難道不是嗎？」

第一個聲音發出悶哼，然後再次陷入沉默。

燕子認得這些聲音，於是飛得更近些，想看清楚。

第二個聲音的主人先是飄遠，然後又靠近，在第一個聲音的主人身上跳來跳去。第一個聲音的主人有很多手臂、一條長尾巴，以及又寬又大的頭。他散發著一種緩慢的氣質，就像一棵巨大的梧桐樹，像一棵會移動的樹。燕子飛得更近。巨大的、擁有很多手臂和尾巴的大樹生物停了下來，四下張望，皺起眉頭。

「姍？」他說。

燕子一動也不動。牠知道這個名字，牠知道這個聲音。但怎麼會知道？牠不記得了。

第二個聲音又說話了。

「森林裡有一些東西，葛拉克。我找到一根煙囪，還有牆壁，還有一棟小屋。或者說曾經是一棟小屋，但現在裡頭長出了樹木。」

第一個聲音沒有立刻回答，而是很緩慢地左右轉頭。燕子躲在濃密的樹葉後方，屏著呼吸。

終於，第一個聲音嘆了口氣。「你看到的可能是某座被遺棄的村子。在森林的這一頭有很多。在上次火山爆發後，人們紛紛逃亡，被保護國所接納。魔法師把他們集中在那裡，那些倖存的人。我不知道後來發生了什麼事，總之，他們不再回到森林。森林太危險了。」

那個生物又左右轉頭。

「姍剛剛還在這裡。」他說。「不久之前。」

「露娜和她在一起嗎？」第二個聲音說。「這樣比較安全。你知道的，露娜不會飛。而且她也不像簡單巨大龍那樣能抵擋火焰。大家都知道這點。」

第一個聲音發出悶哼。
那一瞬間，姍找回自己。
葛拉克，她心想，在森林裡，遠離了沼澤。
露娜，隻身一人。
還有個嬰兒，即將被丟在森林裡。我必須去救他。那我現在究竟在做什麼？怎麼會在這裡磨磨蹭蹭？
老天啊！我做了什麼？
於是，姍以燕子的身體飛出了樹叢，衝過樹頂，用力拍動她古老的翅膀。

烏鴉擔心得快要瘋了。露娜看得出來。
「嘎。」烏鴉說，意思是：「我覺得我們應該回頭。」
「嘎。」牠又說了一遍，露娜覺得是：「小心點。而且，你有注意到那塊石頭燒起來了嗎？」
的確是。在潮溼蓊鬱的森林裡，有一條岩石縫，像火焰餘燼那樣發著紅光。或許，那的確**曾經**是一條餘燼的河流。露娜檢查地圖，上面寫著：餘燼之河。
「啊！」露娜說。她想要找一條路回頭。
和她以前旅行的路線相比，森林的這一側顯得險峻許多。
「嘎。」烏鴉說，但露娜不知道是什麼意思。
「說清楚一點。」露娜說。

但烏鴉沒有照辦。牠向上盤旋，短暫地停在一棵巨大松樹的頂端。嘎。又向下盤旋。牠飛上飛下，飛上飛下。露娜一陣頭暈。

「你看到什麼？」露娜問。但烏鴉什麼也不說。

「嘎。」烏鴉說，再度飛回樹木頂端。

「你是怎麼了？」露娜問。烏鴉沒有回答。

地圖上寫著村莊的地方，應該翻過下個山脊就能看到。到底有誰能住在這片森林裡？

露娜沿著山坡向上，按照地圖的指示注意腳下。

她的地圖。

她繪製的。

怎麼辦到的？

她不知道。

「嘎。」烏鴉說，意思是：「有什麼接近了。」什麼會接近？露娜看著前方的綠林。

她可以看見山谷裡的村落。房舍已成廢墟，而僅剩的中央建築、圍牆和幾棟房子殘破的地基像牙齒那樣，整齊地排列著。以前有人居住的地方，如今都長出樹木和荒草。

露娜繞過泥坑，沿著石塊走進村子的廢墟。中央的建築是一座圓柱形的低矮塔樓，雕刻的窗戶看起來像是張望的眼睛。塔樓的後半部已經崩塌，屋頂也塌陷了。但是石頭上有些雕刻，露娜靠近，將手放上最近的石板。

龍。石板上雕刻的是龍。巨龍、小龍和不大不小的龍。還有一些拿著羽毛筆的人、手持星星的人、額頭上有著彎月形胎記的人。露娜把手放上自己的額頭，她也有同樣的胎記。

還有一處雕刻描繪的是山。一座山的頂部被移除，噴出像雲朵般的煙霧。一隻龍俯衝進火山坑口。

這是什麼意思？

「嘎。」烏鴉說，意思是：「它就快要到了。」

「給我一分鐘。」露娜說。

她聽見紙張摩擦的聲音。

然後是高亢的哀號。

她抬起頭，烏鴉正急速朝她俯衝，迅速飛旋而來。她看見黑色的羽毛、黑色的喙，聽見牠驚慌失措的嘎嘎聲。接著，牠又猛然拉起，向後翻滾，撲進她的懷裡，把頭靠在她的臂彎中。

天空突然布滿了形形色色、大大小小的鳥類。牠們大量集結，陣勢不斷擴大又縮小，朝著不同的方向延伸。牠們大聲鳴叫，像一大片烏雲那樣俯掠，最後才朝著村落的廢墟下降，盤旋著發出嘈雜的聲音。

但它們不是眞正的鳥。它們是紙做的。它們沒有眼睛的臉面對著地上的女孩。

「魔法。」露娜輕聲說。「這是魔法做的。」

人生中的第一次，她理解了。

33 女巫遇到了老熟人

姍還是個小女孩時，住在森林裡的村落中。她隱約還記得，她的父親是個雕刻家。主要是雕刻湯匙，還有動物。她的母親會採集某種藤蔓的花朵，萃取其中的精華，並加上她從高聳樹木上採集的野生蜂蜜。她會像蜘蛛那樣靈敏地爬到樹頂，然後把蜂巢放在籃子裡，用繩子垂吊到姍的手中。她不讓姍品嘗那些蜂蜜。說是這樣說，但姍還是會嚐一點。母親爬下來後，會輕吻掉小女孩嘴唇上的蜂蜜。

姍想起這些事時，內心彷彿被刺了一刀。她的父母都是勤勞的人，而且勇敢無畏。她想不起他們的臉孔，但還記得待在他們身邊的感覺。她記得他們聞起來就像是樹液、木屑和花蜜。她記得他們的大手放在她小小的肩膀上，也記得她母親把頭靠在姍的頭上，發出溫柔的呼吸聲。然後他們都死了，或是消失了，或是不再愛她，所以離開她。姍不知道。

學者們說，他們發現被獨自遺棄在森林裡的她。

或者是，某位學者發現了她。那個女人的聲音像玻璃般清晰，還擁有一顆老虎的心臟。在很久很久以前，就是她把姍帶到城堡的。

姍在一棵大樹的樹洞中暫歇。如果用這樣的速度，她大概永遠都到不了保護國。她到底在想什麼？變身成信天翁顯然是比較好的選擇。她只需要把翅膀固定好，其餘的交給風力就可以了。

她用燕子的聲音說著：「現在已經不重要了。我會盡力趕到那裡，接著就回到我的露娜身邊。當她的魔法啓動時，我會陪在她身邊。我會示範如何使用魔法給她看。誰知道呢？或許我錯了，或許她的魔法永遠不會出現。或許我不會死。有太多的或許了。」

她享用了樹幹上一大群尋找甜味的螞蟻。這不夠塡飽肚子，但足以平息一部分的飢餓。她鼓起羽毛來保暖，閉上眼睛睡著了。

月亮升到樹梢，又圓又沉重，就像一顆成熟了的南瓜。月光灑落在姍身上，把她喚醒。

「謝謝你。」她輕聲說。她感受到月光滲入她的骨頭，舒緩了她的關節，撫平了她的痛楚。

「誰在那裡？」有個聲音喊著。「我警告你！我有武器！」

姍控制不了自己。那個聲音聽起來驚慌失措，而她能幫上忙。她的體內已經充滿了月光。事實上，只要暫停一下，她就能用翅膀蒐集月光，暢飲到飽足爲止。當然，她不會永遠飽足，因爲她已經千瘡百孔。然而，**此時此刻**，她感覺自己很好。在她下方有個人影，正快速地左右移動。那人拱著背部，不斷東張西望。他嚇壞了，而月光鼓舞著姍，讓她充滿同情心。她飛出藏身處，靠近那個人影。

那是個年輕人。他大聲尖叫，丟出手裡的石頭，打中了姍左邊的翅膀。她一聲不吭地墜落地面。

安登意識到，朝著他飛來的並不是想像中的可怕女巫（沒有騎著惡龍，拿著噴火的魔杖），而是一隻小小的棕色鳥兒。牠可能只是想要一些食物。安登立刻充滿罪惡感。石頭一脫手，他就希望能收回。雖然他在議會上虛張聲勢，但他其實連一隻雞的脖子都沒扭斷過。他不太確定，自己究竟有沒有能力殺死女巫。

（女巫會帶走我的兒子，他告誡自己。但是，要奪走一條生命。時間一分一秒過去，他覺得自己的決心越來越動搖。）

鳥兒掉落在他的腳邊，一點聲音也沒有。牠的呼吸非常細微，安登甚至以爲牠已經死去。他勉強忍住淚水。

接著，奇蹟似地，鳥兒的胸膛開始起伏。牠的翅膀向外伸出，呈現近乎病態的角度。牠骨折了，安登很確定。

安登跪在地上，啜泣著說：「我很抱歉，眞的很抱歉。」他用手輕輕拾起鳥兒。鳥兒看起來不太健康。在這受到詛咒的森林裡，又怎麼可能健康呢？一半以上的水源都有劇毒。還有女巫。這一切都是女巫的錯。他會永遠詛咒女巫。他把鳥兒抱在懷裡，試著用自己的體溫讓牠保暖，再次說道：「我眞的、眞的很抱歉。」

鳥兒睜開眼睛。安登現在看出，牠是一隻燕子。愛思恩喜歡燕子。一想到她，安登就心痛欲裂。他好想念她！也好想念他的兒子！只要能再見到他們一面，他什麼都願意做！

鳥兒嚴厲地瞪著他，打了個噴嚏。安登並不怪牠。

「聽著，翅膀的事我很抱歉。不過，我也沒辦法治好你的傷。我的妻子愛思恩……」說到她的名字時，他的喉嚨哽住了。「她聰明又善良，人們總會帶受傷的動物去給她看。我相信她一定能幫助你。」

他在外套的上半部打了個結，做成小小的口袋，將鳥兒安放其中。鳥兒發出抗議的聲音。牠對我很不滿意，安登心想。就在安登靠得太近時，鳥兒狠狠啄了他的食指尖。鮮血冒了出來。

或許是因爲月光照映在安登臉上，一隻夜蛾飛撲而來。安登沒有多想，一手抓住，送到鳥兒面前。

他說：「來吧，這或許能證明我沒有惡意。」

鳥兒又嚴厲地瞪了他一眼，才不情願地從他手中叼走夜蛾，分成三大口吞進肚子裡。

「你看那裡。」他抬起頭看著月亮，然後又看著地圖。「來吧，我得走到那個山丘上，然後我們就能休息了。」

於是，安登和女巫往森林的更深處走去。

伊格納西亞修女覺得自己的力量正每分每秒流逝。她已經盡力吞下了大量的悲傷——眞不敢相信，城鎭的上方瀰漫著這麼多悲傷！美妙又美味的悲傷，就像久久不散的濃霧。這眞是傑出的一手，她此刻才意識到，她從不曾好好地讚嘆自己的傑作。整個城鎭變成了永不枯竭的悲傷之井、永不乾枯的悲傷酒杯。而且只爲她一個人而準備。在七個世代的歷史中，從來沒有人創下如此壯舉。應該要有人爲她寫歌，或至少寫幾本書籍來讚頌她。

不過，此時此刻，她已經兩天沒能得到悲傷，變得虛弱又筋疲力竭，顫抖不止。她的魔法泉源越來越乾枯。她必須找到那個男孩，越快越好。

她停下腳步，蹲在小溪旁，在附近的森林裡搜尋生命的徵象。小溪裡有一隻魚，但魚類已經很適應牠們生命中的一切，通常不會感到悲傷。頭頂上有個椋鳥的鳥巢，剛孵化的幼鳥還不滿兩天大。她可以把雛鳥一隻一隻壓扁，吞噬母鳥的悲傷——她當然可以這樣做，但鳥類的悲傷力量遠遠比不上哺乳類，還差得遠了。

伊格納西亞修女嘆了口氣。她蒐集到足夠的材料，做了臨時的占卜道具——從口袋裡掏出的火山玻璃、一隻剛殺死的兔子的骨頭，還有一條備用的靴子鞋帶。畢竟，最好加入手邊最有用的東西。沒有什麼比鞋帶更萬用了。她沒辦法做得像高塔裡的大型占卜儀器那樣精細，但她的要求也不高。

她看不見安登，也不知道他在哪裡。她很肯定，她在安登可能會出現的地方看到一團影子，但有什麼擋住了她的視野。

「魔法嗎？」她喃喃自語。「當然不可能。」世界上所有的魔法師——至少那些知道自己在做什麼的魔法師——都已經在五百年前的火山爆發時死去。其實火山只是差一點爆發。那一群傻子！他們派她穿著七里靴去拯救森林裡的村民。是啊，她當然這麼做了。她把他們都安穩地集中在保護國裡。他們所有無止境的悲傷都聚集在同一個地方，一切都按照她的計畫進行。

她舔舔嘴唇，覺得**飢腸轆轆**。她得好好調查周遭的環境。

修女長把占卜儀放在右眼前，掃視森林的其他部分。另一團陰影出現。*這東西出了什麼問題？*她不禁心想。她把每個結又打得更緊一點，卻還是看見陰影。她心想，一定是因爲飢餓。如果沒有平常的力量，那麼連最簡單的咒語都很難施展。

伊格納西亞修女打量著椋鳥的鳥巢。

她掃視山脈，接著倒抽了一口氣。

「不！」她大吼，然後再次細看。「你怎麼還活著？你這醜陋的東西！」

她揉揉眼睛，看了第三次。「我以爲我殺了你，葛拉克。」她輕聲說。「好吧，我想，我得再試一次了。你這找麻煩的東西。你上次幾乎就要阻止我了，但你沒有成功。你這次還是會失敗。」

首先，吃個點心吧，伊格納西亞修女心想。她把占卜儀收進口袋，爬上了椋鳥鳥巢的枝椏。她伸出手，抓起掙扎的小小雛鳥。她在母鳥面前，用一隻手把雛鳥給捏碎。母鳥小小的悲傷微不足道，但還是能勉強充飢。伊格納西亞修女舔舔嘴唇，捏碎了另一隻雛鳥。

現在，她想著，**我得想起我把七里靴藏在哪裡。**

34 露娜在森林裡遇到一個女子

紙鳥停歇在枝椏、石塊、煙囱的遺跡和古老建築的牆壁上。除了紙張的沙沙聲之外，它們一點聲音也沒有。它們讓身體安靜下來，然後把臉轉向地上的女孩。露娜可以感受到，它們雖然沒有眼睛，卻仍然能看著她。

「嗨？」露娜說，因爲她不知道還能說什麼。紙鳥什麼也沒說。另一方面，烏鴉卻沒辦法再保持安靜。牠一邊大聲鳴叫，一邊向上盤旋，加速飛向古老橡樹枝幹上的一群紙鳥。

「嘎、嘎、嘎、嘎！」牠尖叫著。

「噓！」露娜斥責牠。她緊盯著紙鳥。它們同時抬起頭，先是用鳥嘴對著地上的女孩，接著轉向狂怒的烏鴉，而後又轉回女孩身上。

「嘎。」烏鴉說。「我很害怕。」

「我也是。」露娜一邊盯著紙鳥，一邊說著。它們四散，然後再度聚集，在她的頭頂盤旋，就像一朵厚重的雲。接著，它們又回到橡樹上。

*它們認得我，*露娜心想。

它們怎麼可能認得我？

這些鳥、地圖、我夢裡的那個女人。她在這裡，她在這裡，她在這裡。

露娜有太多事需要思考。整個世界有太多要了解的東西，她的頭腦已經滿了。她的頭很痛，就在額頭中心的位置。

紙鳥盯著她。

「你們想要什麼？」露娜質問。紙鳥在枝枒上棲息，數量多得數不清。它們正在等待，不過在等什麼呢？

「嘎。」烏鴉說。「誰在乎它們想要什麼？紙鳥很詭異。」

紙鳥的確讓人毛骨悚然。只不過，它們同時也美麗又奇特。它們在尋找什麼，它們有些事想告訴她。

露娜坐在地上，仍然盯著紙鳥。她讓烏鴉停在她的腿上，閉上眼睛，然後拿出筆記本和一截鉛筆。曾經，她任由思緒漫遊，回想著她夢裡的女子，接著就畫出了地圖。地圖是**正確的**，至少到目前為止都是。地圖寫著：「她在這裡，她在這裡，她在這裡。」露娜只能假定，地圖說的也是眞的。只不過，她現在得讓另一件事發生。她得找出奶奶在哪裡。

「嘎。」烏鴉說。

「噓！」露娜閉著眼睛說。「我需要集中精神。」

紙鳥全都看著她，露娜可以感覺到它們的注視。露娜感受著自己的手在紙頁上移動。她想著奶奶的臉、她的手的觸感、皮膚的氣味。她的內心被悲傷攫住，兩滴滾燙的淚水滾落，濺在紙頁上。

「嘎。」烏鴉說，意思是：「鳥。」

露娜睜開眼睛。烏鴉是對的，她畫的不是奶奶，而是一隻愚蠢的鳥。那隻鳥躺在某個男人的手掌上。

「這是怎麼回事？」露娜呢喃著。她的心沉到靴子裡。她該怎麼找到奶奶？到底該怎麼辦？

「嘎。」烏鴉說。「老虎。」

露娜連忙站起來，膝蓋維持彎曲。

「靠近我。」她輕聲交代烏鴉。她希望這些鳥的材質不是紙張，而是其他更堅固的東西。石頭，或是尖銳的金屬。

「唉呀。」一個聲音說。「這是誰啊？」

「嘎。」烏鴉說。「老虎。」

但那並不是老虎，而是個女人。

那麼，我為什麼這麼害怕呢？

首席長老到來時，身邊各站著一位重裝的星辰修女。愛思恩站起身來，看起來絲毫也不害怕。這實在讓人惱火。首席長老挑起眉頭，擺出他自認深具威嚇性的表情，但是一點效果也沒有。更糟的是，她似乎不只認識他兩旁的士兵，還和兩人**頗有交情**。看見殘忍無情的士兵時，她的表情亮了起來，她們也以微笑回報。

「莉蓮茲！」她笑著招呼長老左邊的士兵。「還有親愛的梅伊！」她又對右邊的士兵送了個飛吻。

這不是首席長老預期中的場面。他清一清喉嚨。房間裡的女性似乎都沒有注意到他的存在，這讓他怒火中燒。

「歡迎，迦蘭舅舅。」愛思恩優雅地鞠躬。「我剛剛才燒了一壺水，也摘了花園裡新鮮的薄荷。讓我爲您泡一壺茶吧？」

迦蘭首席長老皺一皺鼻子，酸溜溜地說：「女士，大部分的家庭主婦都有太多張嘴巴要餵飽，還要照顧鄰居，根本沒空管藥草這類的小東西。你爲什麼不種一點比較有意義的東西？」

愛思恩平靜地在廚房忙碌。她的嬰孩身上綁著一塊她自己刺繡的美麗布料。屋裡的一切都井然有序、品味絕佳。勤奮、充滿創意，又聰明機靈。迦蘭以前也看過這些特質的組合，這讓他感到嫌惡。她在兩個手工做的杯子裡放入薄荷葉，注入熱水，再用在戶外蜂巢採集的蜂蜜調味。蜜蜂、花朵，甚至是歌唱的鳥兒都環繞著這間屋子。迦蘭煩躁地轉換身體重心。他接過茶杯，向女主人道謝，不過他很確定自己一定會討厭這杯茶。他輕啜了一口，然後不悅地承認，這是他喝過最美味的東西。

「喔，迦蘭舅舅。」愛思恩快樂地嘆了口氣，低下頭親吻嬰孩的額頭。「你一定也知道，發展均衡的花園才是最有生產力的花園。有些植物會吸收土壤的營養，有些則會爲土壤帶來滋補。我們種的遠遠超過自己所需，大部分都拿來和大家分享。你知道的，你的外甥總是熱心助人。」

就算提到丈夫的名字令她心痛，她也絲毫沒有表現出來。這女孩似乎沒有悲傷的能力，眞是傻啊。事實上，她似乎驕傲得紅光滿面。迦蘭不懂，只能盡力控制自己的臉部表情。

「孩子，你也知道獻祭之日就快要來臨了。」他以爲這句話會讓她面無血色，但是他錯了。

「我注意到了，舅舅。」她邊說邊再度親吻她的孩子。她抬起頭，直視著迦蘭的雙眼。她的表情充滿篤定，似乎認爲自己和迦蘭平起平坐。這種盲目的無知讓首席長老一時說不出話來。

愛思恩繼續溫和地說：「親愛的舅舅，你爲何來此？當然，只要您願意賞光，我們家都會張開雙臂歡迎您，而丈夫和我看到您也都非常開心。通常，是由修女長負責威嚇可憐孩子的父母，我已經等她一整天了。」

迦蘭說：「是嗎？修女長今天沒有空，所以我代替她來一趟。」

愛思恩看著迦蘭，目光如炬。「你說『沒有空』是什麼意思？伊格納西亞修女人在哪裡？」

首席長老清了清喉嚨。從來沒有人敢質疑他。事實上，保護國的人民幾乎是不問問題的——他們只會認命地接受自己的苦難。這個年輕女孩——還只是個孩子。只希望她會和以前的每一個母親一樣發瘋，迦蘭心想。至少，比起家庭聚餐時無禮的提問和刺探隱私，被鎖在高塔裡反倒好多了。他又一次咳嗽，緩緩地說：「她出門辦事去了。」

「怎樣的事？」女孩瞇起眼睛問。

「我想，那是她的私事。」迦蘭回答。

愛思恩站起身來，走向兩名士兵。她們受過嚴格的訓練，眼神不會和市民接觸，而是直接冷漠地看向他們身後。她們應該要看起來像顆石頭，內心也像石頭那樣冷硬。這是優秀士兵的特質，而所有的星辰修女都是好士兵。只不過，面對走近的愛思恩，這兩個士兵竟漲紅了臉，低頭看著地板。

「**愛思恩**。」其中一人低聲說。「**不要**。」

愛思恩說：「梅伊，看著我的臉。莉蓮茲，你也一樣。」迦蘭目瞪口呆，他一輩子都沒有看過這樣的場面。愛思恩比她們都還嬌小許多，但是卻彷彿壓倒了她們兩人。

「呃……」梅伊結結巴巴的說。「我必須反對……」

愛思恩不理他，問道：「老虎掠食嗎？」

士兵陷入沉默。

「我想，我們已經離題了……」迦蘭開口。

愛思恩伸出一隻手，示意她丈夫的舅舅安靜。而令人震驚的是，迦蘭眞的安靜了下來。他簡直不敢相信。年輕女子繼續說：「老虎會在晚上掠食嗎，梅伊？回答我。老虎掠食嗎？」

梅伊愁眉苦臉地緊閉著嘴巴，似乎正強迫自己把話給嚥下。

「你到底在說什麼？」迦蘭憤怒地說。「老虎？別幼稚了，別玩什麼愚蠢的女孩子遊戲！」

「**安靜**。」愛思恩命令道。再一次，迦蘭不由自主閉上了嘴。他大感驚異。

士兵咬著嘴唇，猶豫了片刻，然後俯身靠近愛思恩耳邊。「好吧，我沒有用這個角度想過，但是沒錯。已經好幾天沒有長了肉墊的腳在高塔裡巡視，沒有吼叫聲。我們都……睡得比較好。好幾年沒這樣了。」她閉上眼睛。

愛思恩雙臂擁抱著懷裡的嬰孩，孩子在夢鄉中滿足地嘆氣。她喃喃自語：「所以，伊格納西亞修女不在高塔裡。她也不在保護國，否則我一定會聽到風聲。她應該在森林裡，而且肯定是爲了奪去他的生命。」

愛思恩走向迦蘭，讓他不禁瞇起眼睛。雖然整個城鎭都籠罩在濃霧中，但屋子裡的一切都很明亮，彷彿沐浴在陽光下。陽光從窗戶灑落，家具的表面閃閃發光，甚至連愛思恩似乎都發著光，像是升起的星辰。

「我親愛的……」

「你！」愛思恩的聲音介於咆哮和低吼之間。

「我本來打算說的。」迦蘭說。他覺得自己皺巴巴的，又全身灼傷，就像著了火的紙張。

「**你把我的丈夫送進森林裡找死！**」她的眼神宛如熊熊烈焰。她的頭髮如同火焰，連皮膚似乎也燃燒著。迦蘭覺得自己的眉毛快要燒焦了。

「什麼？喔，這個想法太蠢了，我的意思是……」

「你的親外甥！」她往地上吐了口口水——這個無禮的動作由她來做，感覺卻意外地可愛。迦蘭有生以來第一次感到羞愧。「**你派了殺人犯去追她。他是你唯一的姊姊的長子，也是你最好的朋友**。舅舅，你怎麼可以這樣？」

「事情不是你想的那樣，親愛的。請坐下吧。我們是家人，讓我們好好討論……」然而，迦蘭突然覺得心慌意亂，靈魂彷彿也四分五裂。

她大步掠過他，回到兩名士兵身旁。

「女士們，假如你們對我還有絲毫的感情或尊重，我卑微地懇求你們的協助。我想在獻祭之日前做一些事。畢竟，我們都知道的。」說到這裡，她狠毒地瞪了迦蘭一眼。「獻祭之日不等人。」她讓這句話在空中迴盪。「我想，我得造訪我以前的姊妹們。貓不在家，老鼠就可以放肆玩玩。老鼠能做的事可多了。」

「喔，愛思恩。」名叫梅伊的修女說著，挽起年輕母親的手。「我真的好想念你啊！」兩人手牽著手離開了，另一個士兵猶豫片刻，看了看首席長老，然後快步跟上。

「我必須說……」首席長老環顧周遭。「這真的很……我的意思是，規矩就是規矩，你知道的。」他站起身來，逕自擺出了高傲的表情。「**規矩**。」

紙鳥沒有移動，烏鴉沒有移動，露娜也靜靜待在原地。

不過，那個女人靜悄悄地接近。露娜看不出來她多老了，有幾個瞬間，她看起來相當年輕，但其他時刻卻又老得驚人。

露娜什麼也沒說。女人的眼神飄向樹枝上的鳥兒，瞇起眼睛。

「我以前看過這種把戲。」她說。「是你弄的嗎？」

她的眼神又回到露娜身上，彷彿一把利刃那樣切穿露娜。露娜痛苦地哭喊。

女人露出大大的笑容，說道：「不，不是你的魔法。」

魔法這個詞被大聲說出來後，露娜覺得自己的腦袋痛得像是要裂成兩半。她雙手按著額頭。

「很痛嗎？」女人說。「你不覺得，疼痛很悲傷嗎？」她的聲音裡隱含著奇異的期盼。露娜仍俯身蹲在地上。

「不。」露娜說。她的聲音急促而堅定，就像壓緊的彈簧。「並不悲傷，只是很煩人而已。」

女人的笑容像是被潑了一桶冷水，迅速轉爲憤怒。她又抬頭看著紙鳥，對它們露出意味深長的笑容。「這些鳥兒是你的嗎？是別人給的禮物嗎？」

露娜聳聳肩。

女人把頭偏向一邊。「看它們跟著你的樣子，還在等你開口呢。只不過，它們不是你的魔法。」

「沒有什麼是我的魔法。」露娜說。她身後的紙鳥輕輕拍動翅膀。露娜本來想轉頭去看，但她說什麼也不敢將視線從陌生女人身上移開。她的直覺不斷警告她。「我沒有任何魔法。怎麼可能會有呢？」

女人滿懷惡意地大笑，說道：「喔，愚蠢的東西，我可不那麼確定喔。」露娜當下就知道，她恨這個女人。「我會說，有很多東西都是你的魔法，而且假如我沒弄錯，將來還會有更多。不過，看起來好像有人想把你的魔法藏起來，不讓你發現呢。」她俯身仔細打量，又說：「眞是有意思。這個咒語的運作方式我認得。老天，老天，已經過了**多少年**啦。」

紙鳥似乎突然收到了某個訊號，同時振翅飛起，停在女孩身邊。它們的鳥嘴都對著陌生女人，露娜很確定，紙鳥變得更加堅硬、銳利又危險。女人微微嚇了一跳，退後兩步。

「嘎。」烏鴉說。「繼續走啊。」

露娜腳下的石頭開始震動搖晃，似乎連周遭的空氣也隨之共鳴。就連地面也開始震動。

「如果我是你，我不會信任它們。畢竟，它們有攻擊人的先例。」女人說。

露娜懷疑地看了她一眼。

「喔，你不相信我嗎？製作它們的女人是個邪惡的瘋子，徹底失心喪志了。她經歷太多悲傷，直到再也悲傷不起來，只剩下極爲嚴重的瘋病。」她聳聳肩。「變得一點用也沒有。」

露娜不知道爲什麼，女人說的話讓她怒急攻心。她得用盡全身的力量，才能壓抑住跳起來狠狠踹向女人脛骨的衝動。

「啊！」陌生女人又露出大大的笑容。「是憤怒，眞棒，對我一點用也沒有。但憤怒通常會帶來悲傷，我得說我的確挺喜歡的。」她舔了舔嘴唇，說道：「我眞的挺喜歡的。」

「我不覺得我們能當朋友。」露娜低吼。她心想著：武器，我需要武器。

「不，我不這麼認爲。」女人說。「我只是來這裡拿回我的東西，然後就會離開了。我……」她停頓了一下，舉起一隻手。「等等。」

她轉身走進村落的遺跡。正中央是一座塔樓，看起來搖搖欲墜，應該沒辦法再撐多久。塔樓的建築結構上有一道很深的裂縫，就像震驚張大的嘴巴。「那東西那時候在塔裡。」她自言自語道。「我親自把它放在那裡。我想起來了。」她奔向牆壁的裂縫，蹲下身來，朝黑暗中張望。

「我的靴子在哪裡？」女人輕聲呼喚。「來吧，我心愛的靴子。」

露娜盯著她看。不久之前，她做了一個夢。肯定只是夢，對吧？在夢裡，費里安把手伸進殘破塔樓的洞，拉出一雙靴子。那一定只是一個夢，因為費里安變得很大，大得不可思議。他把靴子帶來給她，而她則把靴子收進她的箱子裡。

她的箱子！

直到此時此刻，她才再次想起這件事。

她搖搖頭，想趕走這些思緒。

「我的靴子在哪裡？」女人怒吼。露娜忍不住瑟縮。

陌生女人站起身來，寬大的長袍在身後飄動。她把雙手用力高舉到頭頂，推動身前的空氣。就這樣，塔樓應聲倒塌。露娜踉蹌滾到石堆上，發出痛苦的悶哼。烏鴉被巨響和煙霧嚇到，朝著天空竄升。牠在空中盤旋，嘴裡不斷咒罵。

「塔本來就快倒了。」露娜輕聲對自己說，試圖解釋自己看到的一切。她用力盯著塵土和煙霧，還有後方的碎石堆，以及長袍女人駝背的身影。女人的雙手朝上，似乎想抓住整個天空。沒有人能有這麼大的力量，對吧？露娜心想。

「不見了！」女人淒厲地尖叫。「靴子不見了！」

她轉身走向女孩，左手腕輕輕一彈，就扭曲了露娜前方的空氣，逼得她跪倒在地。女人的左手仍伸直，用爪子般的指頭捏著空氣，隔著幾碼的距離就讓露娜動彈不得。

「我沒有拿！」露娜哀號著說。女人的手抓得她很痛，露娜感受到恐懼在內心膨脹，就像雷雨雲。隨著恐懼增加，女人的笑容也更加恣意。露娜盡全力保持冷靜，辯解道：「我才剛到這裡而已。」

「但你碰過我的靴子。」女人輕聲說。「我可以看到你手上的殘跡。」

「我才沒有！」露娜說著，猛然把雙手插進口袋。她努力從腦海中驅走和那段記憶有關的一切。

「你得告訴我靴子在哪裡。」女人舉起她的右手。即使隔了好一段距離，露娜仍能感受到她的爪子緊緊掐住自己的脖子，讓她無法呼吸。女人命令道：「你現在就說。」

「走開！」露娜喘著氣說。

突然之間，一切都在移動。鳥兒從棲息的地方飛起，聚集在女孩身後。

「喔，你這個愚蠢的東西。」女人大笑。「你以爲你愚蠢的小伎倆可以……」紙鳥驟然發動突襲，像暴風雨那樣一擁而上。它們讓空氣震盪，讓大地顫抖，連一旁的樹木都彎了腰。

「叫它們滾開！」女人厲聲慘叫，拚命揮動雙手。紙鳥割傷了她的手，劃破了她的額頭。它們的攻擊毫不留情。

露娜緊緊抱著她的烏鴉，開始拔腿狂奔。

35 葛拉克聞到了讓人不快的氣味

「葛拉克，我好癢。」費里安說。「我全身都好癢，我是全世界最癢的。」

葛拉克沉重地說：「親愛的孩子，你怎麼能確定呢？」他閉上眼，深深吸了口氣。她去哪裡了？他心想著。姍，你到底在哪裡？他覺得自己的心臟被憂慮的絲線給綑綁，幾乎沒辦法再跳動。費里安停在沼澤怪兩眼之間的寬大空間，瘋狂地抓自己的背。葛拉克翻了翻白眼，說道：「你甚至沒有看過這個世界。你或許不會是最癢的。」

費里安抓著自己的尾巴、肚子和脖子。他也用力抓耳朵、腦袋和長長的鼻子。

「龍會蛻皮嗎？」費里安突然問。

「什麼？」

「龍會蛻皮嗎？就像蛇那樣？」費里安將爪子轉向他的左腹。

葛拉克思考了一下，搜尋大腦裡的知識。龍是獨居的物種，他們數量不多，彼此保持距離，所以很難研究。根據他個人的經驗，每一隻龍其實都不太了解龍這種生物。

「我不知道，我的朋友。」他終於回答。「大詩人告訴我們——

『每個生命短暫的野獸，都必須找到他的歸屬，

無論是森林，或是沼澤，或是火焰。』

當你找到你的歸屬，或許就能知道你想要的所有答案了。」

「但是，我的歸屬是什麼？」費里安問。雖然他很想把自己的皮給撕下來，卻還是很擔心自己的皮。

「最初，龍在星辰中誕生。這意味著，你的歸屬是火焰。走過火焰，你就能知道自己是誰。」

費里安思考了一下，最後開口說道：「這聽起來糟透了。我一點也不想走過火焰。」他抓了抓肚子，又問：「那你的歸屬呢，葛拉克？」

沼澤怪嘆了口氣。「我嗎？」他又嘆了口氣，說道：「溼地，也就是沼澤。」他把最上面那隻右手放在心口，用心跳般的節奏呢喃道：「沼澤，沼澤，沼澤。沼澤是世界的心臟，是世界的子宮。世界是由沼澤這首詩所創造。我就是沼澤，沼澤就是我。」

費里安皺著眉頭說：「不，你不是。你是葛拉克，是我的朋友。」

「有時候，一個人可以有很多種角色。我是葛拉克，我是你的朋友，是露娜的家人，是個詩人，是個創造者，也是沼澤。但對你來說，我只是葛拉克而已。**你的**葛拉克。我真的很愛你。」

這是真的。葛拉克很愛費里安，也很愛姍，就像他愛著露娜，也愛著全世界那樣。他又吸了一口氣。他至少應該能感受到姍所施展的**一個**咒語，對吧？但為什麼，他什麼都沒感覺到呢？

「小心，葛拉克。」費里安突然說，俯衝到葛拉克眼前。他用大拇指向身後一比。「那裡的地面很薄，下面是一層燃燒的石頭，踩到一定會掉下去。」

葛拉克皺起眉頭，問道：「你確定嗎？」他瞇起眼睛看著前方的石子路面。熱氣一波一波湧上來。「這裡不應該燃燒的。」但卻燃燒著。這裡的石頭無庸置疑地燃燒著。山在他們的腳下震動。以前也發生過同樣的事，整座山威脅著要像過熟的茲鈴果實那樣爆開。

在火山爆發，以及用魔法堵住火山口後，火山就一直無法沉睡，總是不斷震動搖晃。但現在的感覺不同。**更劇烈了**。五百多年來，葛拉克第一次感到恐懼。

「費里安，夥伴。」沼澤怪說。「我們加快速度，好嗎？」他們沿著石縫的邊緣前進，想找安全的地方穿過。

沼澤怪環視森林，掃視著灌木叢，又瞇著眼努力遠眺。他以前比較擅長這種事，現在卻顯得生疏。他曾經擅長很多事。他深吸一口氣，似乎想把整座山都吸到鼻子裡。

費里安好奇地看著沼澤怪。

「怎麼了，葛拉克？」他問。

葛拉克搖搖頭，閉上眼睛說：「我認得這個味道。」

「姍的氣味嗎？」費里安回到沼澤怪的頭上。他也閉上眼睛，用力嗅聞，最後卻只打了幾個噴嚏。「我愛姍的味道，我**好愛**她的味道。」

葛拉克緩緩搖頭，小心不把費里安甩下去。他低沉地說：「不，是其他人。」

如果想要，伊格納西亞能跑得飛快，像老虎那樣快，或像風一樣。她當然可以比現在更快。只不過，還是和穿靴子時不一樣。

那雙靴子！

她差點就忘了自己以前多麼愛那雙靴子。曾經，她滿懷好奇和旅遊的渴望，總想要在一個下午之內到達世界的彼端再回頭。不過，保護國豐盛又美味的悲傷餵飽了她的靈魂，讓她的靈魂變得懶散又豐腴。如今，光是想起這雙靴子，就點燃了她的青春火焰。那雙靴子的黑色多麼美麗耀眼，彷彿周遭的光線都隨之扭曲。當伊格納西亞修女在夜晚穿上靴子，她覺得自己的體內彷彿充滿了星光——如果時機恰巧，也能充滿月光。靴子貼合她的骨骼，靴子的魔法和悲傷能帶給她的完全不同。（只不過，要沉溺於悲傷多麼簡單啊！）

此時此刻，伊格納西亞修女的魔法存量不斷消退。她不曾想過要保存一些以防萬一。在保護國驚人的濃霧中，從來沒有發生過萬一。

愚蠢，她忍不住罵自己，懶惰！我得記得要保持狡詐才行。

但首先，她得先找回靴子。

她暫停片刻，查閱她的占卜儀。一開始，她只看見一片漆黑——封閉的漆黑，只有一條很細的白色水平線。慢慢地，線開始變寬，有一雙手伸了進來。

是個箱子，她心想，靴子在箱子裡，而且要被偷走了。再次被偷！

「這才不是給你的！」她大叫。雖然那雙手的主人絕對不可能聽到她的聲音——至少，不靠魔法是不可能的——但手指卻顯得猶豫了。手收了回去，看起來還有些顫抖。

她可以確定，那絕對不是一雙孩子的手。是成人的手。但，是誰的呢？

一隻女人的腳伸進靴子黑暗的鞋口中。靴子包覆了那隻腳。伊格納西亞修女知道，穿靴子的人可以隨心所欲地穿脫，但只要這個人還活著，其他人就不可能以暴力把靴子扯下來。

好吧，這不成問題，她心想。

靴子開始朝著看起來像是動物籠舍的地方前進。無論穿的人是誰，顯然都不知道該怎麼好好使用它。眞是糟蹋，把這雙七里靴當成一般的工作鞋！這真是種罪過，是最爛的醜聞，她心想

穿靴子的人站在山羊旁邊，山羊親暱地嗅著她的裙子，讓伊格納西亞修女感到噁心。接著，

穿靴子的人開始走來走去。

「啊！我們來看看你在哪裡。」伊格納西亞修女看得更仔細了。

她看見一棵巨大的樹，樹上有一扇門。有一片沼澤，點綴著盛開的花朵。沼澤看起來有點眼熟。她看見陡峭的山壁，山脊上有嶙峋的岩石——

老天啊！那是火山坑嗎？

還有那裡！我知道那條小徑！

那裡！那些石塊！

難道，靴子又回到以前的城堡了嗎？或者該說，是城堡本來的位置。

家啊，她不禁想著。那地方曾經是她的家，或許過了這麼多年後，仍然還是。雖然在保護國的日子很輕鬆，但她卻不曾像和魔法師與學者們相處時那樣快樂。眞遺憾他們都死了。假如他們按照原本的計畫，留下那雙靴子，當然就不會死。他們不曾想過，可能會有人想把靴子偷走，逃避災禍，棄他們於不顧。

他們還以爲自己多聰明呢！

最終，沒有哪個魔法師像伊格納西亞那樣聰明，保護國的創立就證明了這件事。當然，她已經不需要向任何人證明了，多可惜啊。她僅剩的就是那雙靴子，如今卻也不見了。

無論如何，她告訴自己，是我的就該是我的。一切都該是我的。

一切。

接著，她沿著小徑，朝著家的方向奔跑。

36 地圖實在沒什麼用

露娜這一輩子都沒有跑得那麼快過。她覺得自己跑了好幾個小時，好幾天，好幾個星期。她可能跑了一輩子。她從一個山頭跑到另一個山頭，翻過一座又一座山脊。她跳過小溪與山谷，樹木都為她彎折出一條路。她沒有停下來驚嘆自己的腳步多麼輕盈，或是每一次跳躍的距離多麼遙遠。她腦中只有那個像老虎一樣咆哮的女人。那個女人很危險。露娜竭力壓抑著內心越來越強烈的恐慌。烏鴉掙脫了露娜的懷抱，竄升到半空中，在她的頭頂盤旋。

「嘎。」烏鴉叫道。「我想她沒有追上來。」

「嘎。」他又說。「我可能誤會了那些紙鳥。」

露娜跑上一片陡峭的小山坡，想看得更遠一些，也確保自己沒有被跟蹤。沒有人在她後方，森林就只是森林而已。她坐在光禿禿的岩石上，打開筆記本，查看她的地圖。然而，她已經偏離路徑太多，甚至不確定自己還在不在地圖的範圍之內。

露娜嘆了口氣。「好吧，看來我是搞砸了。我們離奶奶越來越遠。而且，你看！太陽要下山了，森林裡還有那個奇怪的女士。」她吞了口口水。「那位女士一定有問題。我也說不上來，但我不希望她接近奶奶，一點也不希望。」

露娜的大腦突然塞滿了東西——都是她知道的事，但她卻不知道自己是怎麼知道的。事實上，她覺得自己的腦袋就像個儲藏室，裡頭上鎖的櫥櫃突然同時敞開，把東西全都往地上倒。露娜一點都不記得自己有放過這些櫥櫃。

她那時候很小，她也不確定到底多小，但肯定非常小。她站在森林裡的窪地。她的眼神空洞，嘴巴微微張開。她被固定著。

露娜倒抽一口氣。這段記憶太清晰了。

「露娜！」費里安哭泣著從她的口袋裡鑽出來，飛到她眼前。「你為什麼不會動？」

「親愛的費里安。」她的奶奶說。「從較高的火山口那一端幫露娜採一些血心花吧。她在和你玩遊戲，除非你把花拿來，不然她是不會解凍的。」

「我喜歡遊戲！」費里安開心地說，一邊飛走一邊吹著荒腔走板的口哨。

葛拉克出現了，臉上掛著沼澤的紅色水藻。他睜開一隻眼睛，再睜開另一隻。接著，他的兩顆眼珠都轉向天空。

「你又撒謊了，姍。」葛拉克責備道。

「善意的謊言！」姍辯駁。「我撒謊是為了保護他們！不然，我該怎麼說呢？我沒辦法用他們能理解的方式來解釋這一切。」

葛拉克笨拙地離開沼澤，黑色的水從他暗色的光滑皮膚上流下來。他靠近露娜眨也不眨的眼睛。葛拉克皺著眉頭，張開又大又潮溼的嘴巴說：「我不喜歡這樣。」他用兩隻手捧著露娜的臉，另外兩隻則按著她的肩膀。「今天已經第三次了。這次是怎麼造成的？」

姍呻吟著說：「這是我的錯，我發誓我感受到某個東西。就像有一隻老虎在森林裡穿梭，但又不是，你懂嗎？好吧，你當然知道我在想什麼。」

「是她嗎？悲傷吞噬者？」葛拉克的聲音變得低沉又危險。

「不。我已經擔心了五百年。她糾纏著我的惡夢，這一點毫無疑問。但不是，森林裡什麼都沒有。只不過，露娜看了我的占卜儀。」

葛拉克把露娜擁入懷裡。她全身癱軟。葛拉克把重心靠向尾巴，讓女孩躺在他柔軟的肚子上。他用一隻手梳理她的頭髮。

「我們得告訴費里安。」他說。

「我們不能這麼做！」姍喊著。「你看看，光是用眼角餘光看到占卜儀，就發生了這樣的事！即使我把儀器給拆了好一陣子，她也沒有好轉。想像一下，假如費里安不小心說漏嘴，說出她奶奶是個女巫呢？她每次看到我，就會失去意識，每一次！一直到十三歲之前都會這樣！然後，她就會擁有魔法，而我會死去。死去啊，葛拉克！誰來照顧我的寶貝？」

姍走上前，臉頰貼著露娜的臉，張開雙手抱著沼澤怪。或者，抱著一部分的沼澤怪。畢竟，葛拉克真的相當巨大。

「我們現在要抱抱嗎？」費里安帶著花朵回來了。「我愛抱抱。」接著，他撲進葛拉克的其中一個臂彎，陷入他身體的皺摺，然後又變成世界上最快樂的龍。

露娜一動也不動地坐著，滿腦子都是解開大鎖的回憶。

女巫。

擁有魔法。

十三歲。

死去。

露娜用手按著眉頭，想要讓頭腦停止旋轉。有多少次，她都覺得某個想法就這麼像鳥兒那樣，從頭腦裡飛走？現在，這些想法都蜂擁回來。露娜的十三歲生日迫在眉睫。她的奶奶病了，身體很虛弱，不久之後就會離開人世。露娜將形單影隻，而且擁有魔法——

女巫。

這個詞她以前從來沒有聽過。然而，搜索記憶時，這個詞無所不在。當她們拜訪森林那頭的城市時，市集廣場的人們都會喊出這個詞。造訪人們的家時，她們也會被這麼稱呼。人們尋求奶奶的協助時也是，例如生產，或是調解紛爭。

「我的奶奶是個女巫。」露娜將這句話說出口。這是眞的。「我現在也是女巫。」

「嘎。」烏鴉說。「所以呢？」

她瞥了烏鴉一眼，癟起嘴問：「你以前就知道了嗎？」

「嘎。」烏鴉說。「很明顯啊。不然你以爲你是什麼？你還記得我們是怎麼認識的嗎？」

露娜抬頭看著天空，承認道：「我想，我從來沒認眞思考過。」

「嘎。」烏鴉說。「就是這樣。這就是你的問題。」

「占卜儀器。」露娜喃喃地說。

然後她想起來了。奶奶曾經不止一次製作過這種東西，有時候用線，有時候用一顆生雞蛋，有時候用的則是乳草豆莢黏答答的內側。

「重點在於你的立意。」露娜說著，她的骨頭正在顫動。「好的女巫都知道該如何用手頭上的東西製作工具。」

這句話不是她說的，而出自她奶奶之口。奶奶這麼說時，**露娜就在房間裡**。只不過，那些字逕自飄走，露娜腦海一片空白。它們現在又回來了。露娜彎下腰，在地上吐了一口口水，形成了一個小小的泥坑。她用左手抓起一把石縫中的乾草，放進泥坑裡蘸溼，然後開始編織複雜的繩結。

她並不眞正了解自己在做什麼，只是憑著直覺行動，就像是想要拼湊起一首只聽過一遍、印象很模糊的歌曲。

「讓我看看奶奶。」她邊說邊把大拇指塞進繩結中心，拉出一個圓圈。

一開始，露娜什麼也沒看見。

接著，她看見一個滿臉疤痕的男子在森林中行走。他很害怕，不時被樹根絆倒，還兩度一頭撞在樹幹上。他的腳步非常快，顯然很清楚自己的目的地。但這都不重要，因爲儀器顯然沒效。她並沒有要求看那個男子，她想看的是奶奶。

「我的**奶奶**。」露娜刻意放慢速度，大聲又清楚地說。

男子穿了一件皮外套，腰帶的兩側各掛了一把小刀。他打開外套的口袋，輕聲對著裡面說話。從皮革的摺痕間探出了一個小小的鳥嘴。

露娜瞇眼細看，那是一隻燕子，又老又病的燕子。她說：「我已經畫過你了。」

燕子探出頭張望，似乎想回應露娜。

「我說，我要我的**奶奶**。」她幾乎要大叫了。燕子開始掙扎、叫喚，迫切地想要掙脫。

「不是現在，傻瓜。」儀器裡的男子說。「先等我們把翅膀治好吧。然後你就可以離開了。來，吃這隻蜘蛛吧。」男子把一隻扭動的蜘蛛放進燕子抗議的嘴巴裡。

燕子咀嚼著蜘蛛，臉上的表情混雜著挫敗和感激。

露娜也挫敗地嘆氣。

「我好像不太擅長這個。讓我看**我、的、奶、奶！**」她用更堅定的口氣說。儀器再次聚焦在燕子的臉上。鳥兒的視線穿過占卜儀，直勾勾地看進露娜的眼睛。燕子不可能看到她，當然不可能。然而，露娜覺得燕子似乎很緩慢地搖了搖頭。

「奶奶？」露娜輕聲說。

接著，儀器暗了下來。

「回來啊。」女孩呼喊著。

臨時製造的儀器還是暗的。露娜顫抖著意識到，她的占卜儀是成功的，但是被某人給擋住了。

「喔，奶奶，你做了什麼？」露娜呢喃。

37 女巫感到震驚

那不是露娜，姍一遍又一遍地告訴自己，我的露娜安全地待在家裡。她不斷說著，直到自己也開始相信。男子又往她的嘴裡塞了一隻蜘蛛。雖然她的理智感到噁心，卻也得承認，她鳥兒的胃口覺得吃起來還不錯。這是她第一次在變身時吃東西，大概也會是最後一次。生命在她的眼前消逝，這本身並沒有讓她太難過，但是想到要離開露娜……

姍全身發抖。鳥兒不會哭泣，但假如她還是老女人的身體，一定會開始啜泣。她會徹夜哭個不停。

「我的朋友，你還好嗎？」男子用沙啞又難過的聲音問。姍黑亮的鳥眼珠不像人類的眼睛那樣靈活，但她還是努力對男子翻了白眼。不過對方沒有看出來。

姍這樣做其實也有失公允，畢竟，這個年輕男子很正直，或許只是有點情緒激動罷了。**過度敏感**。她以前也看過這樣的人。

「噢，我知道你只是一隻鳥，不可能聽懂我的話，但我以前從來沒有傷害過任何生物。」他的聲音哽咽，眼中湧出兩滴斗大的淚水。

姍心想，你很痛苦。她靠近一些，盡全力用鳥的方式安慰他。姍有五百多年的經驗，很擅長安慰別人。減輕悲傷，安撫痛苦，溫柔傾聽。

年輕人生起一小堆火，從背包裡拿出一條香腸開始烹煮。如果姍保有人類的鼻子和味蕾，香腸的味道一定會讓她食指大動。處於鳥的形態時，姍能辨識出超過九種不同的香料、一絲蘋果乾和一些壓碎的茲鈴花瓣。還有愛，大量的愛。在他打開包包之前，姍就已經聞到了。有人為他做了這些香腸，姍心想，那個人深愛著這個孩子，他真是幸運啊。

香腸在爐火上冒著泡。

「我猜你應該不想吃吧？」

姍啾啾叫著，希望對方能夠理解。首先，她並不想在男孩迷失於森林時，拿走他的食物。第二，她鳥類的胃不可能負擔得了這些肉。蟲子沒關係，其他肉類大概都會讓她嘔吐。

年輕人咬了一口，雖然露出笑容，卻又流下更多淚水。他低頭看著鳥兒，立刻羞愧得滿臉通紅。

「真是抱歉，我有翅膀的朋友。你知道嗎，這香腸是我親愛的妻子做的。」他的聲音哽咽。

姍啾啾叫，希望鼓勵他繼續說下去。這個年輕人似乎有什麼心結，就像是一堆火種，等著第一絲火星爆發。

「愛思恩。她的名字是愛思恩。」

他又吃了一口。太陽已經完全下山，星星開始在越來越暗的夜空浮現。他閉上眼睛，深吸了一口氣。姍可以感受到，在年輕人的內心深處有些煩擾——那是悲傷的前兆。她鳴叫著，鼓勵性地在他的手臂上輕啄。他低下頭，露出笑容。

「你是怎麼回事，我的朋友？我覺得自己好像什麼都能對你說。」他又伸手拿了一些火種，放進火堆裡。「不能加太多，這只是幫我們在月亮出來之前保暖而已。然後，我們就得繼續上路。畢竟，獻祭之日不等人。或者該說，目前還沒有等過。但這次會不一樣的，小朋友。或許我可以讓它永遠不再來臨。」

獻祭之日，姍心想，他在說什麼？

她又飛快地啄了他一下，想著：繼續說下去。

他笑了。「你眞是個性急的傢伙。假如愛思恩沒辦法把你治好，你也不需要擔心，我們會幫你做個舒服的窩，讓你接下來都安安心心的。愛思恩……」他嘆了口氣，又說：「她就像夢一樣美好，讓一切都變得美麗。即使醜陋如我。你知道嗎，我從小就愛上她了。但我太害羞，她又加入了修女會。後來我毀容了，也接受了自己的孤獨。」

他向後一靠，坑坑疤疤的臉被火光照耀著。他並不醜，但他飽受摧殘。摧殘他的不是那些傷口，而是其他東西。姍盯著他的心臟，向內搜尋。她看見一個頭髮像是毒蛇的女人，就站在屋梁上，懷裡緊緊抱著一個嬰孩。

嬰孩的額頭上有個彎月形的胎記。

姍覺得全身發冷。

「你或許不知道，我的朋友，但森林裡有個女巫。」

不，姍心想。

「她會奪走我們的孩子，一年一個。我們得把最年幼的嬰孩遺留在圍繞著梧桐樹的窪地，永遠不能回頭。假如不服從，女巫就會把我們全部都摧毀掉。」

不，姍心想，不，不，不。

那些嬰孩！

嬰孩可憐的母親，可憐的父親。

她當然愛那些孩子，而那些孩子也過上快樂的人生……但是，天啊！籠罩在保護國上方的悲傷烏雲——為什麼我沒有看出來呢？

「我是爲了她來這裡的，爲了我美麗的愛思恩。因爲她愛我，希望和我一起建立家庭。但我們的孩子是保護國裡最年幼的，我不能讓我的孩子——愛思恩的孩子——就這樣被帶走。大部分的人都別無選擇，只能繼續過日子，但有些人的靈魂特別溫柔，就像我的愛思恩，會受不了打擊而瘋狂。他們都會被囚禁起來。」他停頓了片刻，全身發抖。但也可能，發抖的是姍。「我們的孩子很美麗。如果他被女巫帶走呢？愛思恩一定活不下去，這會讓我痛苦得像是死了一樣。」

假如姍還有絲毫魔法的餘裕，一定會立刻就變回原形。她會緊緊抱住可憐的年輕人，告訴他自己所犯下的錯誤，也告訴他，她如何帶著無數的孩子穿過森林，而他們都過著快樂的生活，有著美好的家庭。

但是，籠罩著保護國的悲傷啊！

還有，悲傷的殘暴統治！

還有，那些被悲傷所逼瘋母親的哀泣。年輕人因爲自己無能爲力而悲傷痛苦。姍可以看見占據著他心頭的記憶。那段記憶已經生根、鈣化，因爲他的罪惡感和羞愧而灼燒著。

這一切是怎麼開始的？姍問自己：怎麼會？

彷彿是回應這個問題，她在自己的記憶大廳裡，聽見了某種腳步聲：有著肉墊，安靜卻又散發著恐怖掠食者的氣息，而且越來越接近。

不，她心想，這不可能。不過，她還是小心地隱藏好自己的悲傷。她比誰都清楚，如果落入錯誤的人手中，悲傷能帶來多大的傷害。

「無論如何，我的朋友，我以前從來不曾殺過人，也沒有傷害過任何生物。但是我愛愛思恩，也愛我的兒子路肯。我會無所不用其極地保護我的家人。我之所以告訴你，燕子啊，是因爲我希望你看到我的作爲時不要感到害怕。我不是邪惡之人，只是深愛著我的家庭。因爲我愛他們，我必須殺了女巫。我會殺了女巫，爲此不惜犧牲我的生命。」

38 當濃霧開始散去

愛思恩和梅伊穿過廣場，朝著高塔前進。保護國的人民在他們身邊穿梭，用手遮著眼睛。他們都脫下披肩和大衣，享受著灑落在皮膚上的陽光。濃霧已經散去，他們驚嘆地發現平時的潮氣和寒意都消失了，四周明亮得甚至得瞇起眼睛。

「你曾經看過這樣的天空嗎？」梅伊感嘆著。

「沒有，我不曾看過。」愛思恩緩緩地說。嬰兒在她胸前明亮的包巾裡躁動著。愛思恩抱住他溫暖的身體，親吻他的額頭。他很快就需要喝奶了，還要換尿布。再等一下就好，親愛的，愛思恩心想，媽媽需要先做一件事——很久以前就該做了。

愛思恩年幼時，她的母親曾告訴她許多森林女巫的故事。愛思恩是個好奇寶寶，一旦聽說自己的哥哥也是被獻祭的嬰兒，她就浮出了各種疑問。他到底去哪裡了？假如她成功找回他，又會如何呢？女巫是什麼東西？女巫吃什麼？女巫寂寞嗎？你確定一定是女生嗎？假如我們不可能對抗未知的敵人，那為何不試著去研究？女巫很邪惡，但是到底多麼邪惡？具體來說，有多邪惡？

愛思恩源源不絕的問題讓她惹上麻煩，而且是很可怕的麻煩。她的母親是個蒼白憔悴的女性，全身都散發著順從和悲傷。她開始偏執地談論女巫。就算沒有人問，她還是不停說著女巫的故事。她在煮飯、打掃，或是和採集者一起去沼澤的漫長路上，都說個不停。

「女巫會把小孩吃掉，或是當成奴隸，或是把他們吸乾。」愛思恩的母親說。

「女巫會用長了肉墊的腳在森林裡狩獵。她很久以前吃了一隻悲傷老虎的心臟，而那顆心臟現在就在她的體內跳動。」

「女巫有時候會變成鳥。她可以在深夜裡飛進你的臥室，啄瞎你的眼睛。」

「女巫和塵土一樣老。她可以穿著七里靴穿越整個世界。你得乖乖聽話，否則她會把你從床上抓走。」

一段時間後，她的故事變得冗長又混亂，就像沉重的鐵鍊那樣綑綁住她的身體，直到她再也撐不下去。然後她就死了。

至少，在愛思恩眼中是這樣。

愛思恩當年十六歲，整個保護國都知道她是個聰穎過人的女孩——手很靈巧，腦子也是。當星辰修女會在母親的喪禮找上她，邀請她接受訓練時，她沒有猶豫太久就答應了。她的父親已經死了，母親也死了，沒有被女巫帶走的哥哥們各自結婚成家，很少再回老家探訪。這一切都太讓人難過。雖然在學校裡，有個個性安靜，總是坐在教室後方的男孩讓她動心，但是他的家世太過顯赫。他的家庭擁有很多東西，他不可能願意多看她一眼。星辰修女來接她時，她打包了行李隨她們離開。

然而，她注意到在高塔中學習的一切，包含天文、植物學、機械、數學和火山學等，都完全沒有提到女巫。一次也沒有。彷彿女巫根本不存在。

接著，她注意到伊格納西亞修女似乎完全不會變老。

然後，她又注意到高塔的走廊上，每天晚上都迴盪著肉墊的腳步聲。

她看見一位同期的受訓生爲了祖父的死而哭泣，伊格納西亞修女看著女孩的表情充滿飢渴，她的肌肉、步伐都宛如掠食者。

愛思恩的童年時期，幾乎都被母親關於女巫的故事壓得喘不過氣。事實上，她認識的每個人都承擔著同樣的重量。他們被女巫壓得直不起腰，他們悲傷的內心如岩石般沉重。她加入星辰修女會，是爲了尋找眞相，但到處都沒有關於女巫的眞相。

她知道，有些故事說的是事實，但有些卻是謊言。故事可以扭曲和造假，能控制故事就能帶來強大的力量。而誰能從這樣的力量中得利呢？一段時間過去，愛思恩的眼神越來越少飄向森林，而開始聚焦在籠罩著整個保護國的高塔。

愛思恩在那一刻意識到，她已經從星辰修女會學到她所需要的一切，是離開的時候了。最好在失去靈魂之前先離開。

於是，她此刻才能帶著完整的靈魂，和梅伊牽著手回到高塔。

安登的弟弟韋恩在門口迎接他們。在安登所有的弟弟中，愛思恩最喜歡韋恩。愛思恩用力擁抱韋恩——同時不動聲色地在他手裡塞了一張紙條。

「我可以信任你嗎？」她在韋恩的耳邊小聲說。「你能幫我拯救我的家人嗎？」

韋恩什麼也沒說。他閉上眼睛，覺得嫂嫂的話語就像緞帶那樣圍繞著他的心臟。高塔裡幾乎沒有半點溫柔，愛思恩是他所認識最溫柔的人。他再次擁抱她，想確認她是不是眞實的。

「我相信我以前的姊妹們正在冥想，親愛的韋恩。」愛思恩微笑著說。聽到自己的名字，韋恩全身一顫。在高塔裡，沒有人會叫他的名字，他們都只叫他**小子**。他當下立刻決定，無論如何都要幫助愛思恩。「你能帶我去見她們嗎？除此之外，還有另一件事想請你做。」

修女們正聚在一起進行清晨的冥想——先是一個小時的靜默，然後是唱歌，還有短暫的格鬥訓練。梅伊和愛思恩踏入房中時，第一個音符剛剛響起。看見愛思恩的到來，修女們的歌聲戛然而止。嬰孩發出嚶嚶的啜泣，她們目瞪口呆地看著。終於，有個修女開口。

「你。」她說。

「你離開我們了。」另一位說。

「從來沒有人離開過。」第三位說。

「我知道。」愛思恩說。「知識誠然是可怕的力量。」這句話是修女會非官方的箴言。沒有人能比修女接觸到更多的知識，只不過愛思恩面前的她們卻什麼都不知道。她緊抿著嘴唇，心想：今天一切就會改變了。

「我離開了，這並不容易，我很抱歉。但我親愛的姊妹們，在我再次離去之前，有件事我必須告訴你們。」她俯身親吻兒子的額頭。「我必須告訴你們一個故事。」

韋恩的背貼著冥想室入口旁的牆壁。

他的手裡拿著一條鐵鍊，還有一個大鎖。他等一下會把鑰匙交到愛思恩手裡。光是想到這一點，他的心臟就跳得飛快。他以前從來沒有違規過，但是愛思恩是那麼善良，而高塔是那麼……**不善良**。

他的耳朵貼著大門，愛思恩的聲音就像鐘聲那樣清澈。

「女巫不在森林裡。」愛思恩說。「女巫在這裡。很久很久以前，女巫創立了這個修女會，編造出另一個女巫吃嬰兒的故事。修女會裡的女巫，因此能以保護國的悲傷爲食。我們的家人，我們的朋友，我們的悲傷是如此強烈，讓她的力量越來越強大。我覺得自己很久以前就知道這件事，但是心智卻一直被雲霧所遮蔽——同樣的雲霧也籠罩著保護國的每棟房子和每個靈魂。這麼多年來，悲傷的雲霧也阻擋了我自己的知識。但是，雲霧在此刻已經散去，陽光再次灑落。我終於能看清楚，我想你們一定也可以。」

韋恩的腰帶上掛著一串鑰匙，這是計畫的第二步。

「我無意再占用你們的時間，所以，我將會和願意跟隨我的人一起離開。至於其他的人，我向你們道謝，我很珍惜和你們當姊妹的日子。」

愛思恩大步走出房間，有九個修女跟了上來。她對韋恩輕輕點頭，他便迅速關上門，把鐵鍊緊緊綁在門把上，再用大鎖固定。他把鑰匙塞到愛思恩手裡，愛思恩溫柔地握住他的手，輕輕捏了一下。

「新人呢？」

「在經文室。他們到晚餐前都得練習抄寫。我把門鎖起來了，他們根本不會知道自己被鎖起來。」

愛思恩點點頭。「很好，我不想嚇壞她們。我待會兒也會和她們說說話。不過，先去釋放囚犯吧。高塔本來應該是學問的中心，而不是暴政的工具。今天，所有的門都將要打開。」

「連圖書館也是嗎？」韋恩充滿希望地問。

「特別是圖書館。知識很有力量，但如果被隱藏或囤積，就會帶來可怕的後果。從今天起，知識屬於每一個人。」她挽起韋恩的手，兩人快步走在高塔中，打開一扇又一扇的門。

失去子女的保護國母親都對湧上的畫面感到困惑。自從修女長進入森林以來，這個現象已經持續好多天了——雖然她們並不知道修女長進了森林。她們只知道，迷霧正在飄散。突然間，她們的內心開始浮現畫面，不可能的畫面。

孩子在老婦人的懷抱裡。

孩子的肚子裡裝滿了星光。

孩子在某個女性的懷裡，但那個人不是我。那個人自稱媽媽。

「這只是個夢。」這些母親一遍又一遍地告訴自己。保護國的人民很習慣做夢。畢竟，濃霧讓他們總是昏昏欲睡。他們在夢中和清醒時都感到悲傷，已經不會少見多怪了。

但此刻，隨著濃霧散開，他們知道這些畫面不是夢，而是現實。

孩子和新的手足玩在一起，他們都很愛他，非常非常愛他。他在他們身旁閃閃發光。

孩子踏出人生的第一步。看看她多自豪啊！看看她多麼耀眼！

孩子正在爬樹。

孩子在快樂的朋友陪伴下，從高高的岩石跳入深水裡。

孩子學習閱讀。

孩子在蓋房子。

孩子緊握著愛人的手，說道：是的，我也愛你。

畫面如此眞實，如此清晰。這些母親似乎也能聞到孩子頭皮的溫暖氣息，碰到他們的膝蓋，聽見他們遙遠的聲音。這些母親哭喊著孩子的名字，清晰地感受到失去的痛苦，彷彿孩子們昨天才離她們而去，而不是數十年前。

然而，當雲霧散盡，天空變得清澈，她們浮現了別的感覺，是以前不曾出現過的奇特感受。

孩子抱著自己甜美的孩子。我的孫子。她很確定不會有人把孩子奪走。

希望。她們感受到希望。

孩子和一群朋友在一起，笑得很開心。他熱愛他的生命。

喜悅。她們感受到喜悅。

孩子握著丈夫和家人的手，仰望著滿天星斗。她不知道我才是她的母親，她永遠也不會知道我的存在。

這些母親停下動作，向外頭衝去。她們跪倒在地，又抬頭仰望天空。那些都只是幻覺而已，她們告訴自己。只是夢境，不是眞的。

只不過。

那些畫面如此真實。

很久很久以前，許多家庭會服從議會，把孩子交給長老，獻祭給女巫。她們這麼做，是爲了拯救保護國的人民。她們明知道這麼做，孩子必死無疑。孩子都已經死了。

但是，假如他們沒有死呢？

她們問得越多，就越想知道。越想知道，就懷抱越高的期待。期待越高，悲傷的雲霧就越消散，在越來越亮的天空中蒸散殆盡。

「我無意冒犯，迦蘭首席長老。」拉斯平長老斷聲說。他看起來老態龍鍾，迦蘭很意外他竟然還能站著。「但事實就是事實，這一切都是你的錯。」

高塔前的集會一開始只有幾個市民，高舉著標語。但很快地，越來越多人加入，出現了旗幟、歌曲、演說和其他可怕的行爲。發現此事的長老們撤退到迦蘭長老的豪宅裡，封死所有的門窗。

此時此刻，首席長老坐在他最愛的椅子上，怒目瞪視他的同僚。「我的錯？」他的聲音很安靜。女僕、廚師、廚房幫手和甜點師傅都躲得不見人影，意味著沒有東西可以吃，而迦蘭感到飢腸轆轆。「我的錯？」他刻意停頓片刻，才說：「請解釋爲什麼。」

拉斯平開始咳嗽，看起來似乎隨時可能歸天。吉納特長老試著幫他接下去。

「引起騷動的是你的家人。她就在那裡，在外頭引發更多騷動。」

「早在她抵達之前，騷動就已經發生了。」迦蘭駁斥道。「我已經親自登門拜訪她和她那注定死去的孩子。一旦那孩子被留在森林裡，她就會哀痛欲絕，然後慢慢復原，一切都會恢復正常。」

「你最近曾到屋外看看嗎？」利布席格長老問。「這麼多的……**陽光**，把眼睛刺得好痛。這就是原因，陽光似乎讓民情沸騰。」

「還有那些標語，到底都是誰做的？」歐利克長老啐道。「絕對不會是我的員工，這我可以保證，他們才不敢呢。總之，我有先見之明，把墨水也都藏起來了。至少我還有在動腦。」

「伊格納西亞修女在哪裡？」多利特長老哀號著。「怎麼選在這麼不巧的時間消失啊！爲什麼修女們不把這些騷亂扼殺在襁褓中？」

「一定是那個小子。他第一次參加獻祭之日就惹了麻煩，我們當時就該把他給解決掉。」拉斯平長老說。

「你在說什麼！」首席長老憤怒地說。

「我們都知道那個小子遲早會害慘我們。看啊，現在不就是這樣？」

迦蘭長老怒斥道：「聽聽你在說什麼！一群老大不小的人了，還像**嬰兒**那樣哼哼唧唧！我們根本沒什麼好擔心的。騷亂確實已經發生，但只會是暫時的。修女長離開了，那也是暫時的。我的外甥確實讓我們頭痛，但那也會是暫時的。道路才是唯一安全的路線，那孩子現在身處險境，他會死的。」迦蘭長老停了下來，閉上眼睛，努力嚥下胸口深沉的悲痛。隱藏起來。他又睜開眼，狠狠瞪著長老們。他心意已決。「我親愛的弟兄們，在那之後，我們的生活就會回復以前的樣子。這一點就像我們腳下的地面那樣堅固又肯定。」

就在那一瞬間，他們腳下的地面開始震動。長老們猛力打開南邊的窗戶，向外眺望。濃煙從高高的山峰冒出，火山起火燃燒。

39 葛拉克把事實告訴費里安

「來吧。」露娜說。雖然月亮還沒升起，但她可以感受到月亮越來越接近。這不是什麼新鮮事，她一向覺得自己和月亮之間有著奇異的連結，只不過現在變得出奇的強烈。今晚會是滿月，月光會把世界照得一片光明。

「嘎。」烏鴉說。「我眞的、眞的好累。」

「嘎。」牠繼續說。「除此之外，已經是晚上了，烏鴉不是夜行性動物。」

「來吧。」露娜一邊拉開斗篷的帽兜一邊說。「你可以待在裡面，我一點都不累。」

這是眞的。她覺得自己的骨頭似乎都轉化爲光，覺得自己似乎永遠不會感到疲憊。烏鴉停在她的肩膀上，然後鑽進了帽兜內。

露娜年紀還小時，她的奶奶曾經教她磁鐵和羅盤的原理。奶奶告訴她磁鐵如何在磁場內運作，而越靠近極點時磁力會越強。露娜了解到，磁鐵會吸引一些東西，對其他東西則沒有作用。她也學到，整個世界就是一塊磁鐵，而羅盤的設計是把一根針放在水盤裡，那根針會受到地磁的吸引而改變方向。露娜理解這些，但她現在感受到的是奶奶不曾提過的**另一種**磁場，和**另一種**羅盤。

露娜的心靈受到奶奶的心所吸引。愛難道也是一種羅盤嗎？

露娜的心智也受到奶奶所吸引。知識難道也是一種磁鐵？

還有其他的東西，例如她骨頭裡的脈動，她腦袋裡的齒輪轉動，彷彿在她體內有某種看不見的機械，正一點一點地接近……**某種東西**。

在迄今的人生中，她從不知道爲什麼。

她的骨頭說：**魔法**。

「葛拉克。」費里安說。「葛拉克，葛拉克，葛拉克，我好像沒辦法再坐在你的背上了。你縮小了嗎？」

「不，我的朋友。」葛拉克說。「剛好相反，你似乎正在長大。」

這是眞的，費里安確實在**長大**。葛拉克一開始不可置信，但他們每踏出一步，費里安就變大一些。但長大得不成比例。他的鼻尖在鼻子前端，脹得像一顆巨大的香瓜。接著，一隻眼睛膨成另一隻的兩倍。然後是翅膀，接著是腳，一隻腳比另一隻腳又大了些。一點一點地成長，然後慢下來，又再度成長，又慢下來。

「長大？你是說，我會變得更巨大嗎？」費里安問。「一隻龍可以長得比簡單巨大還要**更巨大**嗎？」

葛拉克猶豫了一下。「好吧，你也知道你的姍阿姨是怎樣的人，雖然你還沒有眞正發揮，但她總是能看見你的**潛力**。你懂我的意思嗎？」

「不懂。」費里安說。

葛拉克嘆了口氣。這會有點麻煩。

「有時候，簡單巨大不一定指的是體型的大小。」

「不是嗎？」費里安一邊想著，他左邊的耳朵一邊向上成長茁壯。「姍從來沒這麼說過。」

「你也知道姍這個人。」葛拉克小心翼翼地說。「她很小心的。」他停頓片刻，繼續說道：「體型是一種光譜，就像彩虹那樣。在巨大的光譜上，你，呃，屬於比較低的那一端。而這完全，呃……」他又停了下來，咬著嘴唇說：「有時候，真相會，呃，彎曲，像光線那樣。」他覺得這些話根本不知所云。

「會嗎？」

「你的心總是很巨大。」葛拉克說。「永遠都是。」

「葛拉克。」費里安嚴肅地說。他的嘴唇變得像樹幹一樣粗，垂掛在他的下顎上。他的其中一顆牙齒比另一顆還大。他的一隻手臂在葛拉克眼前快速長大。「你覺得我看起來很奇怪嗎？請不要騙我。」

這個小傢伙是如此真誠。當然，是很奇怪，而且顯然缺乏自知之明。但還是相當真誠。最好坦誠相待，葛拉克這麼下定決心。

「聽著，費里安。我得承認，我並不完全了解你的狀況。你知道嗎？其實姍也不懂。這都沒有關係。你正在長大，我猜你即將變成和你母親一樣的簡單巨大龍。她死了，費里安，她在五百年前死去。大部分的幼龍不會停留在幼年期這麼久。事實上，我想不到除了你之外的例子了。但不知道為什麼，你就是如此。或許是姍造成的。或許是因為你一直沒有真正離開你母親死去的地方。或許你沒辦法承擔成長的一切。無論如何，你現在正在長大。我還以為，你永遠都會是一隻完美的迷你龍。但我錯了。」

「但是……」費里安絆到他長大的翅膀，向前翻滾，重重摔到地上，讓地面為之震動。「但你是巨人啊，葛拉克。」

葛拉克搖搖頭。「不，我的朋友，我並不是。我很巨大，也很年邁，但我不是巨人。」

費里安的腳趾膨脹了兩倍。「姍也是巨人，還有露娜。」

「她們都不是巨人。她們是一般大小的人。你很小，小到可以放進她們的口袋裡。或者該說，你曾經很小。」

「但我現在不小了。」

「不，你現在不小了，我的朋友。」

「但是，葛拉克，這是什麼意思呢？」費里安的眼角溼潤，淚水噴發成沸騰冒泡的水池和一團團白霧。

「我不知道，親愛的費里安。我只知道，我現在和你在一起。我們的知識有所不足的地方，很快就會被揭露和補足，這是件好事。我知道你是我的朋友，在每段轉化和嘗試的過程，我都會陪在你身邊。無論是多麼的……」費里安的臀部突然脹了兩倍，變得太過沉重，讓他後腿一軟，跌坐在地上，發出砰然巨響。「咳，呃，多麼的不優雅。」葛拉克把話說完。

「謝謝你，葛拉克。」費里安吸著鼻涕說。

葛拉克舉起他的四隻手臂，用力抬起他巨大的頭，把背脊給挺直。他先是以兩隻後腳站起，接著又把身體抬得更高，用粗大的尾巴撐起自己。他又圓又大的眼睛睜得更圓了。

「你看！」他說著，一邊指著山坡下方。

「什麼？」費里安問。他什麼也沒看到。

「在那裡，往山丘下方移動。我想你可能看不見，我的朋友。那是露娜。她的魔法浮現了。我以前就曾看到魔法一點一滴地滲出，但姍總是說我的想像力太豐富。可憐的姍，她是那麼努力要抓住露娜的童年，但命運是不可能逃避的。那個女孩正在長大，很快就不再是女孩了。」

費里安張大嘴巴看著葛拉克。「她要變成一隻龍嗎？」他的語氣充滿期望和不可置信。

「什麼？」葛拉克說。「不，當然不是！她是要變成大人，也會變成女巫，兩者同時。看那裡！她走過去了。我從這裡就能看見她的魔法，眞希望你也能看到，費里安。那是最美麗的藍色，還帶著一絲銀色。」

費里安本來想說些什麼，卻突然盯著地面。他把兩隻手都放在地上。「葛拉克？」他說著，一邊把耳朵貼到地上。

葛拉克沒有注意到。「你看！」他指著下一處山脊。「姍在那裡。或者該說，她的魔法在那裡。噢，她受傷了，我從這裡就能看到。她現在正在使用咒語，看起來應該是變身咒。噢，姍啊！爲什麼你要勉強變身呢？如果變不回來，又該怎麼辦呢？」

「葛拉克？」費里安說。他的鱗片漸漸失去血色。

「沒有時間了，費里安。姍需要我們。看，露娜正朝著姍的位置前進。如果我們速度快一點……」

「葛拉克！」費里安大叫。「你可以聽一聽嗎？這座山！」

「請你講完整的句子，拜託。」葛拉克不耐煩地說。「如果我們不快一點……」

「這——座——山——著——火——了！葛拉克！」費里安大吼。

葛拉克翻了翻白眼，說：「才沒有！好吧，至少沒有比平常燒得更劇烈。這些沸騰的池子只是……」

「不，葛拉克。」費里安站起身來。「山在燃燒，在地底下。我們腳下的山燒起來了。像以前那樣。像上次爆發的時候，媽媽和我……」他的喉嚨哽住了，悲傷突然徹底爆發。「我們最先感受到，所以她跑去警告魔法師他們。葛拉克！」費里安的臉幾乎擔心得要裂開了。「我們必須警告姍。」

沼澤怪點點頭，覺得自己的心沉到了尾巴。他說：「而且得快一點。來吧，親愛的費里安，我們沒有時間了。」

☾

懷疑滲入了姍鳥類的腸子裡。

這都是我的錯，她自責道。

不！她又辯解。你保護人們！你愛人們！如果沒有你，那些孩子都會餓死。你創造了美滿幸福的家庭。

我應該要知道的，她再次反駁，我應該要更好奇，應該要多做點什麼。還有這個可憐的男孩！他多麼愛他的妻子，多麼愛他的孩子。看看他為了保護他們，願意做出多大的犧牲啊！她想要擁抱他，她想要解除變身，向他解釋一切。只不過，在她能這麼做之前，他必定會先試圖殺了她。

「不需要等太久，我的朋友。」年輕人輕聲說。「月亮即將升起，我們就要出發了。我將會殺死女巫，然後就能回家。你會看見我美麗的愛思恩，和我們美麗的兒子。我們會保護你的。」

不太可能，姍心想。

一旦月亮升起，姍就能至少捕捉到一些魔法。儘管微乎其微，大概就像是用魚網來撈水那樣。不過，總是聊勝於無。她還能保有最後一絲魔法，或許還能讓這個可憐人休息一會兒，甚至能讓他的衣服和靴子動起來，把他給送回家，讓他能在家人的愛和擁抱中醒來。

她只需要月亮就夠了。

「你聽見了嗎？」男子問道，一邊快速跳起身來。姍四處張望，什麼也沒有聽到。

但他是對的。

有某種東西正在接近。

或是某個人。

「難道會是女巫找上門來嗎？」他問。「我有這麼幸運嗎？」

真的有，姍心想，但她其實不該這麼嘲弄他。她隔著襯衫啄了男子一下。想像一下，**女巫找上你，可真是幸運呢**。她翻了翻燕子小小的眼睛。

「你看！」他說著，指著山脊下方。姍看了。是眞的，眞的有人沿著山脊向上移動。兩道影子。姍看不出第二道影子是什麼，因爲那看起來不像是任何她曾經看過的東西——不過，第一道影子她絕對不會認錯。

藍色的光芒。

帶著幾絲銀色的光。

露娜的魔法。她的**魔法**！越來越接近了。

「是女巫！」年輕人喊著。「我很確定！」他躲在一處茂密凌亂的灌木後方，一動也不動。他在發抖，把刀子從一隻手換到另一隻，又換回來。「別擔心，我的朋友。」他說。「我會非常、非常迅速的。女巫就要來了，她不會看到我。」

他嚥了口口水。

「然後，我會割斷她的喉嚨。」

40 關於靴子的一場爭執

「把靴子脫掉，親愛的。」伊格納西亞修女說。她的聲音有如奶油。她的腳步輕柔，像是隔了一層肉墊和爪子。「靴子並不屬於你。」

瘋女人歪過頭。月亮即將升起，她腳下的山脈隆隆震動。她站在一塊巨石前方。石頭的一側寫著：「別忘記了。」另一側則是：「我說眞的。」

瘋女人想念她的鳥兒。紙鳥飛走後就沒有再回來。說到底，它們眞的存在過嗎？瘋女人不太確定。

此時此刻，她只知道自己喜歡這雙靴子。她餵了山羊和雞，也擠了羊奶、撿了雞蛋，並且感謝動物們耐心等她。與此同時，她卻覺得這雙靴子正在餵養她。她沒辦法解釋。這雙靴子給了她生命，將生氣注入她的肌肉和骨骼。她覺得自己就像紙鳥那樣輕巧，彷彿能大氣也不喘一口地跑上一千里。

伊格納西亞修女向前一步，嘴角擠出一絲笑容。瘋女人可以聽見修女長老虎般的吼叫從地底下傳來。她覺得自己的背開始冒汗。她匆匆後退幾步，直到靠上站立的巨石。石塊帶來了些微的安慰，她覺得靴子開始震動。

這裡到處都有魔法，這裡一點，那裡一點。瘋女人可以感受到，她看得出來，修女長也能感受到。兩個女人都伸出靈敏的手指在周圍揮動，將魔法的碎片勾入手中，以備不時之需。瘋女人蒐集得越多，就越能看清通往女兒所在之處的路徑。

「可憐的、迷失的靈魂。」修女長說。「你離家多麼遙遠啊！你一定非常困惑又混亂吧！還好我發現了你，否則萬一遇到野獸或是強盜就不好了。這座森林非常危險，是全世界最危險的地方。」

山脈震動，一陣煙霧從最遠的火山口噴發。修女長臉色慘白。

「我們得離開這個地方。」伊格納西亞修女說。瘋女人覺得自己的膝蓋開始顫抖。修女指著火山口，說道：「你看，我以前也看過這樣的狀況，很久很久以前。煙霧先冒出來，然後大地開始搖晃，接著是第一次爆發，整座山的臉將會敞開來面對天空。假如我們一直待在這裡，必死無疑。但如果你給我那雙靴子。」她舔了舔嘴唇。「我就可以運用它蘊藏的力量，把我們都送回家，回到高塔。你那安全、舒適的高塔。」她又露出笑容，但即使是笑容也分外駭人。

「你說謊，老虎心。」瘋女人低聲說。伊格納西亞修女聞言皺眉。「你根本不打算把我帶回去。」瘋女人的背抵著巨石，巨石讓她看見一些東西，又或者這是靴子的功勞。她看見一群魔法師——年邁的男人和女人——被修女長所背叛。那發生在她成爲修女長以前，也在保護國建立之前。火山爆發時，修女長本來應該揹著魔法師們逃離，但她卻沒有那麼做。她把他們留在煙霧裡等死。

「你怎麼知道這個名字？」修女長低聲說。

「每個人都知道這個名字。」瘋女人說。「有個故事就是這麼說的。有個女巫吃了老虎的心臟，大家都說過這樣的故事，不過當然是錯的。你並不擁有老虎的心。你根本沒有心。」

「才沒有那樣的故事。」伊格納西亞修女怒斥。她開始踱步，聳起肩膀，發出低吼聲。「保護國的故事都是由我傳出去的，都是我的，所有故事都出自我。沒有任何一個故事不是我最先說的。」

「你錯了。修女們都說，老虎在走路。我聽見她們說的。你知道的，她們在說的就是你。」

修女長臉色慘白，輕聲說：「這不可能。」

「我的孩子也不可能還活著。」瘋女人說。「但她確實還活著，而且她最近才來過這裡。不可能是有可能的。」她四下張望，又說：「我喜歡這個地方。」

「把靴子給我。」

「還有一件事。乘著一群紙鳥飛翔是不可能的，但我做到了。我不知道我的鳥群在哪裡，但它們會找回我身邊。我不可能知道我的孩子去了哪裡，但我卻看見最清晰的畫面。現在也是。我很清楚要怎麼找到她。答案不在我的腦袋裡，你知道嗎，而是在我的腳上。這雙靴子實在太厲害了。」

「把——我——的——靴——子——給——我！」修女長大吼。她緊握著兩個拳頭，高舉到頭頂。當她把手放下，再次攤開手指時，手裡多了四把銳利的刀子。她毫不猶豫地向後一仰，雙手向前揮去，把刀刃直接射向瘋女人的心臟。假如瘋女人沒有突然轉身，優雅地向旁邊跳躍三步，那麼心臟肯定早已被貫穿。

「那是我的靴子！」伊格納西亞修女吼著。「你甚至不知道該怎麼使用它！」

瘋女人露出笑容。「事實上，我覺得我知道。」

伊格納西亞修女朝瘋女人衝去，但瘋女人只是原地輕輕踏了幾步，便如同一道閃光般加速離開。只有修女獨自留在原地。

第二個火山口開始噴發，地面搖晃的程度越來越猛烈，甚至讓伊格納西亞修女跪倒在地上。

她把手貼在碎石地面。地面很燙，火山隨時都會爆發。

她站起身來，整理自己的袍子。

「好吧，既然這樣。」她說。「假如他們要這麼做的話，我也奉陪。」

接著，她追著瘋女人進入震動的森林。

41 幾條路徑交會了

露娜快速沿著陡峭的山坡爬上山脊。月亮的上緣才剛剛從地平線冒出來。她可以感受到身體的深處嗡嗡震動著，就像是轉得太緊的發條，即將要失去控制。她覺得自己不斷湧動，而這股湧動的感受從她的四肢尖端猛烈爆發。她絆了一跤，雙手用力撐在碎石地上。石頭紛紛散開，彷彿許多甲蟲。或者該說，它們**化作**甲蟲——有觸角、長著絨毛的腳，以及彩虹色的翅膀。又或者，石頭變成了水，或是冰塊。月亮從地平線上越升越高。

當露娜還是個膝蓋老是受傷、頂著一頭亂髮的小女孩時，奶奶曾經教導她毛毛蟲的生命歷程——毛毛蟲脾氣溫馴，會不斷長大、長胖，然後結成蛹。在蛹的內部，毛毛蟲會**蛻變**。牠的每個部分都在鬆動和瓦解，重新塑造成另一種形態。

「那是什麼感覺？」露娜當時問。

「感覺就像魔法。」奶奶瞇著眼睛，很慢很慢地說。

接著，露娜腦袋一片空白。此時此刻，露娜終於可以在記憶裡看到那空白——「魔法」這個詞的每個音節和筆畫，就這樣鑽出她的耳朵，從她身邊飛走。但是這一切都回來了。很久很久以前，奶奶試著解釋魔法給她聽，可能說了不止一次。不過，或許她慢慢習慣了露娜的一無所知。

露娜覺得自己陷入記憶的風暴，腦袋裡紛亂不已。

毛毛蟲會結蛹，奶奶說，然後**蛻變**。外皮會改變，眼睛會改變，嘴巴會改變。牠的腳會消失。牠的每個部分，甚至包含牠對自己的認識，都糊成一團。

「糊成一團？」露娜目瞪口呆地問。

她的奶奶安撫道：「好吧，或許不是糊成一團，而是化爲本質——星辰的本質，光的本質，在星球成爲星球之前的本質，在嬰兒出生前的本質，在種子長成梧桐樹之前的本質。你所看到的一切，其實都處於創造或拆解，出生或死亡的過程中。一切都處在**改變**的狀態。」

登上山脊時，露娜也正在改變，她可以清楚感受到。她的骨頭、皮膚、眼睛和靈魂都在改變。她的身體像一台機器，每個齒輪和彈簧和拉桿都在改變、重新排列，然後再次歸位。回到新的位置。她變得**煥然一新**。

有個男子站在山脊上。露娜看不見他，但是她的骨頭卻能感受到。她也感受到奶奶就在附近，或者該說，她很確定那就是她的奶奶。她可以在自己的靈魂上看見奶奶的痕跡，但是當她想探詢奶奶現在的位置，卻變得一片模糊。

「女巫來了。」她聽見那個男子說。露娜覺得自己胸口一緊。即使山脊陡峭又漫長，她還是加快腳步。每踏出一步，她的速度就變得更快。

*奶奶！*她的心喊道。

*快離開。*她不是用耳朵聽到這句話，而是骨頭。

轉頭離開。

你在這裡做什麼？你這個傻女孩。

她在幻想，這當然是她的幻想。只不過，爲什麼她會覺得，這個聲音來自她靈魂上奶奶的印痕呢？爲什麼聽起來**和姍一模一樣**？

「別擔心，我的朋友。」露娜聽見男子說。「我會很快。女巫要來了，我會割斷她的喉嚨。」

「奶奶！」露娜哭喊。「小心！」

接著，她聽見一個聲音，就像是燕子的哭號。那聲音響徹整個夜晚。

「我提議，我們應該再加快速度，我的朋友。」葛拉克一邊說，一邊拖著費里安的翅膀繼續前進。

「葛拉克，我好不舒服。」費里安說著跪倒在地。假如是當天稍早這麼重重摔在地上，他一定會破皮流血。但是他的膝蓋，或者說他的腿和整個背部，甚至是他的前爪，現在都覆蓋著厚重如皮革般的皮膚，上面還慢慢長出閃亮又堅硬的鱗片。

「我們沒時間讓你不舒服。」葛拉克一邊回頭一邊說。費里安現在和他一樣大了，而且還在不斷長大。費里安沒有說謊，他的臉色看起來確實有些發青。但這也可能是他正常的顏色，葛拉克真的無法判斷。

葛拉克覺得，現在真是最不好的長大時機。但這不是費里安的錯。

「對不起。」費里安說。他拖著身體走到附近的灌木叢，猛烈地嘔吐。「喔，天啊，我好像不小心把什麼給燒了。」

葛拉克搖搖頭。「如果你能把火給踏熄就踏一踏吧。不過，如果火山的事你說對了，那麼什麼東西燒不燒都不重要了。」

費里安搖搖頭，又甩甩翅膀。他試著拍動翅膀幾次，卻沒有足夠的力氣把翅膀舉起來。他吸吸鼻子，看起來大受打擊。「我還是不能飛。」

「我相信這只是暫時的。」葛拉克說。

「你怎麼知道？」費里安問。他努力想隱藏聲音裡的哽咽，但藏得不是很好。

葛拉克看著他的朋友。成長的速度已經放慢了，卻還沒有停下來。但是至少費里安現在每個部位的成長比較均衡了。

「我不知道，但我只能盼望最好的結果。」葛拉克寬大的嘴露出笑容。「親愛的費里安，你會是最好的。來吧，我們爬到山脊上！加快速度！」

他們迅速穿過灌木叢，沿著石坡向上。

瘋女人這輩子沒有這麼愉快過。太陽下山，月亮正要升起，她在森林中急速穿梭。她不喜歡地面看起來的樣子——有太多陷坑和沸騰的泥坑，還有能把她活活煮熟的噴氣孔。不過，靴子讓她能像一隻松鼠那樣，在樹枝間輕鬆移動。

修女長緊追不放。她可以感受到對方肌肉的收縮和舒張，可以感受到對方的速度和顏色在森林中激起波瀾。

瘋女人在較粗的枝椏上暫停片刻，她說不出這棵樹的名字。樹幹上布滿深深的紋路，她想知道，下雨時這些紋路是否會變得像溪流呢？她看著越來越黑的前方，把自己的視野變得更加開闊，看見遠方的山丘、溪谷和山脊，也看到地平線的轉角。

那裡！有一道藍光閃過，還帶著幾絲銀色。

那裡！閃爍著青苔般的綠色。

那裡！她曾經傷害過的年輕人。

那裡！某種怪物和他的寵物。

山脈隆隆震動，每一次都更大聲也更持久。山脈曾經吞噬許多力量，而這些力量想要得到釋放。

「我需要我的鳥兒。」瘋女人說著，抬起頭看著天空。她向前一躍，抓住另一根樹枝。然後是下一根樹枝，再下一根。

「我需要我的鳥兒！」她再次大聲呼喚。她在樹枝間奔跑，輕鬆寫意得彷彿像是在草地上奔跑。不過又比那更快了許多。

她感受到靴子的魔法讓骨頭變得輕盈。越來越明亮的月光似乎又讓力量更加提升。

「我需要我的女兒。」她輕聲說著，越跑越快，雙眼緊盯著那一絲藍光。

在她身後，另一種輕柔的聲音聚集——紙鳥拍動翅膀的聲音。

烏鴉從女孩帽兒中爬出來。牠先讓雙腳在女孩的肩膀上站穩，接著張開閃亮的雙翼，振翅高飛。

「嘎。」烏鴉呼喊，聲音聽起來是：「露娜。」

「嘎。」還是：「露娜。」

「嘎，嘎，嘎。」

「露娜，露娜，露娜。」

山脊越來越陡峭，女孩得緊緊抓著山脊上生長的樹木，生怕一不小心就向後跌落深谷。她的臉越漲越紅，呼吸也漸漸急促。

「嘎。」烏鴉說：「我先往前飛，看看你看不到的。」

烏鴉向前疾衝，穿過陰影，飛到山脊的制高點。那裡有許多巨大的岩石，像是守護著山脈的衛兵。

牠看見一個男子，男子的手裡有一隻燕子。燕子瘋狂地掙扎，拍動翅膀，鳥嘴拚命啄著。

「噓，我的朋友！」男子努力安撫燕子，一邊用一塊布把燕子包好，固定在他的外套內側。

男子匍匐向前，來到山脊邊緣的最後一塊巨岩。

他對著掙扎的燕子說：「看起來，她變成了女孩的樣子。即使是老虎也能披上羔羊的皮。但這不會改變牠就是老虎的事實。」

男子拿出一把刀。

「嘎！」烏鴉尖叫。「露娜！」

「嘎！」

「快跑！」

42 世界是藍色和銀色，銀色和藍色

露娜聽見烏鴉的警告，但她卻沒辦法慢下來。月光爲她注入了生命力。藍色和銀色，銀色和藍色，她心想，卻不知道自己爲什麼這麼想。月光很美味，她用手蒐集月光，然後不斷啜飲。一旦開始了，她就停不下來。

每喝下一口，山脊上的影像就更加清晰。

青苔色的光芒。

那是她的奶奶。

羽毛。

這好像也和奶奶有所連結。

她看見滿臉傷疤的男子。他看起來很眼熟，但她想不起來在哪裡見過。他的眼神和靈魂都很善良，他的心中有愛。他的手中握著刀子。

藍色，瘋女人在枝幹間穿梭時心裡想著。藍色，藍色，藍色，藍色。每邁出一大步，靴子的魔法就像閃電那樣在她的體內奔流。

「還有銀色。」她放聲高唱。「銀色和藍色，藍色和銀色。」

每踏出一步，她就和女孩更接近一些。月亮已經升到天頂，把整個世界照亮。月光爬過瘋女人的每一根骨頭，從她的頭頂到美麗的靴子，再回到頭頂。

大步，大步，大步；跳躍，跳躍，跳躍；藍色，藍色，藍色。幾絲銀色。危險的嬰兒。擺出保護姿態的雙臂。有寬大嘴巴和善良眼睛的怪物。小小的龍。充滿月光的女孩。

露娜，露娜，露娜，露娜，露娜。

她的孩子。

山脊上有個光禿禿的土丘，她朝著那裡奔去。像站哨衛兵的巨岩後方則站著一個男子。他的外套口袋裡有個青苔色的光點。瘋女人心想，那也是某種魔法。男子拿著一把刀。就在山脊另一側，很接近男子的位置，散發著另一種光芒——藍色的光芒。

那個女孩。

她的女兒。

露娜。

她還活著。

男子舉起刀子，緊盯著靠近的女孩。

「女巫！」他大吼。

「我不是女巫。」女孩說。「我只是個女孩，我的名字叫露娜。」

「說謊！」男子說。「你就是女巫。你已經好幾千歲了。你殺了數不清的孩子。」男子壓抑著顫抖。「現在，我要殺了**你**！」

男子向前衝。
女孩躍起。
瘋女人也跟著躍起。
世界充滿了鳥。

43 女巫第一次（有意識地）施咒語

一陣風暴般的腳和翅膀和手肘和指甲和鳥嘴和紙張。大量的紙鳥圍繞土丘，把包圍圈越縮越小，越縮越小。

「我的眼睛！」男子慘叫。

「我的臉頰！」露娜哭喊。

「我的靴子！」一個女人哀號。露娜不認識那個女人。

「嘎！」烏鴉尖叫。「我的女孩！離我的女孩遠一點！」

「鳥！」露娜驚叫。

她滾出那團混亂，重新站起身來。紙鳥同時向上飛起，然後在地上降落成一個巨大的圓圈。它們沒有發動攻擊——還沒有。只不過，它們的鳥嘴向前，威嚇性地張開翅膀，看起來隨時都會出擊。

男子摀住他的臉。

「把它們趕走。」他哀鳴。他全身發抖，整張臉都埋在手掌中。刀子掉到地上，被露娜一腳踢開，滾到山脊下。

「拜託了。」他輕聲哀求。「我以前遇過這些鳥，它們太可怕了。它們會把我撕扯成碎片。」

露娜蹲在他身旁，輕聲安慰：「我不會讓紙鳥傷害你的。我保證。我以前在森林裡迷路時，它們也找上了我。它們那時沒有傷害我，我沒辦法想像它們現在會傷害你。但無論如何，我都會保護你的。你懂嗎？」

男子點點頭，臉還是埋在膝蓋間。

紙鳥紛紛低下頭。它們沒有看著露娜，而是看著癱倒在地上的女人。

露娜也看著她。

那個女人穿著一雙黑色靴子，和一件樸素的直筒洋裝。她的頭髮剃光了，有著又黑又大的眼睛，額頭上還有個彎月形的胎記。露娜用手按住自己的額頭。

她在這裡，她的內心呼喊著，她在這裡，她在這裡，她在這裡。

「她在這裡。」女人呢喃著。「她在這裡，她在這裡，她在這裡。」

露娜腦海中浮現一個畫面——女人有著一頭漆黑長髮，像毒蛇那樣從她的頭上探出。她看著眼前的女人，想像她長頭髮的模樣。

「我認得你嗎？」露娜問她。

「沒有人認得我。」女人回答。「我沒有名字。」

女人蜷縮著身體，抱著膝蓋。她受傷了，但受傷的不是身體。露娜看得更仔細，發現受傷的是她的心。女人說：「曾經，我曾經有過名字，但我不記得了。曾經有個男人稱呼我爲『妻子』，有個孩子本來要稱呼我爲『媽媽』。但那已經是太久以前的事了。我也不知道究竟過了多久。現在，人們只叫我『犯人』。」

「有一座高塔。」露娜輕聲說，然後向前走了一步。女人的眼中都是淚水。她先是看著露娜，然後別過頭去，似乎不敢讓眼神停留在女孩臉上太久。

男子抬起頭來，撐起身體。他看著瘋女人，說道：「是你。你逃脫了。」

「是我。」瘋女人說。她爬過碎石地面，蹲在男子身邊，伸手撫摸他的臉。「這是我的錯。我很抱歉。但你的人生。你的人生現在更幸福了，是嗎？」她說。

男子的眼中都是淚水，說道：「不。我的意思是，是的，但也不是。我的妻子生了個男孩，是個美麗的男孩。但他是保護國裡最小的孩子，所以像你一樣，我們得把自己的孩子交給女巫。」

他看著瘋女人額頭上的胎記。

他的眼神轉向露娜，看著她頭上那一模一樣的胎記。她又大又黑的眼睛也和瘋女人一樣。他口袋的隆起處一陣瘋狂掙扎啄擊。黑色的鳥嘴從他的領口探出，再次猛烈啄擊。

「噢！」男子喊痛。

「我不是女巫。」露娜說著昂起頭來。「或者該說，我以前不是。而且，我沒有奪走過任何嬰孩。」

烏鴉在光裸的岩石上跳了幾次，然後飛向女孩的肩膀。

「你當然不是。」女人說。她還是沒辦法直視露娜。她得不時別過頭去，彷彿露娜是最耀眼的光芒。「你**就是**其中一個嬰孩。」

「什麼嬰孩？」

一隻鳥兒掙脫了男子的外套。那是青苔般的光芒。鳥兒充滿擔憂地鳴叫著，又不斷用鳥喙攻擊。

「拜託你，小朋友。」男子說。「冷靜！冷靜下來吧。沒什麼好怕的。」

「奶奶！」露娜輕聲說。

「你不知道的，我不小心折斷了這隻燕子的翅膀。」男子解釋。

露娜沒有聽進去。「奶奶！」燕子僵在原地，用一隻明亮的眼睛看著女孩。那是奶奶的眼睛，露娜很清楚。

在她的頭顱裡，最後一個零件也歸位了。她的皮膚震動，骨頭震動，心中閃現各種記憶，每個畫面都像彗星那樣在黑暗中閃耀。

屋頂梁柱上尖叫的女人。

很老的男人和他很大的鼻子。

梧桐樹圍繞的窪地。

變成老婦人的梧桐樹。

指尖帶著星光的女人，還有比星光更甜美的東西。

不知怎地，葛拉克變成了兔子。

她的奶奶試著教她咒語。咒語的材質和結構、咒語的詩意和美感。這些課程對露娜來說都是左耳進右耳出，但是她現在想起來了，也了解了。

她看著那隻鳥，那隻鳥也看著露娜。紙鳥紛紛安靜下來，不再拍動翅膀，悄悄等待著。

「奶奶。」露娜說著，舉起兩隻手。她把所有的愛、所有的疑問、所有的關心和憂鬱、所有的挫折和悲傷，都集中在地上的鳥兒身上。這個女人餵養她，教導她如何創造和做夢。這個女人不回答她的問題——因爲她**做不到**。她想見到這個女人。她感受到腳趾的骨頭開始震動，充滿了她的魔法、她的思想、她的意圖和她的希望。這些如今都合而爲一，化成流過她脛骨的力量。力量通過她的髖骨、她的手臂，然後是她的手指。

「**現身吧。**」露娜命令道。

接著，在一團翅膀、爪子、手臂和腳的混亂後，她的奶奶出現了。她看著露娜，雙眼混濁又溼潤，流下兩行淚水。

「我最親愛的。」她輕聲說。

接著，姍全身顫抖，踉蹌了幾步，癱倒在地上。

44 改變心意

露娜跪在地上，把奶奶抱在懷裡。

喔！她多麼輕啊，彷彿只剩下樹枝、紙張和冷風。這麼多年來，她的奶奶一直都是自然中強大的力量，就像撐起天空的柱子那樣。露娜卻覺得，她現在似乎可以把奶奶抱起來，直接跑回家。

「奶奶。」她啜泣著，把臉貼在奶奶的臉頰上。「醒醒啊，奶奶，求求你醒過來。」

她的奶奶顫抖著吸了一口氣。

「你的魔法。」她的奶奶說。「已經開始了，對吧？」

「別說那個了。」露娜說著，頭還是埋在奶奶青苔般的頭髮中。「你病了嗎？」

她的奶奶嘶聲說：「我不是生病，我只是快要死去了。其實，我很久很久以前就該死了。」

她咳嗽，顫抖，然後又咳了起來。

一聲抽泣從露娜的胸口掙脫到喉嚨。「你不會死，奶奶。你不能死。我可以和烏鴉說話，而且紙鳥很愛我，我覺得我找到了……好吧，我不知道她是誰，但我記得她，我很小很小的時候見過。森林裡還有個女人，她……呃，我不覺得她是好人。」

「我不會這一秒就死去，孩子，但很快就會。時間不多了。現在，你的魔法。我可以說這個詞，你也不會立刻忘記，對吧？」露娜點點頭。「我把魔法鎖在你的身體裡，這樣才不會對你和其他人造成危險。因爲，相信我，你那時候眞的**很危險**。只不過，這麼做會有後果。讓我猜，你的魔法現在不斷往上、往下、往四周湧上，對吧？」她閉上眼睛，痛苦地皺眉。

「如果這不能讓你好起來，我就不想談，奶奶。」女孩猛然坐起身來。「我**有辦法**讓你好起來嗎？」

老婦人顫抖著，說道：「我好冷，好冷。月亮升起來了嗎？」

「是的，奶奶。」

「舉起你的手，讓月光在你的指尖集中，然後餵給我。這是很久以前，當你還是個嬰兒時，我對你做過的事。當時你被遺棄在森林裡，我要把你帶去安全的地方。」姍停了下來，看著頭髮剃光、蜷縮在地上的女人。「我以爲，是你的母親遺棄了你。」她摀住嘴，搖搖頭，又說：「你們有一樣的胎記，還有一樣的眼睛。」

地上的女人點頭，輕聲說：「我沒有遺棄她。她是被奪走的，我的孩子被奪走了。」瘋女人把臉埋在膝蓋裡，雙手抱著頭，不再發出任何聲音。

姍的臉似乎裂開了。「是啊，我現在看出來了。」她轉向露娜。「每一年，都會有個嬰兒被放在森林裡相同的地方等死。每一年，我都會把嬰兒帶出森林，找一個愛他、保護他的新家庭。沒有更深入地追究是我的錯，但悲傷總是像雲霧那樣籠罩著保護國，所以我只想盡快離開。」

姍全身發抖，把自己抱得更緊些，然後朝著地上的女人靠近。女人沒有抬頭，姍小心翼翼地把手放在女人的肩膀上，說道：「你能原諒我嗎？」

瘋女人什麼都沒說。

「森林裡的孩子，他們就是星辰之子嗎？」露娜輕聲問。

「星辰之子。」姍一陣咳嗽。「他們都像你一樣。但是，你後來得到魔法。這不是我的本意，親愛的，這是意外，卻無法解除。我愛你，我非常愛你，這也是無法解除的。所以，我把你當成我自己心愛的孫女。接著，我開始走向死亡，這也是沒辦法的。後果，這一切都是後果，因爲我犯了太多錯。」她顫抖著。「我好冷，露娜，如果你願意，給我一些月光吧。」

露娜伸出手，月光的重量集中在她的指尖，黏稠又甜蜜。月光從她的手倒入奶奶的口中，流到她的身體裡。老女巫的臉頰又出現一點血色。月光也同樣滲入露娜的皮膚，讓她的骨頭發出螢光。

「月光的幫助只是暫時的。」她的奶奶說。「流動在我體內的魔法，就像是裝在有破洞的水桶裡，總是會被你吸引過去。我所擁有的一切，我所代表的一切，都將會流向你，我親愛的孩子。就應該是這樣。」她轉過身，把手放在露娜的臉上。露娜緊緊握住奶奶的手，無論如何都不想放開。「五百年實在太長、太久了。你還有個深愛你的母親，她這段時間一直都愛著你。」

「我的朋友。」男子開口。他在哭泣，斗大的淚珠滾下他殘破的臉。失去了刀子的他看起來一點殺傷力也沒有，但露娜還是謹愼地打量他。他向前爬了幾步，伸出左手。

「你待在那裡就好了。」露娜冷酷地說。

他點點頭，再度開口：「我的朋友。我，呃，曾經是鳥兒的朋友。我……」他吞了口口水，用袖子擦去淚水和鼻涕。「我無意冒犯，但是，呃……」他的聲音越來越小。露娜用一顆石頭就能阻止他。不過，當她看見一顆石頭突然滾到旁邊，充滿敵意地伺機而動時，立刻打消了這個念頭。

別用打的，她一邊想一邊瞪著石頭。石頭掉到地上，發出沮喪的砰咚聲，像是被罵了那樣滾走。

我得非常小心才行，露娜心想。

「但是，你就是女巫嗎？」男子繼續說，眼睛直勾勾地盯著姍。「森林裡的女巫？堅持我們每年都得獻祭一個孩子，否則就會毀了我們的女巫？」

露娜冷冰冰地瞪著他。「我的奶奶從來沒摧毀過任何東西。她善良、仁慈又有愛心。問問自由城市裡的人吧，他們都能作證。」

「**有人**要求我們獻祭。」男子說。「但不是她。」他指著剃了光頭，肩膀上棲息著紙鳥的女人。「這點我很確定，因爲她的孩子被奪走時，我也在場。」

「根據我的記憶，你是動手奪走的那個人。」女人低吼。

男子垂下頭。

「就是你。」露娜輕聲說。「我記得。你還只是個孩子，聞起來有木屑的味道。而且你並不想要……」她停了下來，皺起眉頭。「你讓老人很生氣。」

「**是的**。」男子屏息道。

露娜的奶奶開始嘗試站起來，露娜匆匆趕過去要幫忙，姍揮手要她退開。

「夠了，孩子，我可以自己站起來。我還沒那麼老。」

但她**就是**那麼老。露娜的奶奶在她眼前老化。姍確實一向很老，但現在情況又不同了。現在的她似乎時時刻刻都在消散。她的眼睛凹陷，出現濃濃的黑眼圈。她的皮膚變成塵土的顏色。露娜用手指蒐集了更多月光，敦促奶奶喝下去。

姍看著年輕男子。

「我們得快點行動。我正準備前去拯救另一個被拋棄的孩子。我這麼做已經很久很久了。」她全身發抖地嘗試踏出一步。露娜覺得，她似乎會就這麼消失。「沒時間磨蹭了，孩子。」

露娜攙扶住奶奶的腰。烏鴉飛上她的肩頭。她轉向地上的女人，伸出手。

「你要和我們一起來嗎？」她心跳加速，屏著呼吸問。

屋頂梁柱上的女人。

高塔窗戶裡的紙鳥。

她在這裡，她在這裡，她在這裡。

地上的女人抬起頭，迎上了露娜的眼神。她握住露娜的手，站起身來。露娜覺得自己的心臟像是長了翅膀。紙鳥開始振翅，飛到半空中。

在看見那對閃閃發光的眼睛之前，露娜就聽見了從山丘另一頭漸漸靠近的腳步聲——老虎強而有力的躍動步伐。但不是老虎，而是個女人——高大、強壯，顯然擁有魔法。她的魔法鋒利、堅硬、殘酷無情。就像是刀鋒。要她交出靴子的那個女人回來了。

「你好，悲傷吞噬者。」姍說。

45 簡單巨大龍做出了簡單巨大的決定

「葛拉克！」

「噓，費里安！」葛拉克說。「我正在聽！」

他們看見悲傷吞噬者朝山丘上走去，葛拉克覺得自己的血液瞬間凍結。

悲傷吞噬者！過了這麼多年後又出現！

她看起來一點都沒變。她到底在玩什麼把戲？

「但是，葛拉克！」

「沒有但是！她不知道我們在這裡，我們應該出其不意！」

葛拉克上次面對敵人，已經是太久以前的事了。他也不再有機會對壞人發動奇襲。曾經，這都是葛拉克很擅長的。他可以同時揮舞五把劍——用他的四隻手和靈活的尾巴。他的武藝很強，身手敏捷，體型又很巨大，總是讓對手當場丟下武器，舉手投降。葛拉克也覺得這樣比較好，畢竟暴力有時雖然是必要之惡，卻野蠻又不文明。解決紛爭時，葛拉克還是喜歡理性、美麗、詩詞和辯才。本質上來說，葛拉克的靈魂就和任何沼澤一樣寧靜——它們賦予生命、維繫生命。突然間，他強烈地想念起了沼澤，幾乎要跪倒在地。

我一直在沉睡。對於姍的愛讓我麻木了。我應該要待在世界裡，但卻離開了太久。真是令人慚愧。

「葛拉克！」

沼澤怪抬起頭。費里安正在飛。他還在長大，又變得比葛拉克上次注意到時更大了。令人驚奇的是，即使體型越來越大，費里安的翅膀卻不知怎地恢復功能。他盤旋在葛拉克頭頂，朝樹冠上方張望。

「露娜在那裡。」他喊著。「她和一隻很無聊的烏鴉在一起。我討厭那隻烏鴉。露娜最喜歡的是我才對。」

「你才不會討厭任何人，費里安。」葛拉克說。「那有違你的本性。」

「姍也在那裡。姍阿姨！她生病了！」

葛拉克點點頭，這正是他害怕的。但至少，姍已經恢復了人類的形態。假如困在變身後的軀體裡，情況會更糟，甚至連說再見也沒辦法。「你還看到什麼，我的朋友？」

「一位女士。兩位女士。有一位像老虎那樣移動，還有另一位。她沒有頭髮，而且她愛露娜，我從這裡就能看出來了。為什麼**她**會愛露娜？我們才愛露娜！」

「這是個好問題。你也知道，露娜整個人就是個謎。姍也是，這麼多年來都沒有變過。」

「還有個男子。地上還聚集了很多鳥。我想它們也愛露娜。它們都看著她。露娜臉上帶著要惹麻煩的表情。」

葛拉克點點他巨大的頭。他閉上一隻眼睛，然後是另一隻，接著用四隻粗大的手臂抱住自己。他說：「好吧，費里安，我的建議是我們也來惹些麻煩吧。如果你能負責空中，我就負責地面。」

「但是，我們要做什麼？」

「費里安，那件事發生時，你還只是一隻很小很小的龍，但那邊的女人，那個充滿飢餓的掠食者，就是你母親必須投身火山的原因。她是個悲傷吞噬者，到處散播傷痛，品嘗著大家的悲傷，這是最糟糕的魔法。她就是你失去母親的原因，也讓許多母親都失去子女。我提議，我們該阻止她製造更多悲傷，你說對嗎？」

費里安已經飛起來了，嘶吼著向夜空噴出火焰。

「伊格納西亞修女？」安登感到困惑。「您在這裡做什麼？」

「她找到我們了。」帶著紙鳥的女人輕聲說。不，露娜心想，不只是個女人，她是我的母親。

那個女人是我的母親。事情的發展幾乎已經超過她的理解。但內心深處，她知道這是眞的。

姍轉向年輕人，說道：「你想要找女巫？這就是你要找的女巫，我的朋友。你叫她伊格納西亞修女？」她露出懷疑的表情，繼續說：「眞巧啊，我剛好知道她的另一個名字。不過，當我還是孩子時，我都叫她怪物。她靠著保護國的悲傷已經活多久了？五百年。我的老天。這可以寫在歷史書裡了。你一定很以自己爲傲。」

陌生女子打量著現場的人，微微揚起嘴角。悲傷吞噬者，露娜心想，令人憎恨的人就該有這樣令人憎恨的名字。

「眞好，眞好，眞好。」悲傷吞噬者說。「小小的姍啊。已經過了這麼久。很顯然，你沒有逃過歲月的摧殘，眞是遺憾。是的，我很高興你欣賞我那小小的悲傷農場。悲傷有著很大的力量，眞可惜你最愛的佐西莫斯始終不懂。眞是個蠢蛋，現在也死了，可憐啊。你很快也會步上他的後塵，親愛的姍。你早在好多年前就該這樣了。」

女人的魔法像旋風那樣包圍她，但即使隔了一段距離，露娜也能看出魔法中心的空洞。她和姍一樣，正逐漸變得衰弱。附近沒有足夠的悲傷來源，她無法重新塡補自己的力量。

露娜鬆開奶奶的手，向前踏出一步。魔法的絲線脫離陌生女人，朝著露娜和她馥郁的魔法飄去。女人似乎沒有注意到。

「剛剛說到哪兒啦？要拯救嬰兒這種傻事？」

安登勉強站起身來，但女人一手按在他的肩膀上，讓他動彈不得。

「她想要吸取你的悲傷。」瘋女人呢喃著閉上眼睛。「不能讓她得逞。你要懷抱希望，無止境的希望。」

露娜又踏出一步。她感受到女人身上有更多的魔法被她吸引而來。

「眞是個好奇的小傢伙。」悲傷吞噬者說。「我以前也認識另一個好奇的小女孩，很久很久以前。她總是有問不完的可恨**問題**。火山吞噬她時，我可是一點也不難過。」

「只可惜，火山沒能吞噬她。」姍嘶聲說。

「可不是嗎？」陌生女人嘲諷道。「看看你，這麼老，這麼狼狽。你可曾創造些什麼？什麼都沒有！人們會怎麼傳你的故事？我想，你聽了一定會毛髮倒豎。」她瞇起眼睛，又說：「不過，我想你的頭髮是承受不了的。」

瘋女人離開安登，朝著露娜靠近。她的動作不穩又緩慢，彷彿在夢遊。

「伊格納西亞修女！」安登說。「你怎麼能這樣？保護國向來把你當成知性和學習的引導。」他的聲音動搖。「我的孩子現在正面對著議會長老。**我的兒子**。還有愛思恩——你曾經把她當成女兒照顧！這會讓她心碎啊。」

伊格納西亞修女的鼻翼擴張，臉色一沉。「不要在我面前提到那忘恩負義的東西。我爲她做了那麼多，她竟敢如此辜負我。」

「她還有屬於人類的部分。」瘋女人在露娜的耳邊輕聲低語。她把手放在露娜的肩膀上，露娜便感到內心湧出一股奇妙的感受，讓她幾乎沒辦法好好站在地上。「我在高塔上聽見她的聲音。她會在睡夢中走動，哀悼著她失去的東西。她會啜泣、流淚、悲鳴、哭號。當她醒來時，卻沒留下任何印象。這東西在她的內心隱藏起來了。」

這部分露娜也略知一二。她把注意力轉向悲傷吞噬者深藏於內心的東西。

姍跟蹌向前。

「那些嬰孩並沒有死，你知道的。」老女巫說著，寬大的嘴露出惡作劇般的微笑。

陌生女人駁斥道：「別說蠢話了。他們當然都死了。他們挨餓，然後渴死了。野生動物遲早會把他們給吃掉。這就是**重點**。」

姍又向前踏出一步。她看著陌生女人的眼睛，彷彿看著岩石中又深又長的漆黑隧道。她瞇起眼，說道：「你錯了。你看不穿你所創造的悲傷迷霧。就像我沒辦法看清**裡頭**的狀況，你也沒辦法看見**外頭**。這麼多年來，我一直在你家門前徘徊，你卻一無所知。真是**好笑**，不是嗎？」

「完全不是這樣。」陌生女人從喉嚨深處發出怒吼。「只能用荒謬來形容了。如果你靠近，我一定會知道。」

「不，親愛的女士，你不知道，就像你不知道發生在那些嬰孩身上的事。每一年，我都會來到這悲傷之地的邊緣。每一年，我都帶著孩子穿過森林，到達自由城市，把孩子交給充滿愛心的家庭。遺憾的是，孩子原本的家庭承受了不必要的悲傷，而你以他們的悲傷爲食。但是，你不會得到安登的悲傷，或是愛思恩的。他們的孩子會和父母在一起，會好好地成長茁壯。事實上，當你在這座森林裡走來走去時，你小小的悲傷霧氣已經散去了。保護國的人民品嘗到了自由的感受。」

伊格納西亞修女臉色慘白，嚷著：「謊言！」但她卻幾乎站不穩腳步，又喘著氣說：「這是怎麼回事？」

露娜瞇起眼睛。陌生女人已經幾乎用光了所有的魔法，只剩下最後一點點。露娜往更深處看。在悲傷吞噬者心臟的位置，只有一個小小的球體——堅硬、閃亮又冰冷。一顆珍珠。這麼多年以來，她都隔絕了自己的心，一次又一次地讓內心變得光滑、明亮而麻木。她很可能把其他東西也藏在裡面，例如記憶、希望、愛，以及人類情感的重量。露娜集中精神，銳利的雙眼繼續探尋，想要穿透珍珠堅硬的外殼。

悲傷吞噬者兩手抱著頭，叫道：「有人正在偷取我的魔法。是你嗎，老女人？」

「什麼魔法？」瘋女人一邊說，一邊站到姍的身旁，一手支撐著姍搖搖欲墜的身體。她惡狠狠地看著伊格納西亞修女。「我沒看到任何魔法。」她轉頭告訴姍：「你知道嗎？她很會編故事。」

「閉嘴，你這蠢貨！你根本不知道自己在說什麼。」陌生女人腳步踉蹌，彷彿她的腳突然變成了麵團。

「當我還是個住在城堡裡的女孩時，每天晚上，你都會來汲取從我的門縫中滲出的悲傷。」姍說。

瘋女人說：「每天晚上，你會在高塔裡的牢房間穿梭，尋找我們的悲傷。當我學會封存自己的悲傷，鎖在心裡後，你就會怒吼、咆哮。」

「你說謊。」悲傷吞噬者嘶吼著。但這不是謊言——露娜可以看見悲傷吞噬者的飢渴。即使是此時此刻，悲傷吞噬者也搜尋著悲傷的一絲跡象。任何可以填補她內心空洞的東西都好。「你們對我根本一無所知。」

但露娜知道一些。透過內心之眼，露娜可以看見悲傷吞噬者珍珠般的內心在他們之間的空中飄浮。她的內心已經被隱藏太久，露娜甚至懷疑悲傷吞噬者根本忘了它的存在。她轉動那顆心，想在上面尋找裂痕。那裡有一點記憶，有一個深愛的人，有一些痛苦的失落，有大量的希望，有絕望的深淵。一顆心到底能承載多少感受？她看著她的奶奶、她的母親，以及想要保護家人的男子。無限吧，露娜心想，就像宇宙那樣無窮無盡。有光明也有黑暗，有無限的時間和空間，在空間之內還有空間，時間之內還有時間。她了悟到：心能夠承載沒有極限的一切。

被迫和自己的記憶分隔，這實在是太糟了，露娜心想。*假如我什麼都不知道，也至少知道這一點。來吧，讓我幫助你。*

露娜集中精神。珍珠出現了裂痕。悲傷吞噬者的雙眼圓睜。

「我們有些人，在愛和力量中選擇了愛。事實上，大多數人都會如此。」姍說。

露娜把注意力集中在裂痕上。她的左手腕輕輕一彈，珍珠就被剝了開來。悲傷如洪水般泉湧而出。

「啊！」悲傷吞噬者哭喊著，雙手摀住胸口。

「你！」頭頂上傳來一聲大吼。

露娜抬起頭，忍不住大叫。她看見一隻巨龍在頭頂盤旋。巨龍飛繞著越來越小的圈子上升，然後向空中噴出烈焰。只不過，巨龍看起來有一點眼熟。

「費里安？」

伊格納西亞修女撕扯著胸口。她的悲傷滲入地底。

「喔，不。喔，不，不，不。」她的眼中滿是淚水，哽咽得發不出聲音。

「**我的母親**。」那隻看起來像是費里安的龍大吼著。「**我的母親死了，這都是你的錯**。」巨龍向下俯衝，又猛然刹停，碎石子向四面八方飛濺。

「**我的**母親。」悲傷吞噬者喃喃地說著，幾乎沒有注意到朝她而來的巨龍。她說：「我的母親和父親和兄弟和姊妹。我的村莊和朋友。都沒了。剩下的只有悲傷。悲傷和記憶，記憶和悲傷。」可能是費里安的巨龍一把抓住悲傷吞噬者的腰，把她高高舉起。她全身癱軟，就像個布娃娃。

「我應該把你燒成灰燼。」巨龍說。

「費里安！」葛拉克正朝著山丘而來，以露娜不敢相信的速度飛奔。「費里安，立刻把她放下來。你不知道自己在做什麼。」

「我當然知道。」費里安說。「她很邪惡。」

「費里安，停下來！」露娜哭喊著，用力抱住巨龍的腳。

「我想念她。」費里安啜泣著說。「我的母親。我非常非常想念她。這個女巫應該要付出代價。」

葛拉克就像山那樣高，像沼澤那樣寧靜。他用全世界的愛看著費里安，說道：「不，費里安。這個答案太簡單了，我的朋友。你要看得更深。」

費里安閉上眼睛。他沒有把悲傷吞噬者放下。斗大的淚珠從他緊閉的眼皮下掉出，在地上形成了冒著蒸氣的水坑。

露娜看得更深，穿過珍珠之心一層又一層的記憶。她輕聲說：「她把她的悲傷都隱藏起來。她把悲傷覆蓋住，用力擠壓，壓得越來越緊。悲傷變得如此堅硬、沉重又密集，甚至讓周遭的光線都彎曲了，把所有的東西都吸進去。悲傷吞噬悲傷，她因此對悲傷更感到飢渴。吞噬得越多，需要的也越多。接著，她發現自己可以把悲傷轉化爲魔法，學到如何增加周遭的悲傷。她栽種悲傷的方式，就像是農夫栽種小麥，或是飼養肉牛和乳牛那樣。她沉浸在痛苦中，也貪婪地吞噬痛苦。」

悲傷吞噬者啜泣起來。一陣陣的濃煙從火山口噴發。費里安搖搖頭說：「你做了那種事，我眞應該把你丟進火山裡。」他的聲音哽咽了。「我應該要把你吃掉，然後再也不要想到你。就像是你再也不曾想起過我母親。」

「費里安。」姍說著，對他張開雙臂。「我的寶貝費里安。我簡單巨大的孩子。」

費里安又開始哭泣。他扔下了悲傷吞噬者，讓她掉在一堆岩石上。他嗚嗚地說：「姍阿姨！我有好多好多的感覺！」

「這是當然的，親愛的。」姍招手要巨龍靠近。她把雙手放在巨龍的臉上，親吻他巨大的鼻子，說道：「你有著簡單巨大的心，你一向都有。你可以用很多方式對付悲傷吞噬者，但火山並不是其中之一。假如你把她吃了，你一定會胃痛。所以啊……」

露娜低下頭。悲傷吞噬者的心已經化成了碎片。假如沒有魔法，她就不可能修復自己的心——而她的魔法早已消失。悲傷吞噬者幾乎在那一瞬間就開始老化。

地面再次震動。費里安四處張望，說道：「不只是火山口而已。噴氣孔也都打開了，空氣會對露娜造成傷害。或許對其他人也是。」

沒有頭髮的女人，那個瘋女人（不，露娜心想，不是瘋女人，是我的母親，她是我的母親——這個詞讓她發抖）低頭看著自己的靴子，露出笑容。「我的靴子可以在一瞬間帶我們去任何地方。伊格納西亞修女就跟著怪物和龍，我會把你們都放到背上，帶你們回到保護國。我們也需要警告他們火山的事。」

月亮熄滅了，星辰熄滅了，整個天空都被濃煙所遮蔽。

我的母親，露娜心想，*這是我的母親。屋頂梁柱上的女人。高塔窗戶伸出的那雙手。她*

在這裡，她在這裡，她在這裡。露娜的內心變得無限大。她爬上母親的背，臉頰貼著母親的後頸，緊緊閉上眼睛。露娜的母親無比溫柔地抱起她，並指示安登和露娜抓緊她的肩膀，而烏鴉則緊緊抓著露娜。

「對葛拉克溫柔一點。」露娜對費里安喊著。巨龍以雙手抓著悲傷吞噬者，盡可能讓她和自己的身體保持距離，似乎覺得她是最噁心的東西。沼澤怪抓著費里安的背，就像費里安這麼多年來所做的那樣。

「我一向對葛拉克很溫柔。」費里安認真地說。「他是很脆弱的。」

地面又開始震動。是出發的時候了。

46 許多家庭重新團圓

保護國的人民看見煙霧朝著城牆快速逼近。

「火山！」一個男人哭喊著。「火山長腳了！火山要來了！」

「別蠢了。」一個女人駁斥。「火山才不會長腳，一定是女巫。她終於要來對付我們了。我們都知道這一天遲早會來臨。」

「有人看見那隻大鳥嗎？離我們越來越近，看起來有點像龍？當然，這不可能。龍已經消失了，對吧？」

瘋女人在城牆前緊急剎停，讓安登和露娜跌跌撞撞地從背上爬下來。安登一秒鐘也沒有浪費，全速衝進保護國的城門。露娜待在瘋女人旁邊，陪著她溫柔地把姍放在地上，然後小心扶著姍站起來。

「你還好嗎？」瘋女人問。她的眼神左閃右躲，不在任何一個定點停留太久。她的臉上變換著各種表情。露娜看得出來，其實她還挺瘋的。或者，不應該說是瘋，而是飽受打擊。而殘破的事物有時可以修復。她握起母親的手，內心暗自祈願。

「我必須要到高處。」露娜說。「我必須製造出火山爆發時，可以保護這座城鎮和人民的東西。」她用下巴朝著火山的方向一比，突然覺得胸口很緊。她的樹屋、他們的花園、雞和山羊、葛拉克美麗的沼澤。這些都將會在瞬間消失——但也可能早就不在了。後果。凡事都有後果。

瘋女人帶著露娜和姍到城門邊，然後爬上牆頭。

露娜可以感受到，她母親的身體裡有魔法。不過，她的魔法和露娜不同。露娜的魔法滲透在每根骨頭、每處組織和每顆細胞之中，而她母親的魔法卻比較像是漫長旅途後籃子內剩下來的瑣碎雜物，或是不斷碰撞的碎片。只不過，露娜可以感受到母親的魔法，以及母親的渴望和愛，在皮膚下方隱隱震動著。這強化了露娜體內翻湧的力量，讓她的魔法加速成長。露娜把母親的手握得更緊了些。

費里安、葛拉克和幾乎沒有意識的悲傷吞噬者降落在她們身邊。

雖然安登竭盡全力地安撫，保護國的人民卻還是尖叫著遠離城牆。姍抬頭看著冒煙的山峰，黯然說道：「世上有許多值得害怕的事，只不過不是我們。」

「嘎，嘎，嘎。」烏鴉說，意思是：「露娜，露娜，露娜。」

葛拉克要大家都先安靜下來，讓他好好思考。

火山噴出了火柱和濃煙。曾經吞噬一切的力量，終於又將一切吐出。

「我們阻止得了嗎？」露娜輕聲問。

姍回應道：「阻止不了。我們以前阻止過火山，那是很久很久以前了，而且是個錯誤。一個善良的人平白無故犧牲了生命，還有一隻善良的龍。火山爆發，世界改變，這才是自然的狀態。但我們還是可以保護。光靠我一個人辦不到，現在的我太衰弱了。我想，單靠你自己也沒辦法。但是，如果我們同心協力的話。」她看著露娜的母親。「我想，同心協力的話應該可以。」

「我不知道該怎麼做，奶奶。」露娜忍住眼淚。有太多事要學習，時間卻遠遠不夠。姍牽起露娜的另一隻手。「你還記得很小的時候，我如何教你用泡泡包住盛開的花朵嗎？」

露娜點頭。

姍露出笑容。「來吧。不是所有的知識都來自大腦。你的身體、你的心、你的直覺也都充滿智慧。有些記憶甚至有自己的想法。我們製作出來的泡泡，能保護好花朵的安全，還記得嗎？製作泡泡，泡泡裡還有泡泡。魔法的泡泡。冰的泡泡。玻璃和鐵和星光的泡泡。沼澤的泡泡。和材質比起來，眞正重要的是我們的心意。發揮你的想像力，想出每個泡泡，把所有房子、花園、樹木和農場都包起來。把整個城鎭都包起來。把自由城市也都包起來。泡泡，泡泡，還有更多的泡泡。包圍和保護。我們三個一起使用你的魔法。把眼睛閉上，我會示範給你看。」

露娜分別緊握住母親和奶奶的手，骨頭深處產生了某種感受——一股熱和光，從地球的核心直衝天頂，然後再次循環。魔法、星光、月光、記憶。她的內心有無限的愛，開始向外滿溢，就像火山一樣。

山脈崩塌，天降火雨，濃煙讓天空陷入黑暗。泡泡在高溫中閃閃發光，在狂風、火焰和沙塵的摧殘下顫抖。但露娜撐住了。

三個星期過去，安登還是幾乎認不出自己的家。到處都積了大量的煙塵。保護國的街道上散落著石頭和樹木的遺骸。風把火山灰、森林大火的餘燼，以及沒有人想要辨認的灰燼帶到山坡下，堆積在街道上。白天時，太陽幾乎無法穿透濃霧，夜晚更是看不見星辰和月亮。露娜讓保護國、森林和崩塌的山上都降下清洗的雨水，至少讓空氣乾淨了一些。只不過，還有太多的善後要努力。

即使一團混亂，人們卻還是帶著充滿希望的笑容。議會的長老面臨牢獄之災，新的議會則由人民投票選出。迦蘭這個名字成了最惡毒的羞辱。韋恩負責經營高塔裡的圖書館，歡迎人們自由利用。最終，道路也終於開放，讓保護國的人民有生以來第一次，能出外冒險旅行。不過，一開始這麼做的人很少。

一切改變的中心是愛思恩。她代表著理性、可能性和一杯溫暖的茶，胸前仍擁抱著她的孩子。安登緊緊守著自己的小家庭。**我永遠不會再離開你們了**，他對自己說，**永遠永遠不會**。

☾

姍和悲傷吞噬者都被送到高塔的醫院裡。人們知道了伊格納西亞修女的惡行，便主張要把她囚禁起來。然而，兩個女人那過度延長的生命，似乎都隨著每分每秒快速凋零。

每一天，每一刻，姍心想。她一點也不畏懼死亡，只懷著無限的好奇心。她不知道悲傷吞噬者是怎麼想的。

☾

愛思恩和安登讓露娜和她母親搬進嬰兒房。他們說，反正嬰兒路肯還不需要自己的房間，而且他們一分一秒都不想離開自己的孩子。

愛思恩把房間布置成母女療傷的地方。每樣家具的表面都很柔軟，窗戶則加上厚重的窗簾，讓她們無須承受外界的打擾。花瓶裡插著美麗的花朵。她也準備了紙張，大量的紙張（不過紙張的數量似乎隨時都在增加）。瘋女人總是在畫畫，露娜有時也會幫忙。愛思恩提供她們熱湯和藥草，並囑咐她們多休息。她們還需要無限的愛，而這是愛思恩隨時都能給予的。

與此同時，露娜決心找到母親的名字。她逐一拜訪每一戶人家，和任何願意提供消息的人對談——一開始，願意的人並不多。保護國的人和自由城市的人不同，對她並沒有出於直覺的善意和愛。露娜得承認，這讓她有些挫折。

我得花一些時間來適應，露娜心想。

詢問和查訪了許多天後，露娜在晚餐時間回到母親身邊，蹲在她腳邊。

「雅達拉。」她說。她拿出筆記本，讓母親看看在重逢之前，她所畫的圖片。屋頂梁柱上的女人。懷裡的嬰孩。從高塔窗戶伸出的手。林間窪地的嬰孩。「你的名字是雅達拉。你不記得也沒有關係，我會一直說到你記起來爲止。你的心爲了我去到了各式各樣的地方，而我也一樣，我的心總是想找到你。你看這裡，我甚至畫了地圖，『她在這裡，她在這裡，她在這裡，她在這裡』。」露娜闔上筆記本，看著雅達拉的臉。「你在這裡，你在這裡，你在這裡，我也是。」

雅達拉什麼都沒說，只是握住露娜的手，兩人十指緊扣。

露娜、愛思恩和雅達拉一起到監獄裡探望前任首席長老。雅達拉的頭髮又長出來了，又長又捲的頭髮圍繞著又黑又大的眼睛。

她們走進牢房時，迦蘭瞇起眼。「我當初應該把你淹死在河裡的。」他對露娜說。「別以爲我不認得你。我認得。你們每個可惡的小孩，都在我的夢裡揮之不去。就算我知道你們已經死了，我還是會看著你們不斷長大。」

「但我們沒有死。」露娜說。「我們沒有人死去。或許這才是你的夢要告訴你的。或許你該學會傾聽。」

「我才不想聽你說。」他說。

雅達拉蹲在老人身邊，把手放在他的膝頭。「新的議會說，只要你願意道歉，就會赦免你的罪。」

「我寧願在這裡腐爛。」前任首席長老啐道。「道歉？多麼可怕的想法！」

「無論你道歉與否，都不重要。」愛思恩溫和地說。「我全心全意地原諒你，舅舅。我的丈夫也是。只不過，唯有道歉，你才能開始自我治癒。這不是爲了我們，而是爲了**你**。這是我的建議。」

「我想見我的外甥。」迦蘭說，他的聲音有些哽咽。「拜託你們。請他來看看我，我想見一見他親愛的臉。」

「你會道歉嗎？」愛思恩問。

「絕不。」迦蘭嗤之以鼻。

「眞是遺憾。再見了，舅舅。」愛思恩說。

她們就這麼離開了。

首席長老動也不動。他的餘生都待在監獄裡。漸漸地，不再有人拜訪他，也不再提起他——就連拿他開玩笑的人也沒了。一段時間後，人們徹底遺忘了他。

費里安繼續成長。每一天，他都會飛越森林，回報他看到的一切。「湖泊不見了，被煙灰給填滿了。工作坊和姍的房子也都沒了，還有沼澤也是。不過，自由城市都還在，毫髮無損。」

露娜騎著費里安，拜訪了每一座自由城市。當地的居民看到露娜固然欣喜，卻很意外姍沒有同行。聽說姍的病情，他們都感到悲傷。看到費里安時，他們不太確定該如何反應，但在發覺他對孩子們無比溫柔之後，他們都鬆了口氣。

露娜告訴他們保護國的故事：這座城鎮如何受到恐怖女巫的控制，女巫如何用悲傷的濃霧監禁眾人。露娜也說了孩子們的故事，以及恐怖的獻祭之日。她還說到有另一個女巫，會在森林裡找到孩子，帶他們到安全的地方，卻不知道孩子們爲何會陷入如此恐怖的處境。

「喔，喔，喔。」自由城市的人們聽完紛紛落淚。

星辰之子的家庭也緊緊握著他們的手。

「我也被從母親的身邊奪走。」露娜解釋。「和你一樣，我被帶到深愛著我的家庭，我也愛著我的新家人。我沒辦法停止對家人的愛，也不想要停止，所以只能讓我的愛不斷增加。」她露出笑容。「我愛撫養我長大的奶奶，也愛我失去的母親。我的愛沒有極限，我的心也是。我的喜悅只會與日俱增，你們會看見的。」

在每個城鎮，她都訴說相同的故事，然後爬到費里安的背上，回到奶奶身邊。

葛拉克不願意離開姍。少了心愛沼澤每天的滋潤，他的皮膚變得發癢又龜裂。每一天，他都渴望地看著沼澤。露娜請前修女——愛思恩的朋友——準備水桶，讓葛拉克好過一些。不過井水和沼澤畢竟不同。最終，姍要葛拉克別傻了，每天至少都到沼澤去泡一下。

「我不願意看到你受苦，親愛的。」姍輕聲說。她皺縮的手輕撫沼澤怪的臉。「此外，我無意冒犯，但你太臭了。」接著，她喘了幾口氣，才說：「而且，我愛你。」

葛拉克把手放在姍的臉上。「當你準備好時，最親愛的姍，你可以和我一起來，一起到沼澤裡。」

當姍的呼吸越來越急促和衰弱，露娜告訴母親和安登夫婦，她晚上要到塔裡陪奶奶。

「奶奶需要我。」她說。「我也想要待在奶奶身邊。」

聽到這段話，雅達拉的眼中盈滿淚水。露娜牽起她的手，說道：「我的愛並沒有被分散，反而是倍增了。」她親吻母親，然後回到奶奶身邊，每天晚上都倚偎著她入睡。

第一波星辰之子回到保護國那一天，前修女們把醫院的窗戶全都敞開。

悲傷吞噬者現在看起來像塵土一樣老。她的皮膚布滿皺紋，骨頭也像是放了太久的紙張。她的雙眼空洞，什麼都看不到。「把窗戶關起來，我一點也不想聽。」她喘著氣說。

「繼續開著。」姍說。「我一定要聽到。」

姍也同樣衰老凋萎，已經氣若游絲。露娜坐在姍的身邊，握著她像羽毛般纖細脆弱的手時，心想著：奶奶隨時都可能會走。

修女們讓窗戶大大敞開著。喜悅的哭泣聲響徹整個病房。悲傷吞噬者發出痛苦的哭嚎。姍則幸福地嘆了口氣。露娜輕輕捏著她的手。

「我愛你，奶奶。」

「我知道，親愛的。我愛……」姍輕聲說著。

接著，她帶著對一切的愛，越漂越遠。

47 葛拉克出發旅行，留下一首詩

當天稍晚，房內一片寂靜。費里安終於不再在高塔下方哭號，而是到花園裡找個地方啜泣休息。露娜回到母親的臂彎，還有安登與愛思恩的陪伴之中。對這個奇怪但親愛的女孩來說，他們是另一個奇怪但溫暖的家庭。或許她會在母親的房間裡一起睡，或是蜷縮在她的龍和烏鴉身邊。或許，她的世界變得比以前更大，一如所有長大了的孩子那樣。事情都回到該有的樣子了，葛拉克心想。他把四隻手短暫地按在心口，然後退回陰影中，來到姍的身邊。

出發的時候到了，他也準備好了。

姍的眼睛閉著，嘴巴張開。她沒有呼吸，只剩下塵土和寂靜。組成姍的物質還在那裡，但姍的光芒已經消失。

天上沒有月亮，不過星辰閃耀，比平常更加明亮。葛拉克用手蒐集星光，把星光的絲線纏繞在一起，織成一條耀眼的毯子。他用毯子溫柔地包起姍的身體，把她抱在胸口。

她張開眼睛。

「葛拉克，爲什麼？」她問。她看著四周，房裡非常安靜，只有遠處的蛙鳴聲。天氣很冷，只有下方的泥巴帶來一絲暖意。在漆黑中，只有蘆葦上的陽光，和沼澤的光輝。

「我們在哪裡？」她問。

她是個老邁的女人，也是個小女孩，或是介於之間的任何年紀。她同時是萬事萬物。

葛拉克露出笑容。「一開始，世界只有沼澤。沼澤覆蓋了世界，沼澤就是世界，世界就是沼澤。」

姍嘆了口氣。「我知道這個故事。」

「但是沼澤很寂寞。沼澤想要一個世界。沼澤想要能看見世界的眼睛。沼澤想要強壯的背部，讓自己能到處看看。沼澤想要能走路的腳、能碰觸的手和能歌唱的嘴巴。因此，沼澤成了怪物，怪物就是沼澤。而怪物開始歌唱，世界於焉誕生。世界和怪物和沼澤，都是相同的物質，都以無限的愛做爲羈絆。」

「葛拉克，你要帶我去沼澤嗎？」姍問。她掙脫他的擁抱，站起身來。

「全爲一，你看不見嗎？怪物、沼澤、詩、詩人和世界。它們都愛著你。它們一直都愛著你。你會跟我一起走嗎？」

姍牽起了葛拉克的手，他們一同轉向無盡的沼澤，邁出了腳步。他們沒有回頭。

隔天，露娜和母親走了好一段路到高塔，爬上樓梯，到小房間裡收拾姍留下來的東西，並爲她準備下一段旅程。雅達拉摟著露娜的肩膀，這是對抗悲傷的解藥。但露娜離開了母親保護的擁抱，反而牽起母親的手。她們一同把門打開。

前修女們在空蕩蕩的房裡等她們，滿臉淚水地說：「我們不知道發生了什麼事。」床是空的，而且很冰冷。到處都沒有姍的跡象。

露娜覺得自己的心都麻木了。她看著母親。母親有著和她一樣的眼睛，眉間也有著相同的記號。只要有愛，就會有失落，她心想，我的母親知道，而我現在也知道了。她的母親溫柔地輕擁她，親吻她頭頂的黑髮。露娜坐在床上，但卻沒有哭。她的手拂過床單，在枕頭下找到一張摺疊整齊的紙。

心是由星光和時間構成的。
在黑暗中迷失的一絲渴望。
一道未斷的弦，在無限與無限間連結。
我的心向你的心許願，而願望將會實現。
同時，世界在旋轉。
同時，宇宙在擴張。
同時，愛的奧祕開始揭示，
一次又一次，揭示在你的奧祕中。
我已離去。
我將回來。
——葛拉克

露娜擦乾眼淚，把寫著詩的紙張摺成燕子的形狀。燕子靜靜坐在她的手掌上，她來到屋外，把母親留在身後。太陽才剛要升起，天空是粉紅色、橘色和深藍色。在世界的某個角落，沼澤怪和女巫正在旅行。這樣很好，露娜心想，非常、非常好。

紙燕子的翅膀開始震動。它展開翅膀，對女孩昂起頭來。

「沒關係的。」她說，覺得喉嚨很痛，胸口也很痛。愛讓人疼痛。那麼，爲什麼她會如此開心呢？「世界很美好，去看看吧。」

接著，鳥兒飛上天，越飛越遠。

48 最後的故事

是的。

森林裡有個女巫。她昨天才來過我們家。你看過她，我看過她，我們大家都看過她。

當然，她不只是宣傳她的巫術，這樣太無禮了。你怎麼可以這麼說！

當她還是個嬰兒時，就獲得了魔法。另一個女巫，非常古老的女巫，為她注滿了她也不知如何是好的力量。魔法從舊的女巫不斷流向新的女巫，就像水從高山往下流那樣。女巫如果認了自己的孩子，就會發生這樣的事——她無論如何都會保護自己的孩子。魔法會不斷流動，直到女巫一無所有為止。

我們的女巫也是這樣認了我們。她守護整個保護國。我們都是她的，她也是我們的。她的魔法會保守我們，以及我們所看到的一切。魔法會保守我們的牧場、果園和花園，會保守沼澤和森林，甚至是火山。魔法的守護一視同仁。這就是為什麼保護國的人都很健康，紅光滿面。這就是為什麼我們的孩子面色紅潤、頭腦聰穎。這就是為什麼我們總是快樂富足。

很久很久以前，女巫從沼澤怪那裡得到一首詩。或許那就是創造了世界的詩。或許那是終結世界的詩。或許那兩者都不是。我只知道，女巫把那首詩安穩地放在斗篷下的墜子裡。

女巫屬於我們，但有朝一日，她的魔法會消退，她將會回到沼澤，而我們就不再有女巫了。只剩下故事。或許某一天，她會找到沼澤怪，或是成為沼澤怪，或者成為沼澤，成為一首詩，成為整個世界。你也知道，這些都是一樣的。

致謝

故事的創作很寂寞，但沒有人能獨自完成一本書。這兩句話聽起來自相矛盾，卻都是事實。每一天，我獨自坐在書桌前，和死去的巫師、悲傷吞噬者、廢棄的城堡、不成熟的十一歲小孩，以及理應洞悉一切的沼澤怪奮戰。有些時候，過程很順利，有些時候則很艱辛。這段奮鬥只屬於我，但我有幫手。以下是對我伸出援手的人們：

- 安妮．烏蘇——最理想的助產士，總是能讓我冷靜下來，解救我的靈魂。
- 黑羊寫作會——布萊恩．布利斯、史帝夫．拜贊諾夫、茱蒂．克羅米、卡爾林．柯爾曼、克理斯多福．林肯和柯提斯．史柯莉塔。你們知道我在說什麼。
- 麥克奈特基金會——讓一切暫時變得簡單。
- 明尼蘇達州的兒童文學社群——說眞的，我們可以讓幾個小城市人口復甦。
- 愛里絲．霍華德——你是個可愛的天才，也是我高攀的編輯。你堅持要我盡快寫下這本書，而你一向是對的。
- 史蒂芬．馬爾克——充滿謎團的人，也是我最愛的人類之一。我深深相信，文學經紀人總有著超人般的能力。我很幸運能得到他的眼睛、耳朵、大腦和無限的熱情，幫助我的作品不斷前進。

故事盒子 79

飲月少女

THE GIRL WHO DRANK THE *MOON*

作　　者　凱莉・龐希爾 Kelly Barnhill
譯　　者　謝慈

野人文化股份有限公司
社　　長　張瑩瑩
總 編 輯　蔡麗真
副總編輯　陳瑾璇
責任編輯　李怡庭
專業校對　林昌榮
行銷經理　林麗紅
行銷企畫　李映柔
封面設計　萬勝安
內頁排版　洪素貞

出　　版　野人文化股份有限公司
發　　行　遠足文化事業股份有限公司（讀書共和國出版集團）
地址：231 新北市新店區民權路 108-2 號 9 樓
電話：（02）2218-1417　傳真：（02）8667-1065
電子信箱：service@bookrep.com.tw
網址：www.bookrep.com.tw
郵撥帳號：19504465 遠足文化事業股份有限公司
客服專線：0800-221-029
法律顧問　華洋法律事務所　蘇文生律師
印　　製　呈靖彩印股份有限公司
初　　版　2025 年 1 月

｜jacket illustrations｜
silhouette of beautiful young girl © Warm_Tail @ Shutterstock
white castle on a hill © DeepGreen @ Shutterstock

國家圖書館出版品預行編目（CIP）資料

飲月少女 / 凱莉・龐希爾 (Kelly Barnhill) 著 ; 謝慈譯 . -- 初版 . -- 新北市 : 野人文化股份有限公司出版 : 遠足文化事業股份有限公司發行 , 2025.01
面；　公分 . --（故事盒子 ; 79）
譯自 : The Girl Who Drank the Moon
ISBN 978-626-7555-30-9(平裝)
ISBN 978-626-7555-28-6(EPUB)
ISBN 978-626-7555-29-3(PDF)

874.59　　113017791

野人文化 官方網頁　野人文化 讀者回函

飲月少女

線上讀者回函專用 QR CODE，你的寶貴意見，將是我們進步的最大動力。